中华国学文库

西京杂记校注

〔晋〕葛 洪 撰

周天游 校注

中 华 书 局

图书在版编目(CIP)数据

西京杂记校注/(晋)葛洪撰;周天游校注. —北京:中华书局,
2023.5
(中华国学文库)
ISBN 978-7-101-16175-5

Ⅰ.西… Ⅱ.①葛…②周… Ⅲ.①笔记小说-小说集-中国
-西汉时代②《西京杂记》-注释 Ⅳ.I242.1

中国国家版本馆 CIP 数据核字(2023)第 055375 号

书　　　名	西京杂记校注
撰　　　者	〔晋〕葛　洪
校　　　注	周天游
丛 书 名	中华国学文库
责任编辑	石　玉
责任印制	陈丽娜
出版发行	中华书局
	(北京市丰台区太平桥西里38号　100073)
	http://www.zhbc.com.cn
	E-mail:zhbc@zhbc.com.cn
印　　　刷	三河市中晟雅豪印务有限公司
版　　　次	2023 年 5 月第 1 版
	2023 年 5 月第 1 次印刷
规　　　格	开本/880×1230 毫米　1/32
	印张 7¾　插页 2　字数 200 千字
印　　　数	1-4000 册
国际书号	ISBN 978-7-101-16175-5
定　　　价	35.00 元

中华国学文库出版缘起

《中华国学文库》的出版缘起,要从九十年前说起。

1920年,中华书局在创办人陆费伯鸿先生的主持下,开始编纂《四部备要》。这套汇集三百三十六种典籍的大型丛书,精选经史子集的"最要之书",校订成"通行善本",以精雅的仿宋体铅字排印。一经推出,即以其选目实用、文字准确、品相精美、价格低廉的鲜明特点,最大限度地满足了国人研治学问、阅读典籍的需要,广受欢迎。丛书中的许多品种,至今仍为常用之书。

新中国成立之后,党和国家倡导系统整理中国传统文献典籍。六十馀年来,在新的学术理念和新的整理方法的指导下,数千种古籍得到了系统整理,并涌现出许多精校精注整理本,已成为超越前代的新善本,为学界所必备。

同时,随着中华民族以前所未有的自信快速发展,全社会对中国固有的学术文化——国学,也表现出前所未有的关注和重视。让中华文化的优秀成果得到继承和创新,并在世界范围内进行传播和弘扬,普惠全人类,已经成为中华民族的历史使命。当此之时,符合当代国民阅读需要的权威的国学经典读本的出现,实为当务之急。于是,《中华国学文库》应运而生。

《中华国学文库》是我们追慕前贤、服务当代的产物,因此,它自当具备以下三个基本特点：

一、《文库》所选均为中国学术文化的"最要之书"。举凡哲学、历史、文学、宗教、科学、艺术等各类基本典籍，只要是公认的国学经典，皆在此列。

二、《文库》所选均为代表当代最新学术水平的"最善之本"，即经过精校精注的最有品质的整理本。其中既有传统旧注本的点校整理本，如朱熹《四书章句集注》，也有获得学界定评的新校新注本，如余嘉锡《世说新语笺疏》。总之，不以新旧为别，惟以善本是求。

三、《文库》所选均以新式标点、简体横排刊印。中国古籍向以繁体竖排为标准样式。时至当代，繁体竖排的标准古籍整理方式仍通行于学术界，但绝大多数国人早已习惯于现代通行的简体横排的图书样式。《文库》作为服务当代公众的国学读本，标准简体字横排本自当是恰当的选择。

《中华国学文库》将逐年分辑出版，每辑十种，一次推出；期以十年，以毕其功。在此，我们诚挚希望得到学术界、出版界同仁的襄助和广大读者的支持。

中华书局自 1912 年成立，至今已近百岁。我们将《中华国学文库》当作向中华书局百年诞辰敬献的一份贺礼，更是向致力于中华民族和平崛起、实现复兴大业的全国人民敬献的一份厚礼。我们自当努力，让《中华国学文库》当得起这份重任，这份荣誉。

中华书局编辑部

2010 年 12 月

目　录

目录

3

西
京
杂
记
校
注

前　言

西京杂记是一部充满神秘和疑点而又极具诱惑力的古代著作，是一部杂抄西汉故实和轶闻逸事的荟辑之书。其所述虽称不上大贵大雅，但是上及帝王将相，下及士农工商，乃至宫女僮隶，事涉典制礼仪、天文地理、宫室苑囿、草木虫鱼、奇珍异宝、风俗民情，还包括诗赋辞曲、文论书函和秘闻趣事，采摭之宏富，令人叹为观止。该书既具有不可轻视的文学价值，同时也具有独特的史料价值。自南北朝以来，它一直处于学者的讽诵借鉴和抨击蔑视的矛盾旋流中，顽强地流传了下来，不断发挥其内在的价值影响。西京杂记虽不是上乘之作，但可以这样讲，它的确是一部不折不扣的奇书，一部研究秦汉史和古代文学史时应随时翻检取资的奇书。

该书的作者有刘歆、葛洪、吴均、萧贲和无名氏五说，颇有争议，迄无定论，然而以葛洪说最为流行，也较为接近历史事实。

最早引用西京杂记的当推齐梁间人殷芸，他奉梁武帝

1

之命,把凡撰通史所不录的不经之说别集为小说,凡十卷。余嘉锡殷芸小说辑证一文,所辑小说佚文最为丰富,其中直接或间接引用西京杂记之文共十二条。又与殷芸几乎同一时代的北魏人贾思勰,在其所著齐民要术一书中,也引用了西京杂记"乐游苑"和"上林名果异木"中的内容。所以可以断定,西京杂记之成书,必于南北朝之前,再具体一点的话,即在公元六世纪之前。

关于西京杂记的作者,于正史经籍、艺文志中,最早见于后晋刘昫的旧唐书经籍志,其在列代故事类和地理类中均明确著录是晋葛洪撰。新唐书艺文志亦然。从唐代的许多记载中可以看出,葛洪作西京杂记是主流观点无疑。正如余嘉锡在四库提要辨证中指出的那样,张柬之说"昔葛洪造汉武内传、西京杂记",事详晁伯宇续谈助卷一;而刘知几也于史通杂述篇中毫不含糊地指出"昔和峤汲冢纪年、葛洪西京杂记,此之谓逸事者也"。又初学记卷二十"赏赐"目下唯一一次注明引文出自"葛洪西京杂记",则其他引文所谓西京杂记的作者不言自明。此外,张彦远历代名画记仅引"昼工弃市"一条,也认为是葛洪所作。这一情况也影响到了宋代,不仅太平御览引书目中列有"葛洪西京杂记",册府元龟卷五五五又曰:"葛洪选为散骑常侍,领大著作,固辞不就。撰神仙传十卷,西京杂记一卷。"余嘉锡据玉海指出:"元龟之例,上采经史诸子及历代类书,不取异端小说。其言葛洪撰西京杂记,必有所本,可补本传之阙矣。"此论甚是。

至于萧贲,据南史齐武诸子传,他曾作西京杂记六十卷,其卷数与历代著录杂记仅一卷、二卷或六卷者相去甚远,当别为一书,完全可以不予采信。而段成式酉阳杂俎借庾信语,以为是"吴均语",四库提要则指出"别无他证","亦未见于他书",因此亦可置之不论。或以为南朝人所为,纯系臆测,更不可凭信。因此,唯一可与葛洪说抗衡的就只有刘歆了。

刘向、刘歆父子是西汉晚期著名的大学问家,他们也曾经续写过史记,事详汉书班彪传李贤注和史通古今正史篇,但是无论是正史还是野史,都未曾言及他们著有百卷本汉书,唯葛洪西京杂记跋除外。与之相反,刘向、刘歆曾用了二十余年的漫长时间整理汉代官藏典籍,撰作了中国第一部图书目录——七略,却史有明文。汉初统治者出于巩固政权需要,有鉴于战国以还特别自秦始皇焚书以来,典籍散乱匮乏,文献错讹互见,不利于以文兴国,于是注重民间访书,鼓励献书,至元、成之世,"百年之间,积书如丘山。故外有太常、太史、博士之藏,内有延阁、广内、秘书之府"(太平御览卷二三三所引)。书虽然多了,但书籍之源流,学术之变迁,作者之真伪虚实,典籍之错漏程度,均不甚了了。于是成帝于河平三年(前二六),命刘向兼领校中五经秘书之职,除召集步兵校尉任宏、太史令尹咸等专门家参与校勘之外,其子刘歆也发挥了主力的作用。然而,一方面校勘、提要等整理工作琐碎而繁杂,另一方面他们又都是朝中重臣,必须花费大量的时间和精力去处理政务,所以刘向父子不大可能再去写一部卷帙多达百卷的汉书。班固确曾利用过他们的成果,但明确可知的只有汉书高祖纪赞直接引用了刘向的高祖颂,而艺文志则以七略为蓝本,加以编排提炼,余则无考。

关于汉书的撰作,班固于太初之前,主要取材于史记,又另补立了惠帝纪、王陵传、吴芮传、蒯通传、伍被传、贾山传等,单立了张骞传;太初以后,则以其父班彪史记后传为基本依据,也吸取了续修史记的刘向父子、冯商、扬雄等人的成果,但其抉择甚精,从不轻用。另外,成帝时,班斿获赠宫中藏书副本,也是班固写作的重要参考书。并且这批典藏吸引了不少学者前来观书,其间的交流请益,对班固的写作大有帮助与启发,也使他得到前辈的赏识。据谢承后汉书所载:"固年十三,王充见之,拊其背谓彪曰:'此儿必记汉事。'"班固的"十志",尤见新意,充分显示其博学贯通的特点,许多成就还在史记"八书"之上,如刑法志、地理志、五行志等均系独创,绝非刘向、刘歆父子所能企及。何况有的列传,若非亲历,无法写出,如汉书西域传,记述西域五十一国,国别明,区域广,述事详尽,史记大宛列传也难望其项背。之所以如此,与其弟班超经略西域多年,熟知内情,给班固提供资料密不可分。而刘向父子却不具备此条件。再则,司马迁因举荐李陵,遭腐刑,有怨言,下狱死一事,出自东汉卫宏汉旧仪;扬雄论"读千首赋,乃能为之"的为赋说,则采自东汉桓谭的新论。所谓西京杂记"并(班)固所不取"的刘歆汉书之文一说,当不攻自破。自然,这并不排除有刘向、刘歆之作被葛洪所摘录的可能,实际上,如刘向作弹棋以献成帝,促使其放弃蹴踘运动一事,就系录自刘向的别录。余嘉锡已详言之,诚为信言。

东汉时期,由于帝室的鼓励,撰史之风十分盛行,如东观汉记、汉书的撰述,荀悦汉纪的问世,使纪传、编年二体基本定型,并成为以后历代封建史家修史的楷模。又如诸杂史、别史、起居注、职官、仪注、地理、谱牒、耆旧传等史籍新体的纷纷出现,使史学终于摆脱经学的附庸地位,形成独立的学术门类,汉魏之际史部的出现即为明证。此风经魏晋人鼓动,更加如火如荼。然而长期的政争与战乱,史书旋生旋灭,汉代的典籍及文物,即便是片瓦只语,魏晋人一经访得,莫不视为瑰宝,四处炫耀。好古之风,也引来了辑古书之风,抄撮甚至编造两汉之书成为时尚。

正是在这一背景下,葛洪抄撰而成西京杂记,也就不足为怪。据晋书本传所载,葛洪从不计较功赏,却常"欲搜求异书,以广其学"。他"在山积年,优游闲养,著述不辍"。其著述颇丰,名作即有抱朴子、神仙传等。他特别喜欢抄书,"抄五经、史、汉、百家之言,方技杂事三百一十卷"。传中虽未明言其作西京杂记,但抄撮史、汉及方技杂事,却与西京杂记性质极为吻合。联系册府元龟之记述,更加印证此事。葛洪之所以要冒名刘歆,究其原委,一则并非出于本人自撰,乃杂抄西汉旧闻,与自己文风不符;二则内容驳杂,非出于正史,作者已无从考见,难以引起士人

5

重视；三则刘向父子续作史记，事涉汉史，记名顺理成章，易见成效，又可借古自高。托古人之名以作伪书，由来已久，名人亦难免涉足，已非秘密。既然作伪，也难免漏出马脚，正如多位序跋作者所言，西京杂记的内容，与汉书时有抵牾，特别是广川王掘魏襄王冢，冢中所见竟与晋人石准盗发该墓，发现数十车竹简及一枚铜剑之记述相去甚远，足证杂记所言出于传说甚或杜撰，绝非刘歆所当书。又如大驾卤簿杂入晋制，也从另一侧面透露此书成于晋代。综上所述，若无新出确证，此书当属葛洪所纂集，不可轻废。

杂记杂记，其特点正在于“杂”。西京杂记一书中，文史星历，词赋典章，歌舞杂技，轶闻异事，无不毕陈，又其文字古朴雅丽，灿烂有致。历代文人墨客，多取其语，连诗圣杜甫如此严谨之人，也喜用其书。“词人沿用数百年，久成故实，固有不可遽废者焉”，四库提要之语，信哉！难怪鲁迅在著中国小说史略时，也说西京杂记“若论文学，则此在古小说中固亦意绪秀异，文笔可观”，于是该书的文学价值得以充分体现。

不过，由于西京杂记长期作者不明，记事诡谲，明清以还，常被斥为伪书，作史者虽有涉猎，亦有心得，但往往不敢引用，以免被人讥为无知与浅陋，所以本书的史料价值一直很少得以利用。其实，此书所载多有印证正史之处，亦可拾遗补缺，特别是随着汉代文物的大批出土，常能与其相对应。即便此书有伪，一旦弄清其来源与时代，仍可作为该时代的记述，发挥其应有作用。而且在晋以前，雕版印刷尚未发明，著述承传，笔录口述而已。同时由于学者认知的不同，师门家法的差异，转述时也会有所变化或增益，留下各自时代的痕迹。所以判断其真伪，亦不可一概而论，更不可以其中有晚出的东西而妄下断语。因此，重新认识发掘西京杂记，以及汉武故事、汉武帝内传、赵飞燕外传、天禄阁外史等所谓伪书的史料价值，实属必要。

本次作校注，以明孔天胤本为底本，利用当今可知见的版本近三十种。凡原本不误，他本错讹的不录；类书或子书所引不具参考价值且可能有增删的异文，一概不录；原本确系错字，则据他本径改，并加注说明。总之，尽量简约准确，以免冗赘。同时，本校注还吸收了中华书局以罗根泽点校本为基础而出版的新点校本西京杂记，上海古籍出版社出版的向新阳、刘克任撰作的西京杂记校注，贵州人民出版社出版的成林、程章灿所著的西京杂记全译的成果，除特别重要的以外，恕不一一标明。

又本书原作二卷，至宋人才分为六卷，并成通行形式。今底本即作六卷，故仍其旧，不妄从葛洪跋所言卷帙，唯觉得清卢文弨于目录中加注标目颇便于检索，今依其例，但对其所拟标题多作变动，其原则一是尽量使用本书原文原意，二是力求准确，尽量减少让人费解的语辞为题。是否达到此意图，敬请读者批评。

此外，附录部分力求详实。特别是本书所述多为关中旧闻，因此，关中所刻诸本序跋，即或有所不当，也合盘托出，毕竟乡人言乡情，允有所失误，要知学问自有公论，不必隐讳。本书草成，是非功过，亦请同仁评点，以求来日修正。

　　本书原于二〇〇六年，由三秦出版社收入长安史迹丛刊中，今获中华书局再版，深表谢意。

　　　　　　　周天游二〇二〇年七月十五日
　　　　　书于西安城南天鹅堡之不舍斋

卷第一

萧相国营未央宫

汉高帝七年[一],萧相国营未央宫[二]。因龙首山制前殿[三],建北阙[四]。未央宫周回二十二里九十五步五尺,街道周回七十里[五]。台殿四十三,其三十二在外,其十一在后宫[六]。池十三,山六,池一、山一亦在后宫[七]。门闼凡九十五[八]。

【注释】

〔 一 〕汉高帝,即汉高祖刘邦(公元前二五六——前一九五),江苏沛县人,西汉王朝的创建者。前二○二年即帝位,在位八年。汉高帝七年,即前二○○年。该记载与汉书高帝纪同,而史记高祖本纪将修未央宫事系于高帝八年,恐误。但未央宫工程浩大,虽始建于"七年",但第一期建设至高帝九年(前一九八)才大功告成。汉书翼奉传云:"孝文时未央宫又无高门、武台、麒麟、凤凰、白虎、玉堂、金华之殿,独有前殿、曲台、渐台、宣室、温室、承明耳。"据三辅黄图可知,未央宫营造的高峰时期不在高

1

帝时期,而在汉武帝时期。

〔二〕萧相国,即萧何(?——前一九三),江苏沛县人。随刘邦起义,推翻秦朝,平灭项羽,是汉初公认的首席功臣。刘邦初封汉王时,萧何为其丞相。汉初仍拜为丞相。至汉高帝十一年(前一九六),始改拜相国,以示优宠。相国一职,本称相,为百官之长。战国时期,除楚国以外,各国均拜相,或称相国,又称相邦,亦称丞相。秦统一天下,置丞相。汉初沿用秦制。有汉一代,唯萧何、曹参改拜相国,以其功高特加尊号而已。未央宫,位于汉长安城西南部,遗址在今西安市未央区未央宫乡之马家寨、大刘家寨、小刘家寨、何家寨、卢家村及周家河湾一带。该宫与长乐宫、建章宫齐名,是汉代三大宫殿之一。因长乐宫始建于秦,而未央宫建于其西,故又被称作西宫。其性质等同天帝所居之紫微宫,因而也被称作紫微宫,或简称为紫宫。"未央"之名,取其未尽之意,以示长久。高祖初居长乐宫,晚年入住未央宫。惠帝以后,始终是帝居之所。不难看出,未央宫是西汉一代政治活动的中心。

〔三〕龙首山,又名龙首原,位于今西安市城北。王土性广志绎云:"龙首来自樊川,其初由南而向北行,至渭滨乃始折而东。汉之未央据其折东高处为基,故宫基直出长安城上。"又三秦记曰:"此山长六十里,头入渭水,尾达樊川,头高二十丈,尾低可六七丈,色赤。"前殿,未央宫正殿。殿初成,刘邦曾于此大会诸侯及群臣,为太上皇祝寿。此殿以后是汉朝举行重大典礼和朝会的场所。现存有台基。王仲殊汉代考古学概说据考古发掘实测记录,称该殿基址的南北长三百五十米,东西宽约二百米,北端最高处在十五米以上。完全可以想见该殿当年之雄阔壮丽。

〔四〕北阙,未央宫正门,又名玄武阙,是一种门观建筑,王室发布命令和通告的地方。汉代百官一般都在此等候皇帝召见,所以设有公车署,因此北阙又称公车门。其高约三十丈,合今七十余米,颇为壮观。

〔五〕步,古代长度单位。周以八尺为一步,秦六尺一步,汉与秦同。三辅黄图作"周回二十八里"。长安志卷三引关中记作"三十一里"。王仲殊汉代考古学概说:"(未央宫)东墙和北墙各为二千二百五十米,周围全长八千八百米,合汉代二十一里。"则未央宫周长以本记载最接近实际,而关中记之"三"恐系"二"之刊误。

〔六〕未央宫之殿,据三辅黄图所载,有宣室、承明、钩弋、寿成、万岁、广明、清凉、永延、寿安、平就、宣德、东明、通光、曲台、延年、回车、宣明、长年、温室、昆德、麒麟、金华、武台、玉堂(有大、小两殿)、白虎、高门等殿在外。其中麒麟以下诸殿分建于汉武帝、宣帝时期。又有椒房殿,乃皇后所居,掖庭乃婕妤以下所居,有飞羽(本作"飞雨",一作"飞翔",均误)、昭阳、增成、合欢、兰林、披香、鸳鸯(本书作"鸣鸾",一作"鹓鸾")、安处、常宁、莒若、椒风、发越、蕙草、凤凰等殿,当在后宫。其中安处以下明确可知建于武帝时期。班固两都赋、张衡两京赋对掖庭诸殿均有涉及。两都赋李善注引三辅故事还有大秘殿,而张衡两京赋则又有龙兴殿。又水经注卷十九载未央宫尚有朱雀殿、含章殿,当系外殿。长安志卷三则载有晏昵殿、猗兰殿、敬法殿,疑前两殿乃后宫之殿。本书本卷"掖庭"条云后宫还有九华、云光两殿。

〔七〕未央宫中有沧池。三辅黄图云:"旧图曰:'未央宫有沧池,言池水苍色,故曰沧池。'"陈直按:长安志引关中记云:"未央宫中有沧池。"又西京赋云:"顾临太液,沧池莽沕。"

〔八〕未央宫中有司马门,见汉书成帝纪;金马门(本名鲁班门,事见汉书公孙弘传)、青琐门,均见三辅黄图;长秋门,见汉书戾太子传;白虎门,见汉书王莽传;止车门,见水经注卷十九;朱鸟门,见汉书王莽传(本作"端门",即正南门);公车门,见后汉书光武帝纪。别门有作室门,见汉书成帝纪。汉时侧门,称之掖门。而闼,小门也。敬法闼即敬法殿之小门,汉书王莽传"烧作室门,斧敬法闼"是也。

武帝作昆明池

武帝作昆明池〔一〕,欲伐昆吾夷〔二〕,教习水战。因而于上游戏养鱼〔三〕,鱼给诸陵庙祭祀,余付长安市卖之〔四〕。池周回四十里〔五〕。

【注释】

〔 一 〕武帝,即汉武帝刘彻(前一五六—前八七)。于前一四〇年即位,在位五十四年,西汉在此时达于极盛。但因其晚年好大喜功,穷兵黩武,使海内虚耗,民怨沸腾,国势因而衰败,虽经昭、宣中兴,也难挽颓势。昆明池,武帝元狩三年(前一二〇)下令开掘。三辅黄图引三辅旧事曰:"昆明池地三百三十二顷。"陈直按:嘉庆长安县志卷十四引王森文在长安斗门镇北见残碑,记昆明池界址云:"北极丰镐村,南极石匣,东极园柳坡,西极斗门。"今石匣口村,东界孟家寨、万村的西边,西界张村、马营寨、白家庄之东,北界在上泉北村和南丰镐村之间的土堤南侧(见一九六三年考古四期丰镐地区诸水道的踏察)。斗门镇遗址在今洛水村尽东一带。

〔 二 〕昆吾夷,当系"昆明夷"之误。指汉时居住在今云南滇池一带的一支少数民族。汉书武帝纪臣瓒注曰:"西南夷传有越嶲、昆明国,有滇池,方三百里。汉使求身毒国,而为昆明所闭。今欲伐之，故作昆明池象之，以习水战，在长安西南，周回四十里。食货志又曰时越欲与汉用船战，遂乃大修昆明池也。"身毒国，古印度也。

〔三〕张澍二酉堂丛书辑三辅故事云："武帝作昆明池，以习水战。后昭帝小，不能复征讨，于池中养鱼以给诸陵祠，余付长安市，鱼乃贱。"据此，武帝时似乎未养鱼于昆明池。但汉书西南夷传曰昆明国所在之滇王，于元封二年（前一〇九）归降汉朝，武帝遂置益州郡，从此当地安定了二十三年。其间不复征战，自然昆明池也不能闲置。至始元元年（前八六），昭帝初即位，益州廉头、姑缯民即反，引发当地二十四邑皆反。昭帝派兵大破之。过了三年，姑缯等又反，并击退汉兵，汉兵死伤甚众。第二年，昭帝再派重兵入益州，才平定叛乱。可见所谓"昭帝小，不能复征讨"纯系讹传，不足征信。

〔四〕长安市，长安城中的市场。三辅黄图引庙记云："长安市有九，各方二百六十六步。六市在道西，三市在道东。凡四里为一市。致九州之人在突门。夹横桥大道，市楼皆重屋。"又曰："旗亭楼，在杜门大道南。"陈直按：汉城九市，今可考者，有柳市、东市、西市、直市、交门市、孝里市、交道亭市七市之名。此外尚有高市。汉城曾出土有"高市"陶瓶，为余所得，后赠与兰州图书馆。刘志远汉代市井考所载四川新繁县出土的画像砖上，即有市的图像。市四面有墙垣围绕，三方设门，每面三开，东西市门相对，左边的市门内有隶书题记"东市门"三字。市中一般有市楼，最高五层。张衡西京赋云"旗亭五重，俯察百隧"。旗亭楼是市吏管理市场的地方，上面有鼓，击鼓开市，击鼓闭市，并从上面监督下面市上的交易。百隧即指市肆，分列成行，每肆各有三四排，井然有序。

〔五〕"四十里"，三辅黄图本或作"四里"，或作"十里"。陈直据长安

志改为"四十里"。汉书武帝纪臣瓒注正作"周回四十里",与
西京杂记同。

八月饮酎

汉制:宗庙八月饮酎[一],用九酝太牢[二],皇帝侍
祠[三],以正月旦作酒[四],八月成,名曰酎,一曰九酝,一曰
醇酎。

【注释】

[一]宗庙,皇帝或者诸侯用来祭祖的场所。酎,多次酿制的醇酒。
汉代用于酎祭的酒,一般经三重酿造。汉书景帝纪颜师古注
云:"(酎)三重酿,醇酒也,味厚,故以荐宗庙。"汉代普遍以曲
酿酒,即采用复式发酵法。汉书食货志曰:"一酿用粗米二斛,
麴一斛,得成酒六斛六斗。"由于酒中水的成分较高,所以度数
也自然低,易腐败变酸。汉书百官公卿表载广阿("阿"本作
"安",误,据颜师古注径改)侯任越人为太常,武帝元鼎二年
(前一一五)"坐庙酒酸论"。为了保证酎祭中酒的质量,所以
必须经多次酿造,以提高度数。酎酒据汉书景帝纪张晏注云:
"正月旦作酒,八月成。"酎祭则在八月立秋举行。又卫宏汉旧
仪云"皇帝唯八月饮酎",即指此制。

[二]九酝,即经多次酿造的酒。九,喻其多,与"酎"同义。严可均
全三国文卷一曹操奏上九酝酒法云:"臣县故令郭芝,有九酝春
酒法。"汉书韦玄成传晋灼注引汉旧仪曰:"酎祭用九太牢。"太
牢,古时祭社稷时,牛、羊、豕三牲齐备即为太牢,也有专指牛
的。汉代祭祀用太牢,一般用一太牢,即三牲。晋灼所言宗庙
十二祀,每祀均一太牢。武帝祠泰一,日一太牢,共七日。文帝

立长门五帝坛,祠以五牢,每帝也是各一太牢。所以作为闲祀的酹祭不可能上九牢,疑晋灼注有脱文。

〔三〕侍祠,亲自祭祠。

〔四〕正月旦,正月初一。

止雨如祷雨

京师大水〔一〕,祭山川以止雨。丞相、御史、二千石祷祠〔二〕,如求雨法〔三〕。

【注释】

〔一〕京师,天子所居,首都所在,此指长安。

〔二〕御史大夫,官名。汉书百官公卿表曰:"御史大夫,秦官,位上卿,银印青绶,掌副丞相。"汉承秦制,汉书朱博传曰:"高皇帝以圣德受命,建立鸿业,置御史大夫,位次丞相,典正法度,以职相参,总领百官,上下相监临,历载二百年,天下安宁。"可知汉时御史大夫主掌图籍秘书及四方文书,熟知法度律令,又握有考课、监察、弹劾百官之权,虽位次于丞相,实际上更亲近皇帝,更具有实权。二千石,官名。即指月俸谷一百二十斛,年俸为二千石的高级官员。地方则专指郡守。中央政府中则分两类:一为中二千石,包括位列九卿的太常、郎中令(后更名光禄勋)、卫尉、太仆、廷尉、大鸿胪、宗正、大司农、少府、执金吾等。一为二千石,即职在中央政府的太子太傅、将作大匠、大长秋、水衡都尉、司隶校尉、城门校尉、中垒校尉、屯骑校尉、步兵校尉、越骑校尉、长水校尉、射声校尉、虎贲校尉等,以及职掌京畿的京兆尹、左冯翊、右扶风等重要官员。祷祠,在祭场祈祷。

〔三〕求雨法,据汉旧仪云:"求雨,太常祷天地、宗庙、社稷、山川以赛,各如其常牢,礼也。四月立夏,旱,乃求雨祷雨而已;后旱,复重祷而已;讫立秋,虽旱不得祷求雨也。"续汉书礼仪志又云:"其旱也,公卿官长以次行雩礼求雨。闭诸阳,衣皂,兴土龙,立土人舞僮二佾,七日一变如故事。"按春秋公羊传的经义,如董仲舒春秋繁露的解释,"大旱者,阳灭阴也。阳灭阴者,尊厌卑也。固其义也,虽大甚,拜请之而已"。然而闻大水则不同,"大水者,阴灭阳也。阴灭阳者,卑胜尊也。……以贱伤贵者,逆节也,故鸣鼓而攻之,朱丝而胁之,为其不义也,此亦春秋之不畏强御也"。可见止雨与求雨并不同法,因"义"不同。这里所说的"如求雨法",可能是讲止雨也要和求雨一样,"拜请之而已",不拘泥于形式。汉旧仪云:"成帝三年六月,始命诸官止雨,朱绳反萦社,击鼓攻之,是后水旱常不和。"故不得不改弦更张。

天子笔

天子笔管〔一〕,以错宝为跗〔二〕,毛皆以秋兔之毫〔三〕,官师路扈为之〔四〕。以杂宝为匣〔五〕,厕以玉璧翠羽〔六〕,皆直百金〔七〕。

【注释】

〔一〕初学记卷二一、太平御览卷六〇五所引"天子"上均有"汉制"二字。又"笔"下,初学记四处引文均无"管"字,太平御览亦同。

〔二〕错,是一种特殊装饰工艺,一指描金,一指在金属器物或犀象制品上的槽中镶嵌金银、绿松石等珍贵宝物。错宝即指后者。傅玄校工曾云:"汉末一笔之柙,雕以黄金,饰以和璧,缀以隋珠,文以翡翠。其笔非文犀之桢,必象齿之管,丰狐之柱,秋兔之翰矣。"跗,尾,此指笔帽,即在文犀或象牙所做的笔帽上,错以金银及宝石。

〔三〕毫,兽毛,秋天长得细长而尖,有弹性,易于做笔头,其中又以秋兔之毛最受欢迎,王羲之笔经云:"汉时诸郡献兔毫,出鸿都,惟有赵国毫中用。"

〔四〕官师,具体负责制笔的吏员,续汉百官志载,少府属官有守宫令,主御纸笔墨泥封及尚书财用诸物。此官师应是其属吏。

〔五〕匣,放天子笔的盒子。汉时注重盒子的装饰,天子笔匣尤其。正如前注引傅玄所言,所用的各色宝物有黄金、美玉、珍珠、翡翠等。

〔六〕厕,加入。翠羽,青绿色的鸟羽。

〔七〕直,同"值",即价值。百金,汉时以黄金为上币。陈直汉书新证云:"黄金一斤,直钱万,每两合六百二十五钱。他银一流直一千,每两合一百二十五钱。金价比银价恰好贵五倍。"此百金非实指,喻其价高而已。

天子玉几

汉制:天子玉几〔一〕,冬则加绨锦其上〔二〕,谓之绨几。以象牙为火笼〔三〕,笼上皆散华文〔四〕,后宫则五色绫文〔五〕。以酒为书滴〔六〕,取其不冰;以玉为砚,亦取其不冰。夏设羽扇,冬设缯扇〔七〕。公侯皆以竹木为几,冬则以细罽为橐以凭之〔八〕,不得加绨锦〔九〕。

【注释】

〔一〕玉几,汉旧仪曰:"天子用玉几。"五代末以前,人皆席地而坐,席地而卧,无高足家具。几常置席上、榻上或床上,为主人坐累时,借以凭靠,半躺半卧,以事休息的器物。多呈"V"字形,有三足。<u>汉</u>时之制依从周制。<u>尚书顾命</u>曰:"王不怿。甲子,王乃洮頮水,相被冕服,凭玉几。"这句话的意思是,<u>周成王</u>病重,甲子日,无力沐浴,只是用手蘸水擦擦脸,被扶着穿上冕服,靠着玉几坐下,召群臣安排后事。该篇又曰:"越七日癸酉,伯相命士须材,狄设黼扆缀衣。牖间南向,敷重笋席,黼纯,华玉仍几。西序东向,敷重厎席,缀纯,文贝仍几。东序西向,敷重丰席,画纯,雕玉仍几。西夹南向,敷重筍席,玄纷纯,漆仍几。"堂上聚会,南向为尊,为天子之座,所以席为多重竹篾细席,席四周用彩色的缯作边饰,用华美的玉来装饰几。其余出席者,则按东向、西向、西夹室南向的顺序就坐,席与几的档次依次递减。<u>汉</u>时统治者优礼老臣、勋贵或民间长者,往往赐几和杖,形成风俗。

〔二〕绨锦,一种粗厚平滑且有彩色图案的丝织品。冬天套在几上,防止玉凉伤身。

〔三〕火笼,<u>方言</u>曰:"今簰笼是也。"又<u>南史萧正德传</u>曰:"初去之始,为诗一绝,内火笼中,即咏竹火笼,曰:'桢干屈曲尽,兰麝氛氲销。欲知怀炭日,正是履冰朝。'"可知火笼夏则熏香,冬则取暖,为室中必备之物。

〔四〕散华文,雕美丽花纹于象牙笼之各个部位。

〔五〕五色绫文,仿彩色绫布的花纹。

〔六〕书滴,研墨所用的水。

〔七〕羽扇,用鸟的羽毛制成的扇子。<u>崔豹古今注</u>曰:"雉尾扇起于<u>殷</u>世。高宗有雊雉之祥,服章多用翟羽。周制以为王后、夫人之车服。……<u>汉朝</u>乘舆服之。"乘舆指天子。缯扇,用厚丝绸所作的拥身扇。

〔八〕细罽,用细长的羊毛织成的毛料。橐,<u>汉代</u>指无底的袋子。其

10

原意当指小袋子。释见诗经公刘之传文。公侯以下,冬天用麕橐套在几上以御寒。御览卷七一〇"橐"引作"囊"。

〔九〕御览卷七一〇所引,下有"之饰于几案"五字。

吉光裘

武帝时,西域献吉光裘〔一〕,入水不濡。上时服此裘以听朝〔二〕。

【注释】

〔一〕西域,东起玉门关,北至阿尔泰山,西北至巴尔喀什湖,西至塔什干以东,西南至葱岭(即今帕米尔),南至昆仑山。西汉置西域都护府统理西域诸国,以对抗匈奴。吉光裘,十洲记曰:"汉武帝天汉三年,西国王献吉光毛裘,色黄,盖神马之类,入水不沉,入火不焦。"

〔二〕上,皇上,此指汉武帝。"时",上海涵芬楼影明抄本说郛作"常"。听朝,临朝听群臣议政。

戚夫人歌舞

高帝戚夫人善鼓瑟击筑〔一〕。帝常拥夫人倚瑟而弦歌〔二〕,毕,每泣下流涟〔三〕。夫人善为翘袖折腰之舞〔四〕,歌出塞、入塞、望归之曲〔五〕。侍妇数百皆习之〔六〕,后宫齐首高唱〔七〕,声入云霄。

【注释】

〔一〕戚夫人,刘邦最为宠幸的妃子,生赵王如意。刘邦多次想立赵王为太子,被吕后求张良设计制止。刘邦去世,吕后酖杀赵王,将戚夫人剁去手足,挖掉眼睛,熏聋耳朵,弄哑声音,谓之"人彘",下场颇为悲惨。鼓,弹奏。瑟,可弹拨的弦乐器。马融笛赋曰:"神农造瑟。"世本则曰:"宓羲所造,八尺一寸,四十五弦。"黄帝书又云:"泰帝使素女鼓瑟而悲,帝禁不止,故破其瑟为二十五弦。"尔雅:"瑟二十七弦者曰洒。"据风俗通义,汉时的瑟当为二十五弦,长五尺五寸。又长沙马王堆汉墓一号墓出土瑟一具,为木制,长一百一十六厘米,宽三十九点五厘米,瑟面略作拱形,有二十五个弦孔。弦分三排,中间安弦七根,内外各置九根,弦粗细不一。此外广州龙生冈四十三号东汉墓也出土瑟一具,形制与马王堆所出相同。击,敲打。筑,敲击弦乐器。史记高祖本纪正义引应劭云:"状似瑟而大,头安弦,以竹击之,故名曰筑。"

〔 二 〕倚瑟,随着瑟的乐声。弦歌,按瑟的音律而歌唱。

〔 三 〕流涟,悲戚落泪的样子。汉书张良传载,吕后听从张良之计,罗致商山四皓为太子(即惠帝)师,使刘邦打消改立赵王如意为太子的念头,故戚夫人常悲戚。史记留侯世家云:"戚夫人泣,上曰:'为我楚舞,吾为若楚歌。'歌曰:'鸿鹄高飞,一举千里。羽翮以就,横绝四海。横绝四海,当可奈何!虽有矰缴,尚安所施!'歌数阕,戚夫人嘘唏流涕。"史记张丞相传曰:"赵尧侍高祖,高祖独心不乐,悲歌,群臣不知上之所以然。"

〔 四 〕翘袖,举袖;折腰,曲腰。汉代舞姿动作颇大,陕西周至县出土的汉代舞蹈组俑即是明证。

〔 五 〕古今注曰:"横吹,胡乐也。博望侯张骞入西域,传其法于西京,唯得摩诃、兜勒二曲。李延年因胡曲更进新声二十八解,乘舆以为武乐。后汉以给边将。和帝时,万人将军得用之。魏晋以来,二十八解不复俱存,见世用黄鹄、陇头、出关、入关、出塞、入

塞、折杨柳、覆子、赤子阳、望行人十曲。"戚夫人所歌之出塞、入
塞、望归(疑即望行人)三曲,流行于汉初,更早于张骞。所谓新
声,恐系李延年利用西域音乐对旧曲加以改写,与戚夫人所歌
有较大变化。

〔 六 〕"妇",汉魏丛书本、稗海、秦汉图记本、津逮秘书本、学津讨原
本、抱经堂本、正觉楼丛刻本、艺风钞书本、日本宽政及元禄本
均作"婢"。

〔 七 〕卢文弨注:"'齐首',本或作'齐音'。"

弢环

戚姬以百炼金为弢环[一],照见指骨。上恶之,以赐待
儿鸣玉、耀光等,各四枚。

【注释】

〔 一 〕戚姬,即戚夫人。百炼金,先秦秦汉时称铁为"恶金"。陈直两
汉经济史料论丛曰:"汉代炼铁之精者,称为巨刚,炼钢的技术,
正在提高中,虽不如后代之钢,其韧度已接近于钢。"又曰:"文
选卷二十五刘越石赠卢谌诗:'何意百炼刚,化为绕指柔。'汉
代并无金指环出土,也未见有明确的文献记载,此百炼金当是
百炼刚。弢环,指环。

鱼藻宫

赵王如意年幼[一],未能亲外傅[二]。戚姬使旧赵王内
傅赵媪傅之[三],号其室曰养德宫[四],后改为鱼藻宫[五]。

【注释】

〔 一 〕赵王如意，即赵隐王刘如意，戚夫人所生，刘邦第四子。

〔 二 〕外傅，礼记曾子问曰："孔子曰：'古者男子外有傅，内有慈母，君命所使教子也。'"又礼记内则曰："十年出就外傅，居宿于外。"注曰："外傅，教学之师也。"即古代男子年满十岁，当居外投靠老师，学习为人处世的道理。而赵王年幼，尚不能独立外出就学。

〔 三 〕旧赵王，当指赵王张耳。汉书张耳传载，汉高帝四年夏，立张耳为赵王。五年秋，张耳病死，由其子张敖继为赵王。七年，贯高欲谋杀刘邦，事未果。九年，事发，贯高承担一切罪责，张敖得以保全，降为宣平侯。于是封刘如意为赵王。内傅，古者称宫中媬姆为内傅。赵媪，赵姓成年妇人。

〔 四 〕三辅黄图卷三所引有养德宫，为汉甘泉宫中一处宫院，当建于秦或汉初，汉武帝建甘泉宫，将其包括在内。

〔 五 〕"鱼藻"，取诗经鱼藻"鱼在在藻，依于其蒲。王在在镐，有那其居"之寓意，显示出戚夫人急盼赵王依靠刘邦支持，有朝一日能成就周武王一样的勋业。

缢杀如意

惠帝尝与赵王如意同寝处〔一〕，吕后欲杀之而未得〔二〕。后帝早猎，王不能夙兴〔三〕，吕后命力士于被中缢杀之。及死，吕后不之信。以绿囊盛之〔四〕，载以小辆车〔五〕，入见，乃厚赐力士。力士是东郭门外官奴〔六〕。帝后知，腰斩之〔七〕，后不知也。

【注释】

〔 一 〕惠帝，即刘盈（前二一〇—前一八八），刘邦长子，吕后所生，宅心仁厚，性格懦弱，缺乏主见，所以并不被刘邦看好，欲废黜他，改立如意为太子。刘邦死后，吕后几次想杀如意，然而"孝惠帝慈仁，知太后怒，自迎赵王霸上，与入宫，自挟与赵王起居饮食。太后欲杀之，不得间"。吕后杀如意后，惠帝十分伤悲，从此终日饮酒作乐，不理朝政，在位仅七年，于二十三岁即早逝。事详史记吕太后本纪。

〔二〕吕后(前二四一——前一八〇)，名雉。秦末，父吕公为避仇迁居沛县。时刘邦为亭长，吕公善相人，以为刘邦能成就大业，于是主动将吕雉嫁与他。吕后为人刚毅，佐刘邦平定天下。惠帝死，吕后一度临朝主政。吕后驾崩，周勃、陈平调动禁军，诛灭吕氏，扶汉文帝刘恒登基。

〔三〕夙兴，早起。

〔四〕绿囊，绿色的袋子。汉代后宫多用绿色袋子。

〔五〕辒车，四面带帷帐的车，一作妇女用车，一作兵车。力士恐杀赵王事泄露，故用辒车载尸体。

〔六〕东郭门，三辅黄图卷一曰："长安城东出北头第一门曰宣平门，民间所谓东都门。"又曰："其郭门亦曰东郭。""郭"本作"都"，陈直校证据玉海所引改。又汉书疏广传云："供张东都门外。"苏林注云："长安东郭门也。"官奴，因本人犯法或受他人牵连而被没入官府为奴的人。

〔七〕腰斩，古代酷刑之一。先秦时称为"铁质"。何休公羊传注曰："铁质，要斩之罪。"要，即腰。释名以汉制为准，其文曰："斫头曰斩，斫腰曰腰斩。斩，暂也，暂加兵即断也。"说详沈家本历代刑法考。

乐游苑

乐游苑自生玫瑰树[一]，树下多苜蓿[二]。苜蓿一名怀风,时人或谓之光风。风在其间,常萧萧然〔三〕,日照其花有光彩,故名苜蓿为怀风。茂陵人谓之连枝草〔四〕。

【注释】

〔一〕乐游苑,汉代著名皇家园林之一。该苑地处乐游原,两京新记称其"基地最高,四望宽敞"。在今西安市长安区杜陵一带。苑始建于汉宣帝神爵三年(前五九)春,是踏春赏秋的绝佳去处。宣帝死后,即葬于此,号杜陵。李白曾写有忆秦娥:"乐游原上清秋节,咸阳古道音尘绝。音尘绝,西风残照,汉家陵阙。"说的就是该苑情景。

〔二〕苜蓿,植物名,又称木粟、牧宿、怀风、光风草。原产于西域,张骞通西域后,自大宛传入中原。它是牛马等动物的饲料,又可作绿肥,还可入药,嫩茎可作蔬菜食用,作汤最佳。

〔三〕萧萧然,群草摇动的样子。卢文弨注曰:"齐民要术三引作'风在其间肃然'。"说郛节本作"肃肃"。萧、肃,古同音通用。

〔四〕茂陵,汉武帝之陵园,在今陕西兴平市南位乡策村。此地汉代为槐里县茂乡,故名。因在陪葬的李夫人墓之东,又号"东陵"。其东又有著名的霍去病陪葬墓,现辟为茂陵博物馆,是汉代大型写意石雕的汇萃之地。

太液池

太液池边皆是雕胡、紫箨、绿节之类〔一〕。菇之有米者,长安人谓为雕胡〔二〕;葭芦之未解叶者〔三〕,谓之紫箨;菇之有首者,谓之绿节。其间凫雏、雁子布满充积〔四〕,又多紫龟、绿鳖。池边多平沙,沙上鹈鹕〔五〕、鹧鸪、鸂鶒、鸿鶂动辄成群〔六〕。

【注释】

〔一〕太液池,汉代宫城中最大的人工湖泊。三辅黄图曰:"在长安故
城西,建章宫北,未央宫西南。太液者,言其津润所及广也。"又
汉书郊祀志颜师古注引三辅故事曰:"太液池北岸有石鱼,长
三丈,高五尺。西岸有石鳖三枚,长六尺。"该池遗址在今西安
市未央区未央乡高堡子、低堡子村西北的洼地处。一九七三年
二月,当地曾出土一件橄榄形石雕,长四点九米,中间最大直径
为一米,疑即石鱼。雕胡,菇米。菇,植物名,系多年生草本植
物,故称茭白。其开花后即结实,也就是雕胡米,可食用。紫
荈,叶子尚未张开的芦苇,因其外皮呈紫褐色而得名。绿节,即
茭白菇的别称。

〔二〕"为",抱经堂本、张皋文校本、杨雪沧抄本、艺苑捃华本均作
"之"。

〔三〕葭芦,即芦苇,诗幽风七月孔疏曰:"初生为葭,长大为芦,成则
名为苇。"

〔四〕凫雏,初生的野鸭。雁子,大雁的蛋。

〔五〕鹈鹕,一种大型的水鸟,嘴长而下有皮囊,善捕鱼类。卢文弨注
曰:"'鹈鹕',本亦作'鷅鶘'。"

〔六〕鷓鸪,鸟名,形似母鸡,头似鹌鹑,叫声似"行不得也哥哥"。鵁
鹢,水鸟名,即池鹭。鸿鹩,一种大型水鸟,形似鹭,或称作
"鹳"。

17

终南山草树

终南山多离合草〔一〕,叶似江蓠〔二〕,而红绿相杂,茎皆
紫色,气如萝勒〔三〕。有树直上百尺〔四〕,无枝,上结藂条如

车盖〔五〕,叶一青一赤〔六〕,望之班驳如锦绣〔七〕。长安谓之丹青树,亦云华盖树。亦生熊耳山〔八〕。

【注释】

〔一〕终南山,秦岭主峰,在今西安市南。又称南山、太乙山、太一山、地肺山。山势雄阔,草木繁茂,物产丰富,水源汇积,是古长安重要的资源生存宝库。离合草,草名。

〔二〕江蓠,香草,又名蘼芜。楚辞离骚:"扈江离与辟芷兮,纫秋兰以为佩。"此草又可作药物,博物志卷四药物:"芎𬷕,苗曰江蓠,根曰芎𬷕。"李时珍曰:"嫩苗未结根时,则为蘼芜,既结根后,乃为芎𬷕。大叶似芹者为江蓠,细叶似蛇床者为蘼芜。"

〔三〕萝勒,即香菜。又称兰香,十六国时避石勒名讳而改。可入药。卢文弨注曰:"本作'罗勒'。"

〔四〕"尺",孔本作"丈",误,今据汉魏丛书本、秦汉图记本、万历本、学津讨原本改。

〔五〕藂,草本丛生之貌。车盖,古代车上的伞盖。天子车盖,色彩斑斓,故称华盖。贵族之车盖亦然。古今注曰:"华盖,黄帝所作。与蚩尤战于涿鹿之野,常有五色云气,金枝玉叶止于帝上,有花葩之象,故因而作华盖焉。"又汉书王莽传曰:"或言黄帝时建华盖以登仙,莽乃造华盖九重,高八丈一尺,金瑵羽葆,载以秘机四轮车,驾六马,力士三百人黄衣帻,车上人击鼓,挽者皆呼'登仙'。"

〔六〕此树叶一面青色,一面赤红色,与丹砂、青䕷两种矿物颜料色泽相似,故被称丹青树。

〔七〕班,同斑。班驳,色彩相杂的样子。

〔八〕熊耳山,山名,指秦岭山脉东支,位于河南宜阳至豫陕交界处,因其两峰并峙,状似熊耳而得名。

高祖斩蛇剑

汉帝相传以秦王子婴所奉白玉玺[一]，高祖斩白蛇剑[二]。剑上有七采珠，九华玉以为饰，杂厕五色琉璃为剑匣[三]。剑在室中[四]，光景犹照于外[五]，与挺剑不殊[六]。十二年一加磨莹[七]，刃上常若霜雪。开匣拔鞘，辄有风气，光彩射人。

【注释】

〔一〕秦王子婴（？—前二○六），秦始皇之孙。前二○七年，刘邦攻破武关，兵进关中。秦相赵高杀秦二世，立其侄子婴为秦王，不敢再称帝。但子婴在位仅四十六天，即被迫向刘邦投降，不久即遭项羽杀害。白玉玺，秦朝传国玉玺。汉书元后传曰："初，汉高祖入咸阳至霸上，秦王子婴降于轵道，奉上始皇玺。及高祖诛项籍，即天子位，因御服其玺，世世传受，号曰汉传国玺。"又三国志吴书孙破虏讨逆传裴松之注引韦昭吴书曰："（孙）坚入洛，扫除汉宗庙，祠以太牢。坚军城南甄官井上，旦有五色气，举军惊怪，莫有敢汲。坚令人入井，探得汉传国玺，文曰'受命于天，既寿永昌'，方圜四寸，上纽交五龙，上一角缺。初，黄门张让等作乱，劫天子出奔，左右分散，掌玺者以投井中。"所谓缺一角者，沈钦韩后汉书疏证曰："玉玺记：元后出玺投地，玺上螭一角缺。"又晋书舆服志曰："又有秦始皇蓝田玉玺，螭兽纽，在六玺之外，文曰'受天之命，皇帝寿昌'。汉高祖佩之，后世名曰传国玺，与斩白蛇剑俱为乘舆所宝。及怀帝没胡，传国玺没于刘聪，后又没于石勒。及石季龙死，胡乱，穆帝世乃还江南。"

〔二〕斩白蛇剑，史记高祖本纪曰："高祖以亭长为县送徒骊山，徒多道亡。自度比至皆亡之，到丰西泽中，止饮，夜乃解纵所送徒。曰：'公等皆去，吾亦从此逝矣。'徒中壮士愿从者十余人。高祖被酒，夜径泽中，令一人行前。行前者还报曰：'前有大蛇当径，愿还。'高祖醉，曰：'壮士行，何畏！'乃前，拔剑击斩蛇。蛇遂分为两，径开。"事后有追随者告诉刘邦，曾见一老妇人在蛇死之处痛哭，说是白帝子被赤帝子所杀。于是斩白蛇剑成为刘邦承天命享有天下的物证，也成为神物而代代相传。此剑，高祖本人云"提三尺剑取天下"，而汉旧仪则曰"斩蛇剑长七尺"，崔豹则以为高祖为亭长，理应提三尺剑，及贵，当别得七尺宝剑。此剑受历代皇家重视，置于武库中珍藏。至西晋初，此剑被焚毁。晋书舆服志："斩白蛇剑至惠帝时武库火烧之，遂亡。"晋书张华传曰："武库火，华惧因此变作，列兵固守，然后救之，故累代之宝及汉高斩蛇剑、王莽头、孔子屐等尽焚焉。"但百炼精钢所铸之剑岂能焚毁，所以传文以"时华见剑穿屋而飞，莫知所向"来了结这笔糊涂账。

〔三〕汉时上自天子，下讫平民，凡男性多佩刀剑。而皇帝常佩"七尺玉具剑"。后汉书南匈奴传注云："玉具，标首镡卫尽用玉为之。"也就是说，包括剑格、剑茎、剑首和剑室等均用玉制。所谓七彩珠、九华玉，均为珍贵珠玉之名。天子剑之装饰，可谓豪华之极。琉璃，即玻璃器。希腊、罗马、波斯及西域诸国盛产此类器皿。战国时开始传入中原。汉时张骞打通西域，琉璃器及制作技艺较多传入中国。汉书西域传曰："（罽宾国）出封牛、水牛、象、大狗、沐猴、孔爵、珠玑、珊瑚、虎魄、璧流离。"颜师古注引魏略曰："大秦国出赤、白、黑、黄、青、绿、缥、绀、红、紫十种流离。"罽宾国在今克什米尔和阿富汗东北一带。大秦国即罗马帝国。二十世纪七十年代以来，西安何家村出土窖藏和扶风法门寺法器中均有琉璃器，且极富异国情调，精妙绝伦。

〔 四 〕室，即装剑的剑鞘。扬雄方言曰："剑削，自河而北，燕赵之间谓之室。""削"即鞘。

〔 五 〕光景，剑身所反射出来的光华。

〔 六 〕挺剑，拔出的剑。

〔 七 〕磨莹，研磨剑身，使之有光泽。

七夕穿针开襟楼

汉彩女常以七月初七日穿七孔针于开襟楼[一]，俱以习之[二]。

【注释】

〔 一 〕彩女，即采女。后汉书皇后纪曰："又置美人、宫人、采女三等，并无爵秩，岁时赏赐充给而已。"又后汉书宦者传："又闻后宫彩女数千余人，衣食之费，日数百金。"可见采女实际上是宫中地位较低的宫女。汉代每年八月都要在民间选拔宫女，风俗通义曰："案采者，择也。以岁八月，雒阳民遣中大夫与掖庭丞、相工阅视童女年十三以上，二十以下，长壮妖絜有法相者，载入后宫。"此言东汉采女之制源自西汉。七月七日，织女会牛郎的传说，于汉代即流传。风俗通义曰："织女七夕当渡河，使鹊为桥。"而天下女子则有穿针乞巧的风俗。开襟楼，宫女所居在掖庭，此楼当在掖庭，属未央宫。

〔 二 〕习之，御览卷三一引作"习俗也"。

身毒国宝镜

宣帝被收系郡邸狱[一]，臂上犹带史良娣合采婉转丝绳〔二〕，系身毒国宝镜一枚〔三〕，大如八铢钱〔四〕。旧传此镜见妖魅〔五〕，得佩之者为天神所福，故宣帝从危获济〔六〕。及即大位，每恃此镜，感咽移辰〔七〕。常以琥珀笥盛之〔八〕，缄以戚里织成锦〔九〕，一曰斜文锦〔一〇〕。帝崩，不知所在。

【注释】

〔一〕宣帝，汉宣帝刘询（前九一——前四八），汉武帝之曾孙，戾太子刘据之孙。武帝末年，"海内虚耗，户口减半"。昭帝即位，重用霍光，轻徭薄赋，与民休息，国势转兴。公元前七四年，昭帝去世，无子嗣。霍光于是从掖庭中迎立刘询为帝。宣帝在位二十五年，信赏必罚，求真务实，吏称其职，民安其业，威摄北方，匈奴归依，史称"昭宣中兴"，而宣帝居功至伟。事详汉书宣帝纪。收系，捉拿关押。"系"原误作"击"，据野竹斋等本改。郡邸，汉时各郡设在京城的官舍。邸中有狱，以收治犯法的吏员和政府交押的犯人，多系临时羁押。汉旧仪曰："郡邸狱治天下郡国上计者，属大鸿胪。"武帝末年，宫中权力斗争日趋剧烈，巫师大行其道。太子刘据与江充不和，江充利用武帝的信任，诬告刘据于宫中埋桐木人，以诅咒病中的武帝。刘据恐惧，遂与皇后同谋杀死江充，发兵抗拒官军，激战五日，死者数万人，皇后及刘据先后自杀。为此受牵连者甚众，史称"巫蛊之祸"。宣帝系戾太子之孙，虽年在褓褓，也被收监，所幸廷尉监邴吉可怜宣帝无辜受罪，派女徒乳养，照顾有加。

〔二〕史良娣，戾太子刘据之妾，史姓。太子除正妃外，还有良娣和孺子两等妾。史良娣生史皇孙，史皇孙纳王夫人，生宣帝，号"皇曾孙"。史良娣与史皇孙、王夫人均因"巫蛊"事被杀。犹带，文弨注："本又作'常带'。"合采婉转丝绳，即五彩丝带。风俗通义曰："五月五日以五彩丝系臂，名长命缕，一名续命缕，一名辟兵缯，一名五色缕，一名朱索。又有条达等织组杂物，以相问遗。古诗云'绕臂双条脱'是也。"可见汉代无论贵族，还是平民，都以系或送五色缕以求躲避鬼、病、杀身之祸，以望长命安康，成为流行风尚。

〔三〕身毒国，即古印度的音译名，史记大宛列传即载有"身毒国"。又称天竺。

〔四〕八铢钱，本秦钱，方孔圆钱，文曰"半两"，重如其文。汉初以其太重，改铸荚钱，即所谓榆荚钱，又太轻。所以到吕后二年(前一八六)更铸八铢钱，钱直径为三厘米。铢，计量单位，秦汉时，一斤为十六两，一两为二十四铢。

〔五〕"见"即现。

〔六〕从危获济，汉书宣帝纪曰："武帝疾，往来长杨、五柞宫，望气者言长安狱中有天子气，上遣使者分条中都官狱系者，轻重皆杀之。内谒者令郭穰夜至郡邸狱，(邴)吉拒闭，使者不得入，曾孙赖吉得全。因遭大赦，吉乃载曾孙送祖母史良娣家。"至元平元年(前七四)七月，霍光在奏废昌邑王刘贺后，奏立刘询为帝。

〔七〕辰，时辰，一个时辰相当于二小时。移辰，良久，即很长时间。

〔八〕琥珀笥，用琥珀装饰的竹制盛物盒子。

〔九〕织，用针缝合。戚里，三辅黄图曰："长安闾里一百六十，室居栉比，门巷修直。有宣明、建阳、昌阴、尚冠、修城、黄棘、北焕、南平、大昌、戚里。"汉书石奋传："于是高祖召其姊为美人，以奋为中涓，受书谒。徙其家长安中戚里。"师古注曰："于上有姻戚者，则皆居之，故名其里为戚里。"织成锦，汉代以来用五彩色丝或金线织成的华彩纹锦，是帝王及将相大臣、后宫后妃服饰的常用材料，主产于蜀地，唐元稹估客乐诗云："炎州布火浣，蜀地锦织成。"

〔一〇〕斜文锦，丝织品名。"文"即纹。

霍显为淳于衍起第赠金

霍光妻遗淳于衍蒲桃锦二十四匹，散花绫二十五匹〔一〕。绫出钜鹿陈宝光家〔二〕，宝光妻传其法。霍显召入其第，使作之。机用一百二十镊〔三〕，六十日成一匹，匹直万钱。又与走珠一琲〔四〕，绿绫百端〔五〕，钱百万，黄金百两，为起第宅，奴婢不可胜数。衍犹怨曰："吾为尔成何功，而报我若是哉〔六〕！"

【注释】

〔 一 〕霍光妻，即霍显，霍光续弦。霍光，汉骠骑将军霍去病之弟，武帝时任奉车都尉、光禄大夫，出入禁闼二十余年，小心谨慎，甚见亲信。昭帝八岁即位，政事壹决于霍光，百姓充实，四夷宾服。宣帝即位，光极受礼遇，兄弟一门贵重。霍显有女名成君，想入后宫，以巩固家族地位。时许皇后妊娠，病。女医淳于衍入宫侍疾。霍显以提拔其夫为安池监为条件，指使淳于衍下药毒死许皇后，霍光女终入宫立为皇后。初，法吏追究淳于衍，霍显恐事败露，密报霍光，霍光不忍检举，将事压下。光死后，此阴谋方逐渐显露。霍氏谋废宣帝而立霍禹为帝，事发，灭霍氏，唯霍皇后废处昭台宫，与霍氏相连坐诛灭者数千家。事详汉书外戚传、霍光传。又外戚传曰霍显"亦未敢重谢衍"，与此记不同。蒲桃锦，织有葡萄纹的锦缎。散花绫，丝织品名，上散布各色花纹。匹，量名。汉书食货志曰："布帛广二尺二寸为幅，长四丈为匹。"

〔 二 〕钜鹿，郡名，治所在今河北省平乡县西南。陈宝光，人名，生平无考。

〔三〕镊,织丝器织机上提综的踏板。三国志杜夔传引傅玄马钧传序曰:"旧绫机五十综者五十镊,六十综者六十镊,先生患其丧功费日,乃皆易以十二镊。"镊、镊通。

〔四〕走珠,珍珠的一种。沈怀远南越志曰:"珠有九品,大五分以上至一寸八分,分为八品。有光彩,一边小平,似覆釜者名当珠;当珠之次为走珠,走珠之次为滑珠。"琲,贯珠十串为一琲。文选吴都赋"珠琲"刘逵注曰:"琲,贯也。珠十贯为一琲。"

〔五〕端,布匹的长度单位。陈直两汉经济史料论丛曰:"王国维释币引魏书食货志云:'绢曰匹,布曰端。布六丈而当匹绢,绢以四丈为一匹,布以六丈为一端。'案王氏所引,系北魏时制度。居延木简称'九稯布二匹','广汉八稯布十九匹',并不称端。古诗有:'客从远方来,遗我一端绮。'是汉时缯帛一匹,亦可称为一端。"又杨伯峻春秋左传注曰:"古代布帛,皆以古尺二丈为一端,二端为一两。二两类似今之二匹。"可见自先秦至北魏,该长度单位不断有变化,不可以一衡之。

〔六〕文弨注曰:"本一作'而报我者若是',无'哉'。"

旌旗飞天堕井

济阴王兴居反〔一〕,始举兵,大风从东来,直吹其旌旗,飞上天入云,而堕城西井中。马皆悲鸣不进。左右李廓等谏〔二〕,不听。后卒自杀。

【注释】

〔一〕济阴王兴居,即刘兴居,齐悼惠王刘肥次子。初封东牟侯。吕后擅政,曾与大臣密谋诛吕氏,立齐王为帝。吕氏灭,与众臣共拥立文帝于代邸。文帝知兴居初欲立齐王,所以黜其功,仅割济北一郡封其为济北王,而不依臣议以梁地王兴居,于是兴居心生怨怼。文帝前元三年(前一七七),匈奴犯北境,文帝亲赴太原劳军,兴居借机起兵谋反,兵败自杀,封国被废除。事详汉书高五王传。"济阴王",诸本皆同,唯卢文弨据汉书改作"济北王"。然原本如此,当明其误而仍其旧。

〔二〕左右,亲近部下。李廓,人名,正史无考。

弘成子文石〔一〕

五鹿充宗受学于弘成子〔二〕。成子少时,尝有人过己〔三〕,授以文石〔四〕,大如燕卵〔五〕。成子吞之,遂大明悟,为天下通儒〔六〕。成子后病,吐出此石,以授充宗,充宗又为硕学也。

【注释】

〔一〕向新阳校注曰:"本则为朱彝尊经义考卷五全文引录,除首句'受学'作'受易'外,其余字句皆同。但经义考标明引自张华,不知所据。"按"张华"者,张华博物志也,今本及佚文均无此条,朱引误。

〔二〕五鹿充宗,字君孟。汉书朱云传曰:"是时,少府五鹿充宗贵幸,为梁丘易。自宣帝时善梁丘氏说,元帝好之,欲考其异同,令充宗与诸易家论。充宗乘贵辩口,诸儒莫能与抗,皆称疾不敢会。有荐云者,召入,摄齋登堂,抗首而请,音动左右。既论难,连拄五鹿君,故诸儒为之语曰:'五鹿岳岳,朱云折其角。'"陈直汉书新证曰:"一九三〇年,山西怀安县出五鹿充墓(见文参一九五八年九期),中有一笭,隶书'安阳侯家'四字,铜印为'五鹿充印'四字,尚有其他丝织残品。百官表:'建昭元年尚书令五鹿充宗为少府。'恩泽侯表,安阳侯王音,河平四年封,与充宗正同时,与充宗或亲戚有连,漆器因用以随葬,则五鹿充印,很可能为五鹿充宗之物。"又曰:"十六金符斋续百家姓谱十四页,有'五鹿多'、'五鹿良'二印,可证五鹿在西汉时为常见之姓。"又汉书儒林传叙梁丘易学派师承甚明,即汉兴,田何号杜田生授易梁人丁宽。丁宽作易说三万言,授同郡田王孙。田王孙授梁丘贺。梁丘贺字长翁,琅邪诸县人,初从京房受易,后更事田王孙,以筮有应,由是近幸,至少府,传子梁丘临,临代五鹿充宗为少府。充宗授平陵士孙张、沛郡邓彭祖、齐国衡盛。末闻五鹿充宗受学于弘成子。弘成子,人名,生平无考。风俗通义曰:"(弘氏)卫大夫弘演之后。汉有宦者弘恭为中书令。"

〔三〕过,探访。

〔四〕文石,有花纹的石头。邓名世古今姓氏书辩证引本节作"成子少吞五色石"。

〔五〕御览"燕"引作"鸡"。

〔六〕通儒,风俗通义曰:"儒者,区也,言其区别古今,居则玩圣哲之词,动则行典籍之道,稽先王之制,立当时之事,此通儒也。"

黄鹄歌

始元元年〔一〕,黄鹄下太液池〔二〕。上为歌曰〔三〕:"黄鹄飞兮下建章〔四〕,羽肃肃兮行跄跄〔五〕,金为衣兮菊为裳〔六〕。嗟喋荷苷〔七〕,出入蒹葭〔八〕,自顾菲薄〔九〕,愧尔嘉祥〔一〇〕。"

【注释】

〔一〕始元,汉昭帝年号,元年为前八六年。

〔二〕黄鹄,鸟名,一种大鸟,或以为是天鹅。楚辞惜誓曰:"黄鹄之一举兮,睹山川之纡曲;再举兮,睹天地之圜方。"又艺文类聚卷九十引韩诗外传曰:"黄鹄一举千里,止君园池,食君鱼鳖,啄君黍粱,无此五德者,君犹贵之者何也? 以其所从来者远也。"所以一旦有黄鹄降临皇家园池,均以为是吉庆之事,大肆张扬。汉书昭帝纪曰:"黄鹄下建章宫太液池中,公卿上寿,赐诸侯王、列侯、宗室金钱各有差。"所载与本节相合。

〔 三 〕上,汉昭帝刘弗陵。歌,写下诗歌。

〔 四 〕建章,建章宫。初建于武帝太初元年(前一〇四),因未央宫柏梁台遭火灾,时有粤巫勇之建言,广东地区遇到火灾,就会再起大屋以厌胜之,于是武帝下令在城外上林苑中建建章宫。汉书郊祀志曰:"度为千门万户前殿度高未央。其东则凤阙,高二十余丈。其西则商中,数十里虎圈。其北治大池,渐台高二十余丈,名曰泰液。池中有蓬莱、方丈、瀛州、壶梁,象海中神山龟鱼之属。其南有玉堂璧门大鸟之属。立神明台、井干楼,高五十丈,辇道相属焉。"建章宫规模之雄伟,器用之奢靡,均超过未央宫。其遗址在今西安市西,南起三桥,北到西柏梁村和孟家寨一带,周回二十余里。为了方便与未央宫之间的往来,两宫间还建有飞阁,跨城而越,有乘辇通行。建章宫从此成为武帝常住的皇宫。直至昭帝元凤二年(前七九)四月,皇宫才迁回未央宫。

〔 五 〕"肃肃",秦汉图记本作"萧萧",形容鸟羽翼扇动时的声音。跄跄,则指鸟奔跑飞腾时的样子。

〔 六 〕形容大鸟身上是米黄色,腹下则为菊黄色。

〔 七 〕唼喋,指鸟和鱼吃食时所发出的声响。荷,荷花;荇,荇菜,白茎,叶赤紫色,浮于水面的嫩茎可食用。

〔 八 〕蒹葭,尚未长穗的芦荻。诗经所谓"蒹葭苍苍",即指此。

〔 九 〕菲薄,浅陋,自谦之辞。

〔一〇〕嘉祥，祥和的瑞征。汉时黄龙现，获白麟，黄鹄下，凤凰集，甘露降，产灵芝，神雀过，均为吉兆，往往隆重降旨庆贺。

送葬用珠襦玉匣

汉帝送死皆珠襦玉匣[一]。匣形如铠甲，连以金缕。武帝匣上皆镂为蛟、龙、鸾、凤、龟、麟之象，世谓为蛟龙玉匣。

【注释】

〔一〕送死，指为父母办丧葬之事。"汉帝"，北堂书钞卷九四引作"帝及侯王"，御览卷五五五引作"汉帝及诸王侯葬"。珠襦玉匣，汉旧仪曰："帝崩，晗以珠，缠以缇缯十二重。以玉为襦，如铠状，连缝之，以黄金为缕。腰以下以玉为札，长一尺，广二寸半，为柙，下至足，亦缝以黄金缕。请诸衣衿敛之。凡乘舆衣服，已御，辄藏之，崩皆以敛。"又曰："王侯葬，腰以下玉为札，长尺，广二寸半，为柙，下至足，缀以黄金缕为之。"一九六八年河北满城发掘了中山靖王刘胜之墓，出土了刘胜及其夫人窦绾入敛时穿的金缕玉衣，虽在地下埋葬长达二千余年，但保存完好，为我们研究汉代葬制提供了极为宝贵的第一手资料。金缕玉衣是汉代皇帝的葬服。皇帝去世下葬时，洗净身体后，口中必晗玉，即玉贝，或玉珠，或玉蝉。然后用缯裹体，接着穿玉衣。王侯可仿其制而行，中山靖王刘胜就是依此制而行。其玉衣较宽大，全长一点八八米，共用玉片二千四百九十八片，其每片形状大小均按人体部位情况而定，但以长方形和方形居多，其次为三角形、梯形和多边形。玉片的各角均有孔，以便金丝编缀。头部由脸盖与头罩组成；上衣，即襦，由前片、后片和左右袖筒组成;下裤则由左右裤筒组成;另有手套及袜两部分。全套葬衣共用金丝一千一百克。<u>窦绾</u>玉衣所用玉片为二千一百六十片,用金丝七百克。此外<u>徐州</u>汉墓出土有银缕玉衣,<u>广州</u><u>南越王</u>墓出土有红色丝缕玉衣。而<u>武帝</u>所用玉衣必定远远精于上述诸玉衣。

三云殿

成帝设云帐、云幄、云幕于<u>甘泉</u><u>紫殿</u>[一],世谓三云殿。

【注释】

〔 一 〕成帝,即<u>刘骜</u>(前五一—前七),汉元帝<u>刘奭</u>之子。元帝好儒术,性怯懦,外戚势力开始抬头。<u>成帝</u>于前三二年即位,在位长达二十六年,却耽于酒色,治政无所建树,一切委政于<u>王</u>氏,国势日颓,为<u>王莽</u>代汉打开了通途。帐、幄、幕三者,都泛指帐篷,但又有所区别。<u>汉</u>代宫室虽称豪奢,但殿堂四周仍是土墙,有窗无遮,有屋无棚,所以施于门窗顶墙,冬则御风寒,夏则挡蚊蝇的,只有隔绝内外的帷帐了。<u>东观汉记</u>曰:“<u>南宫</u>复道多恶风寒,老人居之且病痱。内者多取帷帐,东西完塞诸窗,望令致密。”帷帐是室内幔帘的总称。<u>释名</u>曰:“帷,围也,所以自障围也。”又曰:“帐,张也,张施于床上也。小帐曰斗帐,形如覆斗也。”两者的区别在于:第一,帷用来分隔堂室,帐施于床上;第二,帷多单幅横面而施,而帐则笼罩四面。然而它们的作用都是障翳眼目,所以两者也常通用。因此,凡是有顶的帷被称作帐,不施于床上的也一样。<u>史记</u><u>汲郑列传</u>曰:“上尝坐武帐中,<u>黯</u>前奏事,上不冠,望见<u>黯</u>,避帐中,使人可其奏。”此武帐即非床帐,而是殿上御座的有顶之帐。此记所谓的“云帐”,即指有顶的带有云气图案的四围大帐。"云幕"即此大帐之顶幕。说文解字曰:"幕,帷在上曰幕。"释名曰:"小幕曰帟,张在人上。"即主人座上的起承尘作用的布帘。而云幄,即带有云气图案的幄,是在殿上分隔出的一个小屋。释名曰:"幄,屋也,以帛衣板施之,形如屋也。"甘泉,即甘泉宫。秦时为林光宫,汉武帝建元年间加以扩建,改称甘泉宫,是汉代最大的离宫建筑群,遗址在今陕西淳化县北之甘泉山。因淳化汉时为云阳县,所以甘泉宫又称云阳宫。汉武帝每年五月避暑于此,至八月才回长安,所以该宫也成为武帝接见诸侯,受理郡国上计,设泰畤敬奉天神的地方。紫殿是该宫的主要建筑之一。汉成帝永始四年(前一三),巡幸甘泉宫,据说有神光降临紫殿。汉成帝为此赐云阳吏民爵位,女子百户牛酒,鳏寡孤独高年老人赐以帛,并大赦天下。接着即设"三云"于此殿。

汉掖庭

汉掖庭有月影台、云光殿、九华殿、鸣鸾殿、开襟阁、临池观〔一〕,不在簿籍〔二〕,皆繁华窈窕之所栖宿焉〔三〕。

【注释】

〔 一 〕掖庭在未央宫中,为后宫。皇后所居为椒房殿,三辅黄图曰:"以椒和泥涂(壁),取其温而芬芳也。"花椒多子,所以也取其令子孙繁衍也。天子居室左右侧有嫔妃居住的地方,武帝初分八区,后增至十四区。嫔妃制度不断变化。汉书外戚传曰:"汉兴,因秦之称号,帝母称皇太后,祖母称太皇太后,適称皇后,妾皆称夫人。又有美人、良人、八子、七子、长使、少使之号焉。至武帝制倢伃、婕娥、傛华、充依,各有爵位。而元帝加昭仪之号,凡十四等云。"所谓十四等，即昭仪、倢伃、娙娥、傛华、美人、八子、充依、七子、良人、长使、少使。又有五官、顺常。还有无涓、共和、娱灵、保林、良使、夜者为一等。最下者为上家人子、中家人子。又汉旧仪曰："皇后一人。倢伃以至贵人，皆至十数。美人比待诏，无数。<u>元帝</u>、<u>成帝</u>皆且千人。"足见后宫姬妾人数之众。又<u>武帝</u>前<u>未央宫</u>中有永巷，幽闭宫女之有罪者。永巷设有永巷令，是少府的属官。<u>武帝</u>时改称掖庭令，置狱如故，其八丞中就有掖庭狱丞。参阅<u>秦汉官制史稿</u>。<u>月影台</u>，<u>长安志</u>作"<u>月景台</u>"，位于<u>未央宫</u>前殿之北。<u>开襟阁</u>，即本卷"七夕穿针<u>开襟楼</u>"条之<u>开襟楼</u>。临池观，当在<u>未央宫</u>西南临近<u>太液池</u>的地方，可登高望池。

〔二〕簿籍，指掖庭后妃及宫女的簿籍。由永巷令后由掖庭令亲自掌管，每年八月负责从良家女子中选拔采女充实后宫。凡是入十四等者，按相应官职领取俸禄。不在簿籍，恐指尚未入等而待诏掖庭者。她们也会有簿录，不过是另册罢了。

〔三〕文中所提诸台殿阁观，当系尚未入籍采女栖身之处。

昭 阳 殿

　　<u>赵飞燕</u>女弟居<u>昭阳殿</u>〔一〕，中庭彤朱〔二〕，而殿上丹漆〔三〕，砌皆铜沓〔四〕，黄金涂〔五〕，白玉阶，壁带往往为黄金釭〔六〕，含<u>蓝田璧</u>〔七〕，明珠翠羽饰之。上设九金龙，皆衔九子金铃〔八〕。五色流苏〔九〕，带以绿文紫绶〔一〇〕，金银花镮〔一一〕。每好风日，幡旄光影〔一二〕，照耀一殿，铃镮之声，惊动左右。中设木画屏风〔一三〕，文如蜘蛛丝缕〔一四〕。玉几玉床，白象牙簟〔一五〕，绿熊席〔一六〕。席毛长二尺余，人眠而

拥毛自蔽〔一七〕，望之不能见，坐则没膝。其中杂熏诸香，一坐此席，余香百日不歇〔一八〕。有四玉镇〔一九〕，皆达照无瑕缺〔二○〕。窗扉多是绿琉璃〔二一〕，亦皆达照，毛发不得藏焉。橡桷皆刻作龙蛇〔二二〕，萦绕其间，麟甲分明，见者莫不兢栗。匠人丁缓、李菊〔二三〕，巧为天下第一。缔构既成〔二四〕，向其姊子樊延年说之〔二五〕，而外人稀知，莫能传者〔二六〕。

【注释】

〔一〕赵飞燕（？—前一），本是长安宫省中侍使官婢，赐给阳阿主为奴，学习歌舞大有成，因体态轻盈，故有飞燕之名。成帝微服至阳阿主家，被飞燕的歌舞所吸引，于是召入宫中，大得宠幸。女弟，即妹妹，也被召进宫去，一并封为倢伃，同时受宠。许皇后被废，成帝立赵飞燕为皇后，但宠遇有所衰微，其妹妹却深得眷顾，尊为昭仪。于是赵昭仪住昭阳殿中，大肆挥霍。后成帝于白虎殿暴卒，民间归罪赵昭仪，宫中受皇太后诏严查事发原因，赵昭仪于是自杀。哀帝立，尊赵飞燕为皇太后。不久哀帝去世，王莽借机废赵飞燕为庶人。当天，赵飞燕也自杀身亡。事详汉书外戚传。昭阳殿，汉未央宫中的重要宫殿之一。赵飞燕姐妹一度均住住此殿。本条所言与汉书外戚传传文多吻合，其文曰："皇后既立，后宠少衰，而弟绝幸，为昭仪。居昭阳舍，其中庭彤朱，而殿上髹漆，切皆铜沓黄金涂，白玉阶，壁带往往为黄金钉，函蓝田璧，明珠翠羽饰之，自后宫未尝有焉。"

〔二〕中庭，昭阳正殿前之庭院。彤朱，以朱红色漆涂地。汉官典职曰："以丹漆地，或曰丹墀。"或以朱红色淹泥涂地，汉书梅福传"涉赤墀之涂"注曰："以丹淹泥涂殿上也。"此庭院当以丹淹泥涂为是。又汉官仪曰："犹天子朱泥殿上，曰丹墀也。"则此为天子之制。赵昭仪凭成帝宠爱，率意为之，乃犯僭越之罪。

〔 三 〕丹漆,以红漆漆地。详见前注。

〔 四 〕砌,门坎。汉书颜师古注曰:"切,门限也。"铜沓,用铜包木门坎。

〔 五 〕涂,即鋈,一种古代黄金工艺,是镀金的前身。黄金涂就是在铜门坎上鋈上黄金。

〔 六 〕壁带,汉书颜师古注曰:"壁带,壁之横木露出如带者也。"即墙壁上方露出的横木。黄金釭,在木建筑构架尚未完全成熟之时,宫中以铜做成的金釭,套在横木接头部或中间,既能起到加固作用,更具有美观作用,陕西凤翔出土的秦都雍城宫室的金釭就是实证。汉时金釭上不仅有精美图案,而且还装嵌有珠宝羽毛,表面还有鋈金,更显华贵。

〔 七 〕含,镶嵌。蓝田,山名,在今陕西西安蓝田县东南,多出美玉,至今尚在开采使用。汉书地理志曰:"蓝田山出美玉。"

〔 八 〕铃,铃铛、铃铎之类,多悬于檐角。

〔 九 〕流苏,五色羽毛或丝线编织成的穗子,多在车上、马上、屋中作装饰用。现为殿上装饰,悬铃镊之用。

〔一○〕绿文紫绶,一种用彩丝成组编织而成的绶带。汉书百官公卿表曰:"相国、丞相,金印紫绶。"又汉书外戚传曰:"昭仪位视丞相,爵比诸侯王。"时赵昭仪用紫绶,正合汉制。绿文,紫绶上有绿色花纹。按百官公卿表曰:"诸侯王,高帝初置,金玺盭绶。"盭绶,即绿色绶带。赵昭仪紫绶上带有绿色,也与其地位"视丞相,爵比诸侯王"一致。

〔一一〕花镊,用金银制作的带有花的图案的铃铛。这种铃铛或系在五色流苏上,或系在绿文紫绶上,随风飘动,发出悦耳声响。

〔一二〕幡旄,旗帜,饰有旄牛尾。"旄",本误作"眊",据众本改。

〔一三〕木画屏风,带有绘画的木质屏风。长沙马王堆一号汉墓出土有一木质屏风,上有彩绘,详见长沙马王堆一号汉墓上集。

〔一四〕文,花纹。蜘蛛丝缕,像蜘蛛网一样的纹路,疑此木质屏风当属漆器。

〔一五〕簟,竹篾席。此用象牙片加竹篾编成,更为珍贵。

〔一六〕熊席,用黑绿色熊毛皮制成的席子。

〔一七〕自蔽,因熊毛长,人卧其中,毛把人自动遮盖起来。

〔一八〕不歇,不消散。

〔一九〕玉镇,压席的镇物件,此为玉制。楚辞九歌"瑶席兮玉瑱"注曰:"玉瑱,所以压席者。"瑱、镇通。

〔二〇〕达照,即通透之意。

〔二一〕绿琉璃,即绿色的玻璃,来自西方,汉时十分罕见,用作窗玻璃更为稀有。琉璃价格高昂,此所用亦多,可见奢靡至极。

〔二二〕椽桷,置于檩上瓦下的木条。圆形的是椽,方形的称桷。

〔二三〕丁缓、李菊,当是将作大匠属下召用的匠师,生平无考。

〔二四〕缔构,营建。

〔二五〕"其",当指丁缓或李菊中一人。樊延年,人名,生平无考。汉时崇尚神仙方术,追求长生不老,所以以"延年"为名者甚众。如汉书王子侯表有胡侯刘延年、歆安侯刘延年、祝兹侯刘延年。汉书恩泽侯表有周承休侯姬延年。其他表传中还有李延年、杜延年、解延年、马延年、郭延年、田延年等。此外还有姓延名年的。可见一时之风尚。详见张孟伦汉魏人名考。

〔二六〕"者",卢文弨曰:"本或作'焉'。"

积草池中珊瑚树

积草池中有珊瑚树〔一〕,高一丈二尺,一本三柯〔二〕,上有四百六十二条。是南越王赵佗所献〔三〕,号为烽火树〔四〕。至夜,光景常欲燃〔五〕。

【注释】

〔一〕积草池,上林苑十池之一。十池:初池、糜池、牛首池、蒯池、东陂池、西陂池、当路池、大壹池、郎池和积草池。汉时少府属官有上林十池监,管理众池。事见三辅黄图。西京杂记全译据酉阳杂俎及明抄本说郛以为"积草池"是"积翠池"之误,可备一说。珊瑚,海中腔肠动物,形如树枝,色彩斑斓,自古以来多作为室中赏玩之物。

〔二〕一本,一主干;三柯,三支杈。

〔三〕南越王赵佗(?—前一三七),真定(今河北正定)人。秦始皇发兵南越时从军,曾任龙川(今广东)令。秦末,行南海(今广东广州)尉事。秦灭亡,他吞并桂林(今广西桂平西南)、象郡(今越南维川南茶桥),自立为南越武王,割据一方。汉初,高祖遣陆贾封其为南越王,剖符通使。吕后当政时,与汉政权一度交兵,并称帝,号南武帝。文帝时,复称藩奉贡。传国至第五代,被武帝所灭,重置郡县。事详汉书南粤传。其献珊瑚事,据本传,只可能在高祖或文帝当政时,而赵佗上呈文帝书中所言上贡宝物未涉及珊瑚树,或此树献与高祖亦未可知。

〔四〕烽火树,因系红珊瑚树,似火炬之故而命名。

〔五〕三辅黄图所引与本文大致相同,唯本句作"至夜光景常焕然"。长安志亦作"焕然"。

36

昆明池石鱼

昆明池刻玉石为鱼〔一〕,每至雷雨,鱼常鸣吼,鬐尾皆动〔二〕。汉世祭之以祈雨,往往有验。

【注释】

〔 一 〕"玉"字,初学记卷五、卷七及长安志所引均无,三辅黄图卷四
引三辅故事亦同。其文曰:"池中有豫章台及石鲸,刻石为鲸
鱼,长三丈,每至雷雨,常鸣吼,鬐尾皆动。"陈直校证曰:"鲸鱼
刻石今尚存,原在长安县开瑞庄,现移陕西省博物馆。"一九九
一年六月二十日陕西历史博物馆开馆时,该石鲸移至门前景池
中,与馆标交相辉映,颇为壮观。

〔 二 〕鬐,鱼鳍。三辅故事作"鬣",义同。

上林名果异树

初修上林苑^{〔一〕},群臣远方,各献名果异树^{〔二〕},亦有制
为美名,以标奇丽^{〔三〕}。梨十:紫梨、青梨、实大。芳梨、实小。
大谷梨、细叶梨、缥叶梨、金叶梨^{〔四〕}、出琅琊王野家,太守王唐所
献^{〔五〕}。瀚海梨、出瀚海北,耐寒不枯^{〔六〕}。东王梨^{〔七〕}、出海中。紫
条梨。枣七:弱枝枣、玉门枣^{〔八〕}、棠枣、青华枣、樿枣^{〔九〕}、赤
心枣、西王枣^{〔一〇〕}。出昆仑山^{〔一一〕}。栗四:侯栗、榛栗、瑰栗、
峄阳栗。峄阳都尉曹龙所献^{〔一二〕},大如拳。桃十:秦桃、榹桃、缃
核桃、金城桃^{〔一三〕}、绮叶桃、紫文桃、霜桃、霜下可食。胡
桃^{〔一四〕}、出西域。樱桃、含桃^{〔一五〕}。李十五:紫李、绿李、朱
李、黄李、青绮李、青房李、同心李、车下李、含枝李、金枝
李、颜渊李^{〔一六〕}、出鲁。羌李、燕李、蛮李、侯李^{〔一七〕}。奈
三^{〔一八〕}:白奈、紫奈、花紫色。绿奈。花绿色。查三:蛮查、羌
查、猴查^{〔一九〕}。椁三^{〔二〇〕}:青椁、赤叶椁^{〔二一〕}、乌椁。棠四:
赤棠、白棠、青棠、沙棠^{〔二二〕}。梅七:朱梅、紫叶梅^{〔二三〕}、紫

花梅、同心梅、丽枝梅、燕梅、猴梅。杏二：文杏、材有文采。
蓬莱杏。东郭都尉于吉所献。一株花杂五色，六出，云是仙人所食〔二四〕。
桐三：椅桐、梧桐、荆桐〔二五〕。林檎十株〔二六〕，枇杷十株，橙
十株，安石榴一株〔二七〕，楟十株〔二八〕，白银树十株〔二九〕，黄
银树十株〔三〇〕，槐六百四十株，千年长生树十株〔三一〕，万年
长生树十株〔三二〕，扶老木十株〔三三〕，守宫槐十株〔三四〕，金明
树二十株〔三五〕，摇风树十株，鸣风树十株，琉璃树七株，池
离树十株，离娄树十株，栟四株〔三六〕，枞七株〔三七〕，白俞、梄
杜、梄桂〔三八〕、蜀漆树十株〔三九〕，栝十株〔四〇〕，楔四株〔四一〕，
枫四株。

　　余就上林令虞渊得朝臣所上草木名二千余种〔四二〕。
邻人石琼就余求借〔四三〕，一皆遗弃。今以所记忆，列于
篇右。

【注释】

〔一〕上林苑，本为秦之苑。韩非子外储说载秦昭王有"五苑"，上林
　　　苑可能即其中之一。汉初，萧何曾建议放弃上林苑，让百姓进
　　　苑开垦农田，刘邦大怒道："相国多受贾人财物，乃为请吾苑！"
　　　事见史记萧相国世家。文帝时曾游上林虎圈，"问上林尉诸禽
　　　兽簿"，事见史记张释之传。景帝则同梁孝王"游猎上林中"，
　　　见汉书文三王传。扩建上林苑则见于三辅黄图卷四："武帝建
　　　元三年（前一三八），开上林苑，东南至蓝田宜春、鼎湖、御宿、
　　　昆吾，旁南山而西，至长杨、五柞，北绕黄山，濒渭河而东。周袤
　　　三百里。"汉书扬雄传所引与本文大致相同，但无"建元三年"
　　　及"蓝田"诸字，"三百里"作"数百里"。三辅黄图又曰："汉宫
　　　殿疏云：'方三百四十里。'"汉旧仪云："上林苑方三百里，苑中

西京杂记校注

38

养百兽,天子秋冬射猎取之。"据此,上林苑方三百余里当近是。其方位大约是东起灞河西岸,北至渭水之南,西至澧河以东,南至长安斗门镇之北常家庄。因其地域广阔,所以昆明池、建章宫、太液池均建于其中,又不妨碍游猎之事。

〔二〕三辅黄图卷四所引此句作"各献名果异卉三千余种植其中"。远方,指多采自边疆及邻国,均系中原未见或罕见之物种。

〔三〕三辅黄图卷四"奇丽"作"奇异"。

〔四〕大谷梨,出自大谷,在今河南洛阳东南。今名"水泉口",以产梨著称。缥叶梨、金叶梨,卢文弨注云:"案太平御览作'缥带梨'、'金柯梨'。"

〔五〕琅琊,郡名,西汉治所在今山东诸城。王野,人名,生平无考。太守,郡的行政长官,二千石主吏。王唐,人名,生平亦无考。卢文弨曰"唐"本或作"堂"。

〔六〕瀚海,汉时指呼伦湖和贝尔湖,在今蒙古人民共和国乔巴山市以西地区。霍去病曾进击匈奴左贤王部,至瀚海而还。瀚海也泛指北方和西北少数民族地区。

〔七〕东王,当指东王公,一名木公,与西王母并称。此梨当出产在今山东半岛东端海中岛上。又御览卷九六九误将此梨引作"青玉梨"。

〔八〕弱枝,据史记大宛列传云:"安息长老传闻条枝有弱水、西王母,而未尝见。"疑此枣传自条枝弱水一带。御览卷九六五引"西王母枣"于其下,小注云出昆仑山。可见此枣出自西域无疑。

〔九〕"青华枣",抱经堂本作"青叶枣"。椑,齐民要术引作"丹"。椑枣,系软枣,又名"君迁子",李时珍本草纲目曰:"其叶类柿而长,但结实小而长,状如牛奶,干熟则紫黑色。"

〔一〇〕西王枣,齐民要术引作"王母枣",而御览卷九六五引作"西王母枣"。西王母,神仙名,与东王公对称。实为西域昆仑山部落女首领。竹书纪年载,周穆王十七年,曾"西征昆仑丘,见西王母"。穆天子传也有论述。又御览卷九六五引广志曰:"西王母枣大如李核。"又洛阳伽蓝记卷一曰:"景阳山南有百果园,果别作林,林各有堂。有仙人枣,长五寸,把之两头俱出,核细如针。霜降乃熟,食之甚美。俗传云出昆仑山。一曰西王母枣。"

〔一一〕昆仑山,在西藏与新疆接壤处,西起帕米尔高原东部,东延至青海境内。

〔一二〕榛栗,俗称榛子,果实如橡子,味如栗,故名。峄阳,汉书地理志曰:"(东海郡)下邳,葛峄山在西,古文以为峄阳。"则峄阳即下邳县,在今江苏邳县之峄山南。都尉,郡守之副手,掌兵事。峄阳为县,只当有尉,此注有误。曹龙,人名,生平无考。又御览卷九六四引作"峄阳太守曹宠"。

〔一三〕秦,指关中、陇东一带。榹桃,即毛桃,本草纲目以为"其仁充满多脂,可入药用"。缃,浅黄色。释名曰:"缃,桑也,如桑叶初生之色也。"辞源则曰:"(缃桃)结浅红色果实的桃树。"金城,汉郡名,治所在今甘肃民和县东南。

〔一四〕胡桃,博物志曰:"张骞使西域还,得胡桃种。"今指核桃。

〔一五〕含桃,即樱桃。礼记月令"羞以含桃",郑注:"今之樱桃。"向新阳校注以为"'含桃'应为'樱桃'之注文,误入正文。说郛明抄本作'桃九'为是"。

〔一六〕车下李,一名郁李,见史记司马相如传集解引郭璞注。合枝李,齐民要术、初学记、艺文类聚、御览均引作"含枝李"。颜渊李,以孔子弟子颜渊命名。其名回,字子渊,故齐民要术、初学记均引作"颜回李"。

〔一七〕羌李,出自西羌民族所居之地,在今陇东一带。燕李,当出自河北北部及辽南,即古燕国地区。蛮李,当出自长江中下游以南地区。侯李,抱经堂本作"猴李"。

〔一八〕柰,苹果之一种。白、紫、绿均以果皮颜色命名。

〔一九〕查,即楂,山楂之一种。猴查,因此楂猴喜欢吃而命名。

〔二○〕椑,柿子之一种,今称油柿。

〔二一〕赤叶椑,秦汉图记本、万历本、宽政本均作"青叶椑",抱经堂本
据齐民要术改作"赤棠椑"。

〔二二〕棠,乔木,有赤、白二种。赤棠果实涩而无味,不可食用。白棠
即甘棠,似梨,果小味酸甜。另有沙棠,味如李而无核。

〔二三〕紫叶梅,抱经堂本据初学记改作"紫带梅"。"带"即"蒂"之异
体字。

〔二四〕文杏,传自中亚,又作巴旦杏、八担杏。蓬莱,汉时指在海中的
仙山之一,另有瀛洲、方丈,号三仙山。拾遗记卷十曰:"蓬莱
山,亦名防止,亦名云来,高二万里,广七万里。水浅,有细石如
金玉,得之不加陶冶,自然光净,仙者服之。"按汉书郊祀志云,
武帝东巡海上,至东莱,公孙卿言夜梦见大人,群臣以为仙人,
遂留宿海上。东莱在今莱州湾,所以汉时所谓之"海",即今渤
海。东郭都尉,学津讨原本、正觉楼丛书本作"东郡",冠悔堂丛
书本作"东都",类聚卷八七、御览卷九六八均作"东海",疑皆
误,此当作"东莱都尉",郡治在掖县,即今山东莱州。于吉,人
名,生平无考。"于",本作"干",据秦汉图记本、万历本、抱经
堂本改。六出,即六个花瓣。

〔二五〕桐,白花桐,古称椅桐,宜作琴瑟。荆桐,指楚地所产之桐树。

〔二六〕林檎,即沙果,南方叫花红。

〔二七〕安石榴,初学记卷二八引张华博物志曰:"张骞使西域还,得安
石榴、胡桃、蒲桃。"又昭明文选李善注引博物志曰:"张骞使大
夏,得石榴。"类聚卷八六引陆机与弟云书曰:"张骞为汉使外
国十八年,得涂林安石榴。"无论是涂林安石国,还是大夏国,
都是今伊朗、阿富汗、哈萨克斯坦一带。至今西安临潼的石榴

种植既普遍,品质亦佳,足见影响之深。

〔二八〕樗,即山梨,野生品种。

〔二九〕白银树,所指未详,当系"以标奇丽"所致。

〔三〇〕黄银树,同前。宽政本作"黄金树"。

〔三一〕千年长生树,同前。

〔三二〕万年长生树,即万年青,又称冬青树。广韵曰:"橪,一名檍,万年木。"当属他种,与冬青不同。

〔三三〕扶老木,可做手杖,供老人使用,故称扶老木。汉书孔光传"灵杖"服虔注:"灵寿,木名。"颜师古注曰:"木似竹,有枝节,长不过八九尺,围三四寸,自然有合杖制,不须削治也。"或即指扶老木。

〔三四〕守宫槐,槐之一种。尔雅疏曰:"槐叶昼合夜开者,别名守宫槐。"

〔三五〕金明树,与下摇风树、鸣风树、琉璃树、池离树、离娄树等均为"制为美名"的贡献品,难辨其真名。

〔三六〕枏,即楠木。

〔三七〕枞,即冷杉。

〔三八〕俞,即榆。白榆,白皮的榆树。栒杜,不详何树。栒桂,向新阳校注引西安府志释作"岩桂",即桂花树,不详何据。

〔三九〕"蜀",抱经堂本作"桷",恐误。

〔四〇〕栝,即桧树。本草纲目云:"柏叶松身者,桧也。其叶尖硬,亦谓之栝。今人名圆柏。"

〔四一〕楔,文选蜀都赋刘注曰:"楔,似松,有刺也。"

〔四二〕余,刘歆自称,实系葛洪伪托。上林令,掌管上林苑的官员,六百石。汉书百官公卿表曰:"初,御羞、上林、衡官及铸钱皆属少府。"又曰:"水衡都尉,武帝元鼎二年初置,掌上林苑,有五丞。"可见以元鼎二年(前一一五)为界,先前属少府,后来归水衡都尉。<u>虞渊</u>，人名，生平无考。

〔四三〕<u>石琼</u>，人名，生平无考。

巧工丁缓

　　<u>长安</u>巧工<u>丁缓</u>者，为常满灯[一]，七龙五凤[二]，杂以芙蓉莲藕之奇[三]。又作卧褥香炉[四]，一名被中香炉。本出<u>房风</u>[五]，其法后绝，至<u>缓</u>始更为之。为机环转运四周，而炉体常平，可置之被褥，故以为名[六]。又作九层博山香炉[七]，镂为奇禽怪兽，穷诸灵异，皆自然运动。又作七轮扇，连七轮，大皆径丈，相连续，一人运之，满堂寒颤[八]。

【注释】

〔一〕<u>丁缓</u>，<u>抱经堂本</u>、<u>初学记</u>、<u>御览</u>均引作"丁谖"，<u>殷芸小说</u>作"丁缓"，<u>太平广记</u>则作"丁媛"，而<u>敕修陕西通志</u>所引与此同，甚是。常满灯，灯油长满，即长明灯之谓。<u>汉代</u>制灯技艺高超，设计精巧，多有出土。其制作出自官府手工业者，则由少府属官考工令及尚方令下属中尚方负责；私人铸造则有作坊。其焊接工艺令人称绝，历二千余年而鲜有脱落。

〔二〕<u>初学记</u>引作"九龙"，<u>卢文弨</u>据以改，今仍其旧而存其异。

〔三〕芙蓉，荷花之别名。<u>学津讨原本</u>作"芙蕖"，亦荷花之别称。

〔四〕卧褥香炉，一种奇特的熏香器，它采用了回转运动和常平支架原理而制成，<u>戴念祖</u><u>中国力学史</u>指出：它的核心结构应由几个轴心线相互垂直的金属环构成，即常平支架。其中央轴上装置盂形或半圆形容器，内盛香料。由于互相垂直的各环转轴彼此制约以及半圆形容器本身的重心影响，致使容器内置放的东西都不会倾倒而出。其论断已被出土文物所证实。<u>司马相如</u><u>美</u>

人赋中所谓的"金鉳薰香",即指这种性质的香炉。一九八七年扶风法门寺地宫中出土的唐鎏金蜂花纹银香囊,就是具有两个平衡框架的"三自由度陀螺仪",其原理与此香炉完全一致。一九七〇年西安何家村出土石榴花结飞鸟葡萄纹香囊又是一证。

〔五〕房风,人名,汉代著名巧匠之一,生平无考。

〔六〕御览卷七〇三引作"故取被褥以为名"。太平广记同。赵德麟侯鲭录作"故取被中为名"。又曰:"今谓之衮毯。"

〔七〕我国历来有薰香习俗。博山薰炉是汉代最为流行的薰香器。其造型一般有一圆形铜盘做底座,中有一承接炉身的铜柄,可高可低;炉身半圆形,上有盖,盖作层叠山峰状,呈尖锥体。炉内焚香,烟气随空而出,飘忽缭绕,看上去仿佛是海中仙山"博山",因而得名。河北中山靖王刘胜墓中即出土有多达六七层山峦的博山炉。而一九八一年于陕西兴平茂陵一号无名冢,从葬坑中出土的鎏金银竹节薰炉,可谓无上佳品,堪称国宝。其底座有两条蟠龙,高竹节柄上端铸出三条龙,炉体中部鎏银带上浮雕四条金龙。盖呈博山形,云雾缭绕,加以金银勾勒。炉盖口外侧有铭文三十五字,其器名曰:"内者未央尚卧,金黄涂竹节薰炉一具。"可见是未央宫中的卧室器,可与此九层薰炉相印证。

〔八〕是一种开放式扇车,扇装配于轮轴之上,摇动轮把,诸扇齐动,形成强大气流,带来持续清凉。又御览卷七五一作"满堂皆生风寒焉"。

赵昭仪遗飞燕书

赵飞燕为皇后,其女弟在昭阳殿,遗飞燕书曰:"今日嘉辰，贵姊懋膺洪册〔一〕，谨上襚三十五条〔二〕，以陈踊跃之心：金华紫轮帽〔三〕，金华紫罗面衣〔四〕，<u>织成上襦</u>〔五〕，<u>织成下裳</u>〔六〕，五色文绶，鸳鸯襦〔七〕，鸳鸯被，鸳鸯褥，金错绣裆〔八〕，七宝綦履〔九〕，五色文玉环〔一○〕，同心七宝钗，黄金步摇〔一一〕，合欢圆当〔一二〕，琥珀枕〔一三〕，龟文枕〔一四〕，珊瑚玦〔一五〕，马脑弧〔一六〕，云母扇〔一七〕，孔雀扇，翠羽扇，九华扇〔一八〕，五明扇〔一九〕，云母屏风，琉璃屏风，五层金博山香炉〔二○〕，回风扇〔二一〕，椰叶席〔二二〕，同心梅，含枝李，青木香〔二三〕，沉水香〔二四〕，香螺卮〔二五〕，出<u>南海</u>〔二六〕，一名丹螺。<u>九真</u>雄麝香〔二七〕，七枝灯〔二八〕。”

【注释】

〔一〕嘉辰，美好的时刻。懋膺，荣获。洪册，<u>汉成帝</u>签署的封<u>赵飞燕</u>为皇后的策书。

〔二〕襚，本指赠给死者的丧服，这里泛指赠人礼物。条，品种。

〔三〕金华，即金花，作装饰用。紫轮，帽有紫色的圆边。

〔四〕罗，丝织的纱，其织法长期失传，二十世纪末<u>日本京都</u>一位民间国宝级工艺大师重新发掘研制成功。不久，<u>中国苏州</u>亦获成功。面衣，织于帽幨上用来遮面的纱巾。<u>汉代</u>原物已不存，但<u>新疆</u>阿斯塔那三二二号墓曾出土<u>唐代</u>面巾三件，并附有眼罩。<u>宋高承</u>事物纪原卷三曰：“又有面衣，前后全用紫罗为幅，下垂，杂他色为四带，垂于背，为女子远行乘马之用，亦曰面帽。”足见其流行时间之长。估计传之<u>西域</u>，至今新疆尚有遗俗。

〔五〕<u>织成</u>，产地之名。襦，一种长及于膝上的绵夹衣。<u>说文</u>曰：“短衣也。”<u>急就篇</u>颜师古注：“短衣曰襦，自膝以上。”又曰：“衣外曰表，内曰里。”可知襦有面有里。

〔六〕裳，裙子。<u>汉</u>时男女通服，女子为多。陌上桑曰：“缃绮为下裙，紫绮为上襦。"上长襦,下着裙,裙自膝以上为襦所遮掩,故而形成上长下短的样式。这是秦汉女子通行的服式。直至汉献帝时,才出现上襦甚短而下曳长裙的新风气。

〔 七 〕鸳鸯襦,上衣绣有鸳鸯图案,汉时极为流行。

〔 八 〕金错,绣用金线。裆,坎肩或背心。

〔 九 〕七宝,用多种宝物装饰的器物,不局限于七种,后作为贵重工艺礼品的通称。綦履,系鞋带的单底鞋。急就篇颜师古注曰:"单底谓之履。"

〔一〇〕五色文玉环,多彩的玉戒指。

〔一一〕步摇,汉代流行的女子头饰。按礼制,则仅限于皇后、长公主等少数贵妇人。续汉舆服志曰:"步摇以黄金为山题,贯白珠为桂枝相缪,一爵九华,熊、虎、赤罴、天鹿、辟邪、南山丰大特六兽,诗所谓'副笄之珈'者。诸爵兽皆以翡翠为毛羽。金题,白珠当绕,以翡翠为华云。"又释名卷四曰:"步摇上有垂珠,步则摇动也。"其所言当为一般用饰。而舆服志所言不仅有垂珠的步摇,还有把覆盖在头上的所有装饰一并归入,所以郑玄注曰:"珈之言加也。副既笄而加饰,如今步摇上饰,古之制所未闻。"又山题,妇女首饰的底座,如山状,置于额前。皇后的步摇用黄金作山题。

〔一二〕圆当,耳上垂珠。

〔一三〕琥珀,松柏树脂的化石,色红者称琥珀。用其作枕,气味清新且质感温润。

〔一四〕龟文枕,带龟背纹饰的枕头,希望能通灵气。

〔一五〕玦,有口的玉环,此用珊瑚琢磨而成。

〔一六〕马脑,即玛瑙。瓯,指环。

〔一七〕云母,一种矿石,色深,可析为片,半透明。扇,屏也,即云母屏风。此指用于蔽日遮尘的大型云母礼扇。

〔一八〕九华扇,竹制,上编织成文的扇子。曹植九华扇赋序曰:"昔吾先君常侍,得幸汉桓帝,帝赐尚方竹扇,不方不圆,其中结成文,名曰'九华'。"

〔一九〕五明扇,古今注曰:"五明扇,舜所作也。既受尧禅,广开视听,求贤人以自辅,故作五明扇焉。秦汉公卿士大夫皆用之,魏晋非乘舆不得用。"五明,即中原与四夷皆明德之意。

〔二〇〕五层金博山香炉,详见上节注。

〔二一〕回风,旋风。御览卷七〇九引作"回风席"。

〔二二〕椰叶席,用椰树叶制成。

〔二三〕青木香,即木香。其香气如蜜,本名为蜜香。可作药用。

〔二四〕沉水香,即沉香木,名贵香料,可药用。其质地坚实细密,入水能沉而得名。

〔二五〕香螺卮,即用香螺壳去腥后制成的酒具,色多红,故亦称为"丹螺"。

〔二六〕南海,汉郡名,郡治番禺,即今广州市。

〔二七〕九真,汉郡名,郡治胥浦,今越南清化市西北。范围包括今越南河静省、广平省、义安省、清化省沿南海地区。雄麝香,雄麝腹部香腺的分泌物,香味浓烈,是贵重香料,可入药。

〔二八〕西安汉长安城遗址出土有七台连枝灯一具,无文字,无花纹,周身翠绿。

擅宠后宫

赵后体轻腰弱〔一〕,善行步进退〔二〕,女弟昭仪不能及也。但昭仪弱骨丰肌,尤工笑语。二人并色如红玉,为当时第一,皆擅宠后宫。

【注释】

〔 一 〕赵后，即赵飞燕。弱，柔也。

〔 二 〕行步，指舞步。赵飞燕外传云其"丰若有余，柔若无骨"，"纤便轻细，举止翩然"。据说她能作掌上舞，与今杂技相类。

卷第二

画工弃市

　　元帝后宫既多〔一〕，不得常见，乃使画工图形，案图召幸之。诸宫人皆赂画工〔二〕，多者十万，少者亦不减五万。独王嫱不肯〔三〕，遂不得见。匈奴入朝，求美人为阏氏〔四〕，于是上案图，以昭君行。及去，召见，貌为后宫第一，善应对，举止闲雅〔五〕。帝悔之，而名籍已定〔六〕。帝重信于外国，故不复更人。乃穷案其事，画工皆弃市〔七〕，籍其家〔八〕，资皆巨万〔九〕。画工有杜陵毛延寿〔一〇〕，为人形〔一一〕，丑好老少，必得其真。安陵陈敞、新丰刘白、龚宽〔一二〕，并工为牛马飞鸟众势〔一三〕，人形好丑，不逮延寿〔一四〕。下杜阳望〔一五〕，亦善画，尤善布色〔一六〕。樊育亦善布色〔一七〕。同日弃市。京师画工，于是差稀〔一八〕。

49

【注释】

〔一〕元帝，汉元帝刘奭（前七五—前三三），汉宣帝之子，前四八年即位,在位十六年。崇尚儒学,为人优柔寡断,所以当年宣帝给了他"乱我家者,太子也"的评价。但囿于立子以嫡的传统,未能改立。元帝宠信宦官,赋役繁苛,西汉政权从此走向没落。后宫,泛指居住在掖庭内的后妃姬妾及宫女等。

〔二〕卢文弨曰:"一作'皆贿诸画工'。"

〔三〕王嫱,字昭君,南郡秭归(今属湖北省)人。汉元帝治政后期入宫,待诏掖庭。竟宁元年(前三三),匈奴呼韩邪单于来朝见元帝,愿替汉朝守护北境。元帝大喜,改元"竟宁",并赐王嫱为其阏氏(即夫人),号宁胡阏氏。从此匈奴余部与汉和好,边境平静了六十余年。王昭君成为和亲政策的代表人物。今内蒙呼和浩特市南有昭君坟,是民族和睦的象征。汉书元帝纪"嫱"作"檣",匈奴传则作"墙"。据左传哀公元年"宿有妃、嫱、嫔、御焉",西京杂记作"嫱"恐与其身份有关,恐非本名。旧唐书音乐志亦作"嫱"。张彦远历代名画记亦同。又抱经堂本"王嫱"下有"自恃容貌"四字,"不肯"下有"与工人乃丑图之"七字,全句为"独王嫱自恃容貌,不肯与,工人乃丑图之",注曰:"今从乐府解题增正。"按文见宋郭茂倩乐府诗集卷第二九王明君。

〔四〕阏氏,匈奴单于妻妾的通称。王昭君远嫁之前,呼韩邪单于即娶呼衍王二女为妻,长女称"颛渠阏氏",少女称"大阏氏",没有明显的大小之分。据汉书匈奴传,匈奴之俗,"贵壮健,贱老弱。父死,妻其后母;兄弟死,皆取其妻妻之"。所以呼韩邪单于死后,继任单于的大阏氏之子雕陶莫皋,即以其后母王昭君为妻,又生二女。司马贞史记索隐曰:"阏氏,匈奴皇后号也。"非是。

〔五〕闲雅,即娴雅,指女子举止从容大方。

〔六〕名籍,被赐出嫁的人的名字、名分及诏文。

〔七〕穷案,彻查。弃市,汉代重刑。先秦至汉初称作"磔刑",即斩首后要悬首暴尸示众之刑。汉景帝中元二年(前一四八)改为弃市。汉书景帝纪颜师古注曰:"弃市,杀之于市也。谓之弃市者,取刑人于市,与众弃之也。"但不再悬首暴尸。不过执行过程中,仍常磔尸,习惯使然。如汉书云敞传"磔尸东市门",后汉书阳球传"僵磔王甫尸于夏城门",王吉传"凡杀人皆磔尸车上",即其明证。事详沈家本历代刑法考。

〔八〕籍其家,抄没其家产,并登记入册。

〔九〕巨万,史记司马相如传索隐曰:"巨万,犹万万也。"言存款之巨大。

〔一〇〕杜陵,县名,乃汉宣帝刘询的陵邑,元康元年(前六五)春初置。陵在今西安市雁塔区缪家寨村以南。汉代皇帝即位,先治陵,并迁丞相、将军、列侯、吏二千石和东方豪强至此居住,是加强中央集权、防止权力下移、削弱地方势力的举措。该强干弱枝的政策,几乎与西汉王朝相始终。毛延寿,人名,时任宫廷画师,生平他书无考。唐张彦远历代名画记所述未出此节范围。

〔一一〕为人形,画人像。

〔一二〕安陵,县名,汉惠帝刘盈的陵邑。陵遗址在今陕西咸阳市东北的白庙村南。陈敞,人名,宫廷画师,生平事迹无他考。新丰,县名。汉初,太上皇怀念老家丰邑(今江苏沛县),意欲东归。刘邦于是在秦骊邑按丰邑老家的布局予以复建,故称新丰。故城在今西安临潼区东的新丰镇西长寫村一带。刘白,人名;龚宽,人名,生平均无考。

〔一三〕众势,各种姿势及形态。历代名画记作"并工牛马"。

〔一四〕不逮,不及。历代名画记引作"不及"。

〔一五〕下杜,又称杜城、杜县,在今西安市西南之杜城村。汉代属京兆尹管辖。后因宣帝在杜县东少陵原上营造杜陵,改杜城为下杜

〔一六〕布色,调配好颜色后在画上着色。

〔一七〕樊育,人名,生平无考。

〔一八〕差稀,有所减少。抱经堂本改作"殆稀"。

东方朔设奇救乳母

武帝欲杀乳母,乳母告急于东方朔〔一〕,朔曰:"帝忍而愎〔二〕,旁人言之,益死之速耳。汝临去〔三〕,但屡顾我〔四〕,我当设奇以激之〔五〕。"乳母如言,朔在帝侧曰:"汝宜速去,帝今已大,岂念汝乳哺时恩邪?"帝怆然,遂舍之。

【注释】

〔一〕东方朔(前一五四—前九三),字曼倩,平原厌次(今山东惠民)人。武帝时,因其博学多闻,言谈幽默,智计百出,常在谈笑间,为国事察言观色,犯颜直谏,初甚得武帝宠爱,官拜太中大夫给事中。后以不敬罪免为庶民,虽不久即官拜郎中,但不受重用,于是留下答客难、非有先生论等论说,以明其志。汉书有专传。又据史记滑稽列传所载,号大乳母的东武侯之母,因其家子孙及奴仆横行长安闾里,有司奏请治罪,被武帝宠爱的倡优郭舍人所救,与东方朔无涉,恐葛洪所述有误。

〔二〕忍,残忍。愎,刚愎自用。

〔三〕去,去受死刑。

〔四〕顾,回头看。

〔五〕设奇,定下奇妙的计策。激,刺激,激将,令他回心转意。

五侯鲭

五侯不相能[一]，宾客不得来往。娄护丰辩[二]，传食五侯间[三]，各得其欢心，竞致奇膳[四]。护乃合以为鲭[五]，世称"五侯鲭"，以为奇味焉。

【注释】

〔一〕五侯，汉成帝重用外戚王氏，河平二年（前二七），同日封他的舅舅王谭为平阿侯，王商为成都侯，王立为红阳侯，王根为曲阳侯，王逢时为高平侯，时称"五侯"。能，和睦，亲善。

〔二〕娄护，汉书游侠传作"楼护"，字君卿，齐（今山东）人。年轻时随父于长安当医生，常出入贵戚家。后改学经传，任京兆吏多年。他颇有口才，与富有文采的谷永同为五侯上客，长安传出"谷子云笔札，楼君卿唇舌"的评语。当时其母亲病故，五侯及其宾客送葬的车辆不下二三千辆，民谣说"五侯治丧楼君卿"。丰辩，能言善辩。

〔三〕传食，轮流就食。

〔四〕奇膳，罕见的美食。

〔五〕鲭，把鱼和肉烹制在一起的佳肴。裴子语林曰："娄护字君卿，历游五侯之门。每旦，五侯家各遗饷之。君卿口厌滋味，乃试合五侯所饷之鲭而食，甚美。世所谓五侯鲭，君卿所致。"

公孙弘与高贺

公孙弘起家徒步[一]，为丞相，故人高贺从之[二]。弘食以脱粟饭〔三〕，覆以布被。贺怨曰："何用故人富贵为〔四〕？脱粟布被，我自有之。"弘大惭。贺告人曰："公孙弘内服貂蝉〔五〕，外衣麻枲〔六〕，内厨五鼎〔七〕，外膳一肴〔八〕，岂可以示天下〔九〕！"于是朝廷疑其矫焉〔一〇〕。弘叹曰："宁逢恶宾，不逢故人。"

【注释】

〔一〕公孙弘（前二〇〇—前一二一），字季，菑川薛（今山东滕县南）人。武帝时，初以贤良征为博士，出使匈奴，未能很好实现武帝意图而被免职。元光（前一三四—前一二九）年间，再举贤良，对策擢第一，拜博士，再迁为御史大夫。因其人心机颇深，办事谨慎，从不直接顶撞武帝，又颇熟悉文法及官场故事，所以深得武帝信任，于元朔五年（前一二四）出任丞相，封平津侯。但其人心胸狭隘，外宽内深，有不如意者，必借机报复。起家徒步，离家步行，此指公孙弘出身平民，无特殊政治及经济背景，不过十余年间，就平步青云，拜相封侯，前所未见。

〔二〕故人，即旧友，私交颇深。高贺，人名，生平无考。从之，投靠他。

〔三〕脱粟饭，去皮小米做成的干饭，汉代极其普通的饭食。为了省事，汉代人常把煮熟或蒸熟的小米饭暴干，做成干糒，储存起来，饿时用水伴食，或浇菜汤、肉汤后食用。其样子颇似黄沙，所以御览卷五〇引三秦记曰："河西有沙角山，其砂粒粗，有如干糒。"

〔四〕何用，有什么用。为，语气辞。全句意思是，故人富贵了，又有什么用？然而汉书公孙弘传曰："弘身食一肉，脱粟饭，故人宾客仰衣食，奉禄皆以给之，家无所余。"与此所载异。

〔五〕貂蝉，皇帝近臣所用的华贵服饰。汉官仪曰："侍中金蝉左貂。

西京杂记校注

金取坚刚,百炼不耗。蝉居高食洁,目在腋下。貂内劲悍而外温润。貂蝉不见传记者,因物论义。予览战国策,乃知赵武灵王胡服也。"又古今注以为佩貂蝉的本意是:"在位者有文而不自擢,有武而不示人,清虚自牧,识时而动也。"

〔 六 〕枲,粗麻。麻枲指质地极差的粗麻衣。

〔 七 〕五鼎,是古代贵族祭食器的等级。一般诸侯五鼎,卿大夫三鼎。五鼎包括的食物是牛、马、豕、鱼和麋。说见汉书主父偃传颜师古注。这里比喻公孙弘在家私下饮食极为奢侈。

〔 八 〕一肴,即一肉菜。

〔 九 〕示,表示,即作为表率。

〔一〇〕矫,作伪,表里不一。汉书公孙弘传载汲黯对他的评价是:"弘位在三公,奉禄甚多,然为布被,此诈也。"又曰:"诚饰诈欲以钓名。"

文帝良马九乘

　　文帝自代还[一],有良马九匹,皆天下之骏马也。一名浮云,一名赤电,一名绝群,一名逸骠,一名紫燕骝,一名绿螭骢,一名龙子,一名麟驹,一名绝尘,号为九逸[二]。有来宣能御[三],代王号为王良[四],俱还代邸[五]。

【注释】

〔 一 〕文帝,汉文帝刘恒(前二〇二—前一五七),刘邦之子,薄太后所生。初封代王。周勃等平定诸吕之乱,众臣议立刘恒为帝,时在前一七九年。文帝在位二十三年,崇尚节俭,心仪黄老之术,轻徭薄赋,与民休息,使汉代经济迅速得以恢复,巩固了汉朝的统治。又经过了景帝的努力,为汉武帝使汉朝达于极盛奠定了坚实的基础。史称"文景之治"。代，春秋时为代国，在今河北蔚县一带。战国时为赵襄子所灭。秦时置代郡。汉初，高祖以云中、雁门、代郡五十三县封兄刘喜为代王。后匈奴攻代，喜弃国逃回洛阳，于是又封如意为代王。高祖十年（前一九七），代相国陈豨反，平定后，改封刘恒为代王，都晋阳（今山西太原），后都中都（山西平遥西南）。文帝从代入主京师，所以称"自代还"。

〔二〕逸，快奔，指马奔跑速度极快。九逸，即九匹骏马。代处北边，与匈奴接壤，以产骏马著称。曹植朔风曰："愿骋代马，倏忽北徂。"九马名多与速度及颜色有关。如赤电，即言马如赤色闪电；绝尘，马驰神速，似蹄不沾尘。

〔三〕来宣，人名，生平无考。善御马者。来姓起源于商族的郲姓，生活于郑州一带，后迁移到南阳，所以豫南及湖北一带有来姓。

〔四〕王良，春秋末年晋国善于御马的人。左传哀公二年（前四九三）曰："邮无恤御简子。"杜预注云："邮无恤，王良也。"杨伯峻春秋左传注曰："荀子正论篇、论衡命义篇之王梁即王良。论衡率性篇又作'王良'，可为明证。至韩非子喻老篇'赵襄主学御于王子期'，外储说下'王於子期为赵简王取道争千里之表'，王子期与王於子期皆王良，说详刘师培韩非子斠补。"又孟子滕文公章句下"昔者赵简子使王良与嬖奚乘"之"王良"，均为同一人。作为善御马者，王良屡见于秦汉典籍，文帝以来宣善御马，故以"王良"号之。

〔五〕代邸，代国在京师长安的官邸。

武帝马饰之盛

武帝时，身毒国献连环羁[一]，皆以白玉作之，马瑙石为勒〔二〕,白光琉璃为鞍〔三〕。鞍在暗室中,常照十余丈,如昼日。自是长安始盛饰鞍马,竞加雕镂〔四〕。或一马之饰直百金,皆以南海白蜃为珂〔五〕,紫金为华〔六〕,以饰其上。犹以不鸣为患,或加以铃镊,饰以流苏,走则如撞钟磬〔七〕,若飞幡葆〔八〕。后得贰师天马〔九〕,帝以玫瑰石为鞍〔一〇〕,镂以金、银、输石〔一一〕,以绿地五色锦为蔽泥〔一二〕,后稍以熊罴皮为之〔一三〕。熊罴毛有绿光,皆长二尺者,直百金。卓王孙有百余双〔一四〕,诏使献二十枚。

【注释】

〔 一 〕羁,没有嚼口的马笼头。一般用皮革制成连环状,贵族皇室则用金银玉石为装饰。如秦陵出土铜车马,即以金银制作,显得华丽贵重。

〔 二 〕勒,有嚼口的马衔。用玛瑙宝石来做,更为宝贵。

〔 三 〕白光,透明的白色,有荧光。

〔 四 〕汉初,连年战争,经济凋蔽,至天子不能“具钧驷”,一切从简,在情理之中。经文景之治,天下太平日久,经济繁盛。武帝时,奢侈之风渐行,盐铁论散不足篇曰:“今富者韇耳银镊鞬,黄金琅勒,罽绣弅汗,华辔明鲜。”也就是说,富人以革为饰,置于马耳左右,如流苏状,以银作头饰,用黄金及琅玕(美石)作嚼口,用羊毛或丝线为马作防汗巾,装具均明光鲜艳,与“古者庶人贱骑绳控,革鞮皮荐”,已不可同日而语。

〔 五 〕白蜃,海边所产之大蛤蜊,可作装饰用。珂,马勒上的装饰。

〔 六 〕紫金,是黄金与赤铜的合金,也称紫磨金。

〔 七 〕钟磬,铜钟与石磬,均为打击乐器。

〔 八 〕幡葆,车盖上飘扬的旗帜。

〔 九 〕贰师,城名,属大宛国,在今吉尔吉斯斯坦西南部之马尔哈马特市。该地出名马汗血马,亦称天马。张骞出使西域归来,向武帝作了报告。武帝派使者持重金去求良马,遭到大宛拒绝,并劫杀使者及财物。武帝震怒,于太初元年(前一〇四)八月遣贰师将军李广利进攻大宛。战争持续了四年,大宛国民不堪其苦,最终杀其国王,献马三千匹,才结束了战争。双方协议,以后每年大宛国献天马二匹。事详史记大宛列传及汉书张骞传、西域传。

〔一〇〕玫瑰石,仅次于玉的美石,又称玫瑰石。

〔一一〕鍮石,即黄铜。鍮,玉篇曰:“石似金也。”乃是天然的铜矿石。

〔一二〕蔽泥,亦名障泥,即马鞍下的挡泥垫。

〔一三〕稍,逐渐。罴,大于熊,有黄罴,有赤罴,俗称人熊。

〔一四〕卓王孙,蜀郡临邛(今四川邛崃)人。其祖先赵人,以铁致富。秦统一后,强徙列国贵族及豪强于关中、巴、蜀。卓氏也在其列。其他人希望迁近一些,唯卓氏要求迁远,到达临邛。临邛有铁山,卓氏“即铁山鼓铸,运筹策,倾滇蜀之民,富至僮千人。田池射猎之乐拟于人君”。卓王孙即其后人,是当时少有的大富商。事见史记货殖列传及司马相如列传。

茂陵宝剑

昭帝时,茂陵家人献宝剑〔一〕,上铭曰:“直千金,寿万岁。”

【注释】

〔一〕茂陵,汉武帝之陵邑,在今陕西兴平东南。现于其东侧陪葬墓霍去病墓园建立茂陵博物馆。家人,指守墓的宫人。

相如死于消渴疾

　　司马相如初与卓文君还成都[一]，居贫愁懑，以所着鹔鹴裘就市人阳昌贳酒[二]，与文君为欢。既而文君抱颈而泣曰："我平生富足，今乃以衣裘贳酒。"遂相与谋于成都卖酒。相如亲着犊鼻裈涤器[三]，以耻王孙。王孙果以为病[四]，乃厚给文君，文君遂为富人[五]。文君姣好，眉色如望远山[六]，脸际常若芙蓉[七]，肌肤柔滑如脂。十七而寡[八]，为人放诞风流，故悦长卿之才而越礼焉[九]。长卿素有消渴疾[一○]，及还成都，悦文君之色，遂以发痼疾[一一]，乃作美人赋[一二]，欲以自刺，而终不能改，卒以此疾至死。文君为诔[一三]，传于世。

【注释】

〔一〕司马相如（前一七九—前一一八），蜀郡成都（在今四川）人，字长卿，西汉著名的文学家。本名犬子，后仰慕蔺相如的为人，更名相如。所留传下来的文学名篇有子虚赋、上林赋、大人赋等。武帝好其赋，擢其为郎。相如口吃而善著书，患有消渴疾，即糖尿病。娶卓文君为妻，不久又获卓王孙所赠巨资，生活优裕，于是称病闲居，故被免官隐于茂陵，直至去世。史汉均有专传。还成都，初，司马相如与临邛令王吉交谊颇深。卓王孙慕司马相如之名，想通过宴请王吉以达到见识司马相如的目的。时其女卓文君守寡在家，貌美好音乐。相如对其爱慕已久。于是司马相如随王吉赴宴，并以琴声打动文君，两人竟于某夜私奔，从临邛跑回成都。

〔二〕鹔鹴裘,用一种大型水鸟的羽毛做成的裘服。淮南子高诱注曰:"鹔鹴,鸟名也,长颈、绿身,其形似雁。"洪兴祖楚辞补注以为"一曰凤凰别名",恐非。此裘服所用之毛,当系下霜以后换好的羽毛,能御风寒,故名鹔鹴。市人,市场里的商贩。阳昌,人名,生平无考。贳,赊欠,此作抵押解。

〔三〕犊鼻裤,即合裆裤。急就篇颜师古注曰:"合裆谓之裤,最亲身者也。"可见是一种贴身内裤。一说围裙。此记所言恐当以后解为是。涤器,洗餐具。此事,汉书司马相如传曰:"相如与俱之临邛,尽卖车骑,买酒舍,乃令文君当卢,相如身自着犊鼻裤,与庸保杂作,涤器于市中。"与此记言发生在成都异。

〔四〕病,即心中以此事为耻。

〔五〕汉书司马相如传曰:"卓王孙不得已,分与文君僮百人,钱百万,及其嫁时衣被财物。文君乃与相如归成都,买田宅,为富人。"

〔六〕眉毛的颜色呈现出如远山一样的黛色。

〔七〕脸际,腮边。

〔八〕十七,抱经堂本注曰:"抄本作'十八'。"

〔九〕越礼,不遵从父母之命,媒妁之言,违反礼教,私奔定终身。

〔一○〕消渴疾,即今之糖尿病。中医以为饮食过于甘美而油腻,肥腻便令人内热,甘贻则令人瘦中涨满,故其气上溢,常出现口渴,即称消渴。病状是多饮,多尿,易饥渴,人却日益消瘦。

〔一一〕痼疾,长久无法治愈的旧病。此指消渴疾。

〔一二〕美人赋,首见于古文苑,又见初学记卷一九、艺文类聚卷一七,严可均全汉文亦录之。

〔一三〕诔,一种哀念死者的文体。礼记郑注云:"诔,累也。累列生时行迹,读之以作谥,谥当由尊者成。"文君之诔已失传。

赵后淫乱

　　庆安世年十五[一]，为成帝侍郎[二]。善鼓琴，能为双凤、离鸾之曲[三]。赵后悦之，白上[四]，得出入御内[五]，绝见爱幸[六]。常着轻丝履[七]，招风扇[八]，紫绨裘[九]，与后同居处。欲有子，而终无胤嗣。赵后自以无子，常托以祈祷，别开一室，自左右侍婢以外莫得至者，上亦不得至焉。以軿车载轻薄少年[一〇]，为女子服，入后宫者日以十数，与之淫通，无时休息。有疲怠者，辄差代之，而卒无子[一一]。

【注释】

〔一〕庆安世，人名，生平无考。

〔二〕侍郎，官名。光禄勋属官（光禄勋，秦及汉初称郎中令，汉武帝太初元年更名，东汉沿用之）。据汉书百官公卿表及汉官仪，侍郎"掌守门户，出充车骑"，"皆无员，多至千人，主执戟卫宫陛"。又汉官仪曰："尚书郎初上诣台，称守尚书郎，满岁称尚书郎中，三年称侍郎。""三年称侍郎"，一作"满岁称为侍郎"。按汉官典职仪式选用亦作"三年称侍郎"，恐当以满三年称侍郎为是。

〔三〕双凤、离鸾之曲，乐府诗集卷五七琴曲歌辞叙曰："其后西汉时有庆安世者，为成帝侍郎，善为双凤、离鸾之曲，齐人刘道强能作单凫、寡鹤之弄，赵飞燕亦善为归风、送远之操，皆妙绝当时，见称后世。"惜本琴曲辞曲均失传。

〔四〕赵后，赵飞燕。白，告诉。上，即汉成帝。

〔五〕御内，后宫。旧制：非宦者及特殊召见，男子不得入内。

〔六〕绝见，极度受到。爱幸，宠爱。

〔七〕轻丝履，锦履的一种，用细丝线织成的面料作鞋面的单底鞋。急就篇颜师古注曰："单底谓之履。"绣衣丝履偏诸缘，是古天子及后服。秦时，平民不许穿锦履，睡虎地秦墓竹简所载秦律答问有"毋敢履绵履"的规定。汉初，刘邦亦下令"贾人毋得衣锦绣、绮、縠、絺、纻、罽"，但文同虚设。文帝时，贾谊云："今人卖僮仆者，为之绣衣丝履。"又曰："美者黼绣，庶人之妾以缘其履。"事见汉书贾谊传。

〔八〕招风扇，陆机羽扇赋曰："其在手也安，其应物也诚，其招风也利，其尽气也平。"此招风扇，恐系轻便的羽毛扇。

〔九〕"绨"，秦汉图记本误作"缔"。绨是一种较粗厚的丝织品。

〔一〇〕轻薄少年，放荡的青年男子，一般在二十岁上下。赵后外传载，时有宫奴燕赤凤，出自少嫔馆，"雄捷能超观阁，兼通昭仪"。

〔一一〕汉书外戚传曰："(赵)皇后既立，后宠少衰，而弟绝幸，为昭仪。姊弟颛宠十余年，卒皆无子。"成帝耽于酒色，赵后姊妹二人专宠，加上成帝"尝军猎，触雪得疾，阴弱不能壮发"(引自赵后外传)，而早年许皇后和曹宫人均生子，被赵昭仪指使亲信害死，所以成帝至死无后嗣。

作新丰移旧社

太上皇徙长安〔一〕，居深宫，凄怆不乐。高祖窃因左右问其故〔二〕，以平生所好，皆屠贩少年〔三〕，酤酒卖饼〔四〕，斗鸡蹴踘〔五〕，以此为欢，今皆无此，故以不乐。高祖乃作新丰，移诸故人实之，太上皇乃悦。故新丰多无赖，无衣冠子弟故也〔六〕。高祖少时，常祭枌榆之社〔七〕。及移新丰，亦还立焉。高帝既作新丰,并移旧社,衢巷栋宇,物色惟旧。士女老幼,相携路首,各知其室。放犬羊鸡鸭于通涂,亦竞识其家。其匠人胡宽所营也〔八〕。移者皆悦其似而德之〔九〕,故竞加赏赠,月余,致累百金。

【注释】

〔一〕太上皇,皇帝之父的尊号,始于秦始皇。秦初并天下,议嬴政之号为皇帝,随即尊其父庄襄王为太上皇。事见史记秦始皇本纪。刘邦登基,依秦制,尊其父为太上皇。从此开为活着的生父上"太上皇"尊号的先例。其后如北齐武成帝、唐高祖、唐睿宗、唐玄宗、宋高宗、清高宗,均传位太子,退任太上皇。又后汉书章帝纪李贤注曰:"太上皇,高祖父也,名煓,音它官反,一名执嘉。三辅黄图曰:高祖初都栎阳,太上皇崩,葬栎阳北原陵,号万年,仍分置万年县。"太上皇名仅见于此,确否俟考。

〔二〕窃,私下;因,通过。

〔三〕屠贩少年,即从事屠夫及贩夫职业的年轻人。刘邦的手下多出自丰、沛,如樊哙即以屠狗为事,当时人吃狗肉与吃羊肉、猪肉一样盛行,沛县狗肉至今有名。灌婴则是贩缯者。他们出身低微,却官居显位,所以史称汉初政权为布衣将相之局。

〔四〕酤酒,卖酒。饼,是汉代最为普遍的主食。主要是麦饼,即以小麦面粉为原料,用水掺和,不经发酵,捏成饼状,放入釜甑中蒸熟而成。又有汤饼,一说是麦片儿汤或面条汤,但可信的则是用蒸饼加白开水或菜汤、肉汤泡着吃,与今陕西羊肉泡馍或葫芦头泡馍相仿。东汉时才出现放芝麻于其上而烤制的胡饼。说详拙著秦汉社会文明。

〔五〕斗鸡,其俗至迟兴起于战国。战国策齐策一曰:"临淄甚富而实,其民无不吹竽、鼓瑟、击筑、弹琴、斗鸡、走犬、六博、蹹鞠者。"沛县地近齐鲁,所以受影响颇深,盛行斗鸡之戏。蹴鞠,即蹹鞠,类似今日之足球的运动,同样至迟兴起于战国,并作为习武的一种训练,在军队中尤其流行。汉代蹴鞠所用之球,以皮革作外皮缝制而成。扬雄法言称"挽革为鞠",内充柔软而有弹性的东西。因其形体浑圆,李尤鞠室铭称其为"圆鞠"。汉代的球门叫"鞠室",球场叫"鞠域",而皇宫中专门修有"鞠城",一时"鞠城弥于街路"(陆机鞠歌行序)。

〔 六 〕衣冠子弟,官宦人家子弟,且有较高修养的人。

〔 七 〕枌榆,史记封禅书曰:"高祖初起,祷丰枌榆社。"史记集解引张晏注曰:"社在丰东北十五里。或曰枌榆,乡名,高祖里社也。"又据汉书郊祀志注,枌榆为丰县的一个乡。这一说法是可信的,也是刘邦的家乡。汉代乡里都立社,祭拜土地神。而刘邦所在的乡里,以枌榆即白榆树为社神,颜师古认为这就是乡名的由来。

〔 八 〕胡宽,人名,建筑师,生平无考。

〔 九 〕德,感激。

陵殿之帘

汉诸陵寝〔一〕,皆以竹为帘〔二〕,帘皆为水纹及龙凤之像。昭阳殿织珠为帘,风至则鸣,如珩佩之声〔三〕。

【注释】

〔 一 〕陵寝,即陵墓和寝庙之省称。汉有十一陵,其中九陵在渭北的咸阳原上。其由西向东的顺序是:武帝茂陵,在今兴平市南位乡策村;昭帝平陵,在今茂陵东南之大王村;成帝延陵,在今咸阳市秦都区周陵乡之严家窑村;平帝康陵,在今周陵乡之大寨村;<u>元帝</u><u>渭陵</u>,在今<u>秦都区</u><u>窑店镇</u>西北<u>周陵乡</u>之<u>新庄</u>;<u>哀帝</u><u>义</u>
<u>陵</u>,在今<u>窑店镇</u>西北之原上;<u>惠帝</u><u>安陵</u>,在今<u>秦都区</u><u>白庙村</u>;<u>高</u>
<u>帝</u><u>长陵</u>,在今<u>窑店镇</u><u>三义村</u>一带;<u>景帝</u><u>阳陵</u>,在今<u>秦都区</u><u>萧家</u>
<u>村乡</u><u>张家湾村</u>。绵延长达数十公里。九陵均帝后合葬,但同茔
不合陵,一般帝陵在西,后在东,如<u>长陵</u>东为<u>吕后</u><u>陵冢</u>,<u>平陵</u>东
为<u>上官皇后</u><u>陵冢</u>。而<u>文帝</u><u>霸陵</u>则在<u>西安</u>东郊<u>白鹿原</u>东北的<u>毛</u>
<u>西乡</u><u>杨家屹塔村</u>,<u>宣帝</u><u>杜陵</u>则在<u>西安</u>南郊之<u>杜城镇</u>。又寝庙在
陵墓之侧,有寝殿,置衣冠,事死如事生;有便殿;有庙。<u>汉书韦</u>
<u>玄成传</u>曰:"(陵)园中各有寝、便殿。日祭于寝,月祭于庙,时
祭于便殿。寝,日四上食;庙,岁二十五祠;便殿,岁四祠。又月
一游衣冠。"

〔 二 〕帘,汉代以竹为之称帘,以布为之称幨。又<u>风俗通义</u>曰"户帏为
帘"。这里专指门帘。

〔 三 〕珩佩,即礼制所言之组佩,玉制,最上的横玉璜被称作"珩",下
连多节佩,数节至数十节不等。纹饰多取龙、蛇、凤鸟纹,身饰
蚕纹,兼或雕成弦纹、云纹、绳纹等。佩者多是贵族。走起路
来,佩玉碰击,发清脆声响。为避免行路失态,玉声也是调节步
幅和步速的提示音。

扬雄著太玄

　　<u>扬雄</u>读书[一],有人语之曰:"无为自苦,<u>玄</u>故难
传[二]。"忽然不见。<u>雄</u>著<u>太玄经</u>,梦吐凤凰,集<u>玄</u>之上,顷
而灭。

【注释】

〔 一 〕<u>扬雄</u>(前五三——一八),字<u>子云</u>,<u>蜀郡</u><u>成都</u>(在今<u>四川</u>)人。<u>西汉</u>

著名文学家、哲学家和语言学家。其代表作有甘泉赋、羽猎赋、太玄经、法言、方言。汉书有传。"扬雄"原误作"杨雄",据万历本、抱经堂本等改。

〔二〕"有人"者,刘歆也。汉书扬雄传曰:"刘歆亦尝观之,谓雄曰:'空自苦! 今学者有禄利,然尚不能明易,又如玄何? 吾恐后人用覆酱瓿也。'雄笑而不应。"西京杂记所述,将之神化,难入正史。扬雄深受易经象数学和严遵思辨哲学体系的影响,在此基础上提出了他的"太玄"哲学。太玄经既宣扬唯心主义的象数学和卜筮神学,又提出了朴素唯物主义的自然观和认识论,具有明显的二元论倾向。它影响了王充,也影响了魏晋玄学,在哲学史上占有一定的地位。

相如答作赋

司马相如为上林、子虚赋〔一〕,意思萧散〔二〕,不复与外事相关,控引天地〔三〕,错综古今,忽然如睡,焕然而兴〔四〕,几百日而后成〔五〕。其友人盛览〔六〕,字长通,牂牁名士〔七〕,尝问以作赋。相如曰:"合綦组以成文〔八〕,列锦绣而为质〔九〕,一经一纬〔一〇〕,一宫一商〔一一〕,此赋之迹也〔一二〕。赋家之心〔一三〕,苞括宇宙,总览人物,斯乃得之于内,不可得而传。"览乃作合组歌、列锦赋而退,终身不复敢言作赋之心矣〔一四〕。

【注释】

〔一〕上林、子虚赋,文选分为两赋,然汉书司马相如传则为一赋。按汉书本传曰:"客游梁,得与诸侯游士居,数岁,乃著子虚之赋。"

又曰："蜀人杨得意为狗监,侍上。上读子虚赋而善之,曰:'朕独不得与此人同时哉!'得意曰:'臣邑人司马相如自言为此赋。'上惊,乃召问相如。相如曰:'有是。然此乃诸侯之事,未足观,请为天子游猎之赋。'上令尚书给笔札,相如以'子虚',虚言也,为楚称;'乌有先生'者,乌有此事也,为齐难;'亡是公'者,亡是人也,欲明天子之义。故虚借此三人为辞,以推天子诸侯之苑囿,其卒章归之于节俭,因以风谏。"据此则子虚赋作于先,仅涉诸侯事。被汉武帝召见后,才以"亡是公"为名,补叙天子游猎之事,以作讽谏。文选所分上林赋,实乃修改后的子虚赋的一部分。

〔二〕意思,思绪,即文意。萧散,萧洒,无拘无束。

〔三〕控引,控制,引伸为纵横。

〔四〕此八字指文思一时模模糊糊,令人不识其真面目;忽然间论述豁然开朗,精彩绝伦。

〔五〕几百日而后成,汉书枚皋传:"司马相如善为文而迟,故所作少而善于皋。"可知司马相如作赋下笔较慢,但文笔精湛。又文心雕龙之神思篇曰:"相如含笔而腐毫,扬雄辍翰而惊梦,桓谭疾感于苦思,王充气竭于思虑,张衡研京以十年,左思练都以一纪,虽有巨文,亦思之缓也。"与张衡写两京赋用了十年、左思作三都赋用了十二年来比,司马相如几乎用了一百天,文思也不算太迟了。

〔六〕盛览,人名,生平无考。

〔七〕牂柯,汉郡名。据汉书地理志及华阳国志南中志,此郡乃汉武帝元鼎六年(前一一一)派唐蒙开牂柯道,平定南夷时所置,治所且兰(在今贵州凯里西北)。所辖涉及贵州大部及云南、广西接境部分地区。

〔八〕綦组,成组丝所织成的带子。此喻指成组华丽的辞藻,即文采。

〔九〕锦绣,借丝织佳品以喻指精巧的构思。质,内容,与上述之形式相对应。

〔一〇〕经,系丝织品的纵线;纬,乃横线。此喻指文章的条理,也就是章法。

〔一一〕宫、商,是中国古代五声音阶宫、商、角、徵、羽中的前两声音阶。此喻指文章的韵律。

〔一二〕迹,即通过学习和请教,可以明显了解和感悟的创作形式与写作技巧。

〔一三〕心,即创作理念、灵感、悟性等只可意会不可言传的东西。

〔一四〕绀珠集卷二引殷芸小说曰:"扬雄谓'长卿赋不似人间来',叹服不已。其友盛览问:'赋何如其佳?'雄曰:'合綦组以成文,列锦绣以成质。'雄遂著合组之歌、列锦之赋。"所述与此异。结合西京杂记本卷及下卷之文,绀珠集所引恐误。

仲舒作繁露

董仲舒梦蛟龙入怀〔一〕,乃作春秋繁露词〔二〕。

【注释】

〔一〕董仲舒(前一七九—前一〇四),广川(今河北枣强东)人,西汉著名的思想家,今文经学派中春秋公羊学的大师。景帝时,为博士,下帷讲经,三年不窥园。武帝时,举贤良,对以天人三策,主张"诸不在六艺之科、孔子之术者,皆绝其道,勿使并进"(汉书董仲舒传),即主张"罢黜百家,表彰六经",开封建社会儒学正统之端绪,影响至为深远。但董仲舒的仕途并不顺遂,官至胶西王相,以病免。而他把君权、父权、夫权联系起来,形成新的儒学体系,以及推出三纲五常的封建道德伦理,的确适应了汉代大一统的需要。

〔二〕春秋繁露，十七卷，八十二篇。今本与汉书董仲舒传及艺文志所言篇数不符，所以必经后人整理，并加改窜更易，但其主要思想仍属董仲舒。董仲舒治春秋公羊传，所以书名之"春秋"即指公羊家而言；而"繁露"本意是冕旒，于此作阐发解。也就是说，董仲舒以春秋公羊说为主旨，阐发他个人的理解。书中还揉合了阴阳五行的学说，建立了"天人感应"、"三纲五常"的新体系，是儒学神学化的代表作。苏舆的春秋繁露义证足资利用。

扬雄论为赋

或问扬雄为赋〔一〕，雄曰："读千首赋〔二〕，乃能为之〔三〕。"

【注释】

〔一〕或问，有人问。意林卷三引桓谭新论曰："扬子云攻于赋，王君大习兵器，余欲从二子学，子云曰'能读千赋，则善赋'，君大曰'能观千剑，则晓剑'。"则问者或即是桓谭。

〔二〕读千首赋，稗海本、津逮秘书本、学津讨原本均作"读赋千首"。

〔三〕乃能为之，抱经堂本注曰："抄本作'乃能作赋'。"

匡衡勤学能说诗

匡衡字稚圭〔一〕，勤学而无烛。邻舍有烛而不逮，衡乃穿壁引其光，以书映光而读之。邑人大姓文不识〔二〕，家富多书，衡乃与其佣作[三]，而不求偿。主人怪，问衡，衡曰：
"愿得主人书遍读之。"主人感叹，资给以书，遂成大学[四]。
衡能说诗[五]，时人为之语曰："无说诗，匡鼎来。匡说诗，
解人颐。"鼎，衡小名也[六]。时人畏服之如是，闻者皆解颐
欢笑。衡邑人有言诗者，衡从之[七]，与语质疑，邑人挫服，
倒屣而去[八]。衡追之，曰："先生留听，更理前论。"邑人
曰："穷矣。"遂去不返。

【注释】

〔 一 〕匡衡，东海承（今山东苍山兰陵）人。西汉著名经学家。家贫
　　　　好学，以射策甲科为太常掌故，时号"经明无双"。但因宣帝不
　　　　好儒，而未得重用。元帝时，屡上书言治政得失，元帝以为堪任
　　　　公卿，故拜其为光禄勋、御史大夫。建昭三年（前三六）任丞相，
　　　　封乐安侯。成帝时，以专地盗土罪免为庶人。汉书有传。

〔 二 〕文不识，人名，生平无考。汉武帝时有将军程不识。"不识"是
　　　　汉代较为常见的名字之一。

〔 三 〕佣作，受雇为人做工。卢文弨据抄本改作"衡乃与客作"，误。
　　　　史记张丞相列传附传及汉书匡衡传皆作"佣作"。

〔 四 〕大学，大学问家，即大儒。御览卷六一九引作"大儒"。

〔 五 〕诗，即诗经。汉兴，言诗者鲁有申公，齐有辕固，燕有韩婴，各立
　　　　师门。辕固传夏侯始昌，夏侯始昌传后苍，后苍传匡衡，于是齐
　　　　诗一脉有匡氏学这一支派。

〔 六 〕鼎，匡衡小名。"无说诗，匡鼎来"，亦见汉书本传，其注曰："服
　　　　虔曰：'鼎犹言当也，若言匡且来也。'应劭曰：'鼎，方也。'张晏
　　　　曰：'匡衡少时字鼎，长乃易字稚圭。世所传衡与贡禹书，上言
　　　　"衡敬报"，下言"匡鼎白"，知是字也。'师古曰：'服、应二说是
　　　　也。贾谊曰"天子春秋鼎盛"，其义亦同，而张氏之说盖穿凿矣。

假有其书,乃是后人见此传云"匡鼎来",不晓其意,妄作衡书云"鼎白"耳。字以表德,岂人之所自称乎?今有西京杂记者,其书浅俗,出于里巷,多有妄说,乃云匡衡小名鼎,盖绝知者之听。'"服虔、应劭均为东汉末年大学者,其不言"鼎"为衡之字,较为可信。西京杂记所录虽有舛讹,但颇有可取资之处,师古排斥过甚,亦腐儒之见。

〔七〕从,过从,登门讨教。

〔八〕倒屣而去,指穿鞋未拉上鞋跟,形容人慌乱急促,鞋都未穿好就走掉了。

惠庄逡巡

长安有儒生曰惠庄〔一〕,闻朱云折五鹿充宗之角〔二〕,乃叹息曰:"茧栗犊反能尔邪〔三〕!吾终耻溺死沟中〔四〕。"遂裹粮从云〔五〕。云与言,庄不能对,逡巡而去,拊心谓人曰:"吾口不能剧谈,此中多有。"

【注释】

〔一〕惠庄,人名,生平无考。

〔二〕朱云,字游,鲁(今山东曲阜)人。好勇任侠,博通经学,不畏权贵,刚直敢言。元帝时曾因得罪石显而下狱。成帝时上书请诛张禹,险些被成帝处斩。汉书有传。

〔三〕茧栗犊,指小牛犊,角初出,形似茧而得名。此作后生晚辈解。孔本脱"茧"字,据抱经堂本补。

〔四〕溺死沟中,是处于一隅,默默无闻的意思。

〔五〕裹粮,带着干粮出门。

71

搔头用玉

武帝过李夫人〔一〕,就取玉簪搔头〔二〕。自此后,宫人搔头皆用玉〔三〕,玉价倍贵焉。

【注释】

〔 一 〕过,探望。李夫人,汉武帝宠妃之一,以倡乐得到赏识。初,其兄李延年是宫廷大音乐家,能歌善舞,能编新曲,深得武帝宠信。平阳公主乘机推荐李夫人,于是进宫,生下昌邑哀王。李夫人早卒,武帝常常想念,于是图画其形于甘泉宫。时齐人少翁"乃夜张灯烛,设帷帐,陈酒肉,而令上居他帐,遥望见好女如李夫人之貌,还帷坐而步,又不得就视,上愈益相思悲感,为作诗曰:'是邪?非邪?立而望之,偏何姗姗其来迟?'令乐府诸音家弦歌之"(汉书外戚传)。这就是皮影戏之起源。

〔 二 〕簪,头饰,用来固定发髻的长针,有的用玉制,也有的用金属或兽骨做成。古时,男子二十岁行冠礼,即成人礼,始束发戴冠。冠即用簪加以固定。女子已许婚者,十五岁及笄,可束发加簪,二十成婚;如未许婚,二十及笄。总之,用簪是成人的标识。搔头,即挠头去痒。

〔 三 〕搔头,此指挠痒的工具。用玉制成就是玉簪子,以俗定名。

精弈棋裨圣教

杜陵杜夫子善弈棋〔一〕,为天下第一。人或讥其费日〔二〕,夫子曰:"精其理者,足以大裨圣教〔三〕。"

【注释】

〔 一 〕杜夫子,姓杜的长者,名不详,生平无考。弈棋,围棋。说文曰:
“弈,围棋也。”方言亦曰:“围棋谓之弈。自关而东,齐、鲁间皆
谓之弈。”它起源于原始社会后期,世本作篇云:“尧造围棋。”
尽管出于传说,但其所处时代可以推见。因此大英百科全书认
为围棋在公元前二三五六年左右起源于中国。美国百科全书
也以为于公元前二三六〇年由中国发明。围棋之道应与兵法
有关,所以桓谭新论曰:“世有围棋之戏,或言兵法之类也。”刘
邦擅长将将,颇有谋略,和他精于围棋有关。本书卷三即载刘
邦与戚夫人于百子池畔下围棋之事,此事亦见三辅黄图卷四。
汉代围棋棋子多为木质,分黑白两色,棋盘十七道。一九五二
年河北望都一号汉墓出土现存最早的东汉棋盘,石质,十七道。

〔 二 〕汉代对围棋有不同看法,反对者中,贾谊“失礼迷风”的评价最
具代表性。这里所谓徒耗时日,于世无补,也是一例。但这并
不影响围棋在有汉一代的流行,出现了公认的棋圣吴人严子
卿,以及中国现可知最早的围棋理论著作班固的弈旨。

〔 三 〕裨,帮助,增益。圣教,圣人之教,即指儒学,也就是指在禹、汤、
文、武、周公、孔子等圣人教诲的基础上而形成的儒教体系。古
文苑所载班固弈旨曰:“北方之人谓棋为弈。弘而说之,举其大
略,厥义深矣。局必方正,象地则也;道必正直,神明德也;棋有
黑白,阴阳分也;骈罗列布,效天文也;四象既阵,行之在人,盖
王政也。成败臧否,为仁由己,道之正也。”又曰:“至于弈则不
然,高下相推,人有等级,若孔氏之门,回赐相服。循名责实,谋
以计策,若唐虞之朝,考功黜陟。器用有常,施设无析,因敌为
资,应时屈伸,续之不复,变化自新,或虚设豫制,以自护卫,盖
象庖牺罔罟之制。堤防周起,障塞漏决,有以夏后治水之势。”
又曰:“上有天地之象,次有帝王之治,中有五霸之权,下有战国

之事,览其得失,古今略备。"不难看出,班固之论,将弈棋之理论与儒教伦常比附而叙。所以杜夫子反驳时人误解,以为有裨圣教,也是文人爱弈的一大原因。

弹棋代蹴鞠

　　成帝好蹴鞠,群臣以蹴鞠为劳体[一],非至尊所宜。帝曰:"朕好之,可择似而不劳者奏之。"家君作弹棋以献[二],帝大悦,赐青羔裘[三]、紫丝履,服以朝觐[四]。

【注释】

〔 一 〕劳体,过度劳累,伤害身体。

〔 二 〕家君,刘向也。此乃葛洪冒用刘歆的口气而言。弹棋,亦作弹棊,汉时所创。一说始于汉武帝时期,古今图书集成引弹棋经序曰:"弹棋者,仙家之戏也。汉武帝平西域,得胡人善蹴鞠者,尽炫其便捷跳跃,帝好而为之。群臣不能谏,侍臣东方朔以此艺进之,帝就舍蹴鞠而上弹棋焉。习之者多在宫禁中,时人莫得而传。"一说始于汉成帝,即以本书为准。但有一点十分明显,它是流行于汉宫廷中的一种棋艺。至王莽末,天下大乱,弹棋才由宫中传入民间,事见弹棋经序。据后汉书梁冀传注引艺经,可知弹棋是两人对局,黑白各六枚棋子,排列两边于棋盘上,走棋则以石箭弹击对方棋子,中则破其一子,以先弹中对方六子者为胜。

〔 三 〕青羔裘,用黑羊羔皮做的皮衣。汉代上朝皆穿黑衣。

〔 四 〕朝觐,上朝拜见皇帝。

三辅雪灾

元封二年〔一〕，大寒，雪深五尺，野鸟兽皆死〔二〕，牛马皆蜷蹜如猬〔三〕，三辅人民冻死者十有二三〔四〕。

【注释】

〔一〕元封，汉武帝年号，共六年，起于公元前一一〇年，止于公元前一〇五年。元封二年，即公元前一〇九年。按汉书五行志作“元鼎二年（前一一五）三月，雪，平地厚五尺”。汉书武帝纪亦云元鼎二年“三月，大雨雪”。此记恐误。

〔二〕仇兆鳌杜诗详注卷二一前苦寒行注引作“野中鸟兽”，疑此脱“中”字。

〔三〕蹜，足步相接谓之蹜，即双脚蜷起来。猬，刺猬。

〔四〕三辅，汉京畿地区之总称。汉初分称左内史、右内史及主爵都尉。汉武帝太初元年（前一〇四），正式改名为京兆尹、左冯翊、右扶风，以官名同辖区郡名，而官名也不称太守，别制美名，以突出京畿地方官之特殊地位。其治所同在长安城中，三辅地区与今陕西中部即关中地区大体相仿，东略至渭北。此称号沿袭至唐代。

四宝宫

武帝为七宝床〔一〕、杂宝桉〔二〕、厕宝屏风〔三〕、列宝帐〔四〕，设于桂宫〔五〕，时人谓之四宝宫。

【注释】

〔 一 〕七宝,泛指金、银、珠玉、珊瑚、琉璃、琥珀、玛瑙、漆等宝物。日本至今仍称特种工艺品如漆盒为七宝,乃沿汉唐习俗。

〔 二 〕桉,同"案",即几,可置于床上、榻上或席上,或作书案,或作食案。因形制较小,质轻,可一托而起。汉书郑崇传"因执诏书案起",即举以承诏书的案。另梁鸿与孟光夫妇相敬如宾,用膳时常举案齐眉,所举即食案。杂宝,以各色宝物装饰之案。

〔 三 〕厕宝,与杂宝意思相同。屏风,多为木质,一般绘有彩画,如汉书叙传言成帝御座旁立有画以商纣醉踞妲己作长夜之乐场景的屏风。湖南长沙马王堆汉墓出土有一五彩画的木屏风,长七十二厘米,高六十二厘米,是个模型。按墓中遣策所记,原物长五尺,高三尺。又如辽阳汉墓壁画上,男女主人榻后部均有屏风,成折角形。又宫中有云母屏风,汉书王莽传即言"王莽常翳云母屏风"。

〔 四 〕列宝之文义与杂、厕同。此为床帐。

〔 五 〕桂宫,汉宫名,建于汉武帝太初四年(前一〇一),位于长安城中西面,未央宫之北,南邻直城门大街,东有横门大街与北宫相隔,西近汉城西城墙,北界雍门大街。宫城呈方形,南北长一千八百米,东西宽八百八十米,周长五千三百六十米,是后妃之宫。汉成帝为太子时住过,后为太后退居之处。遗址在今西安北未央宫乡夹城堡、民娄村、黄家庄及铁锁村一带。

瓠子河决

瓠子河决[一],有蛟龙从九子自决中逆上入河[二],喷沫流波数十里。

【注释】

〔 一 〕瓠子河,古代联接黄河与大野泽(原址在今山东钜野、郓城之间)的一条河流。其入黄河的入口处名瓠子。瓠子口在今河南濮阳南。瓠子河决口事发生于汉武帝元光三年(前一三二)。汉书武帝纪曰:"河水决濮阳,泛郡十六。发卒十万救决河。"又史记河渠书曰:"今天子元光之中,而河决于瓠子,东南注钜野,通于淮、泗。于是天子使汲黯、郑当时兴人徒塞之,辄复坏。"时丞相田蚡因河淹河南地,他的封邑鄃县却因而丰收,所以阻止继续修堤。于是过了二十余年,即元封二年(前一〇九),汉武帝才派汲仁、郭昌发卒数万人,重塞瓠子河决口。事成之后,于缺口旁建宣房宫以作纪念。

〔 二 〕九子,俗称龙生九子,不成龙形,其分别是囚牛、睚眦、嘲风、蒲牢、狻猊、霸下、狴犴、赑屃、蚩吻。事见杨慎升庵外集卷九五。

积霖至百日

文帝初,多雨,积霖至百日而止[一]。

【注释】

〔 一 〕积霖,即连阴雨,久下不停。左传隐公元年曰:"凡雨自三日以往为霖。"文帝时积霖百日,不见于正史。

五日子欲不举

王凤以五月五日生[一],其父欲不举[二],曰:"俗谚:'举五日子,长及户则自害,不则害其父母[三]。'"其叔父

卷第二　积霖至百日　五日子欲不举

77

曰〔四〕:"昔田文以此日生,其父婴敕其母曰:'勿举!'其母窃举之。后为孟尝君,号其母为薛公大家〔五〕。以古事推之,非不祥也。"遂举之。

【注释】

〔一〕王凤(?—前二二),字孝卿,西汉东平陵(今山东济南东)人。汉元帝王皇后之兄,汉成帝之舅。其祖父因避仇,移家至魏郡元城(今河北大名东)委粟里。其父王禁,为廷尉史。王凤为长男。元帝即位,立其妹王政君为皇后。永光二年(前四二),凤袭父爵为阳平侯。成帝即位,王凤为大司马大将军领尚书事,王氏以此勃兴。王凤专擅朝政长达十一年,非经他同意,即便是成帝也不能做出决定。这恐怕也是成帝耽于酒色的重要原因。事详汉书元后传。

〔二〕其父,王禁也。欲不举,想不养活他。

〔三〕长及户,长到与门一样高,即到成年的时候。害其父母,史记孟尝君列传曰:"五月子者,长与户齐,将不利其父母。"索隐引风俗通曰:"俗说五月五日生子,男害父,女害母。"又论衡四讳篇曰:"俗有大讳四。……四曰讳举正月、五月子。以为正月、五月子杀父与母,不得举也。已举之,父母偶死,则信而谓之真也。"时人之所以讳举正月、五月子,是以为"夫正月岁始,五月阳盛,子以此月生,精炽热烈,厌胜父母,父母不堪,将受其患"(论衡四讳篇)之故。所以王充指出:"有空讳之言,无实凶之效,世俗惑之,误非甚也。"疑"举五日子"当作"举五月子"。

〔四〕其叔父,即王弘。汉书元后传曰:"禁弟弘至长乐校尉。"

〔五〕史记孟尝君列传曰:"及长,其母因兄弟而见其子文于田婴。田婴怒其母曰:'吾令若去此子,而敢生之,何也?'文顿首,因曰:

'君所以不举五月子者,何故?'婴曰:'五月子者,长与户齐,将不利其父母。'文曰:'人生受命于天乎?将受命于户邪?'婴默然。文曰:'必受命于天,君何忧焉!必受命于户,则可高其户耳,谁能至者!'婴曰:'子休矣。'"王弘之言,即出于此。又婴死,田文代立于薛,是为孟尝君。他舍家业而厚待天下之士,门客众多,与赵之平原君、魏之信陵君、楚之春申君并称战国"四公子"。大家,即大姑,是对妇女的尊称。

雷震南山

惠帝七年夏〔一〕,雷震南山〔二〕。大木数千株皆火,燃至末,其下数十亩地,草皆燋黄。其后百许日,家人就其间得龙骨一具,鲛骨二具〔三〕。

【注释】

〔 一 〕惠帝七年,即前一八八年。

〔 二 〕南山,终南山,在今西安市南,属秦岭山脉的主峰之一。

〔 三 〕鲛,通"蛟",一说为龙,广雅释鱼曰:"有鳞曰蛟龙。"一说是鱼,即海鲨,吕氏春秋高诱注曰:"鱼二千斤为蛟。"

高祖送徒骊山

高祖为泗水亭长〔一〕,送徒骊山〔二〕,将与故人诀去。徒卒赠高祖酒二壶,鹿肚、牛肝各一〔三〕。高祖与乐从者饮酒食肉而去。后即帝位,朝晡尚食〔四〕,常具此二炙〔五〕,并酒二壶。

【注释】

〔 一 〕泗水，亭名。亭，汉代地方郡、县、乡、亭四级中最低的一级机构。一说亭与乡同级，职责有别。但据咸阳出土众多带有"咸亭"、"咸里"陶文之器可知，前说为是。泗水亭在今江苏沛县东，泗水与沱水交汇处东。亭长，秦汉时约每十里设一亭，亭设亭长，负责治安、捕盗及一般法律诉讼事宜。同时亭有馆舍，负责接待来往的官员、驿骑及过往客商和百姓。

〔 二 〕徒，被征作劳役的人。骊山，一名郦山，以山形似骊马呈青色而得名。在今西安市临潼区城南，是秦岭山脉由蓝田向西北延伸的一个支脉，绵延二十余公里。

〔 三 〕"徒卒"，抄本作"从卒"。"鹿肚"，秦汉图记本、万历本、日本宽政本均作"鹿肝"。

〔 四 〕朝晡，白虎通曰："平旦，食少阳之始也。昼，食太阳之始也。晡，食少阴之始也。莫，食太阴之始也。"此指天子的饮食一日四食。朝言清晨，晡言傍晚，以喻一天。尚食，官名，负责皇帝的饮食。汉旧仪曰："省中有五尚，即尚食、尚冠、尚衣、尚帐、尚席。"孙星衍按："省中五尚不见于百官公卿表，疑属大长秋。"然据汉书百官公卿表，少府属官大官（亦作太官）、汤官亦安排天子饮食。汉旧仪云："太官尚食，用黄金扣器。"又曰："太官主饮酒，皆令丞治，汤官奴婢，各三千人，置酒，皆缇襮、蔽膝、绿帻。"又曰："汤官供饼饵果实。"而古文苑所载柏梁台联句中之大官令诗亦云："枇杷橘栗桃李梅。"则大官令也掌四时鲜果进献。此记所言"尚食"，是指给天子进膳。究系何官所进，则大长秋所属之尚食、少府属官、太官令丞、汤官均有可能。

〔 五 〕二炙，即鹿肚、牛肝二种肉食，均经烧烤而成。

梁孝王好营宫室苑囿

梁孝王好营宫室苑囿之乐[一],作曜华之宫[二],筑兔园[三]。园中有百灵山[四],山有肤寸石[五]、落猿岩、栖龙岫[六]。又有雁池,池间有鹤洲凫渚[七]。其诸宫观相连,延亘数十里[八],奇果异树、瑰禽怪兽毕备[九]。王日与宫人宾客弋钓其中[一〇]。

【注释】

〔一〕梁孝王,即刘武,汉文帝之子,窦皇后所生。初封代王,二年后改封淮南王,文帝十二年(前一六八)定封梁王。其兄景帝即位后,曾许诺死后传位给梁王。吴楚七国之乱时,梁孝王死守睢阳,为平定叛乱立下大功。后因传位之事,与景帝有隙,几乎获罪。后梁孝王伏斧质请罪,景帝才与之和好如初,但梁王心中抑闷,郁郁寡欢而死。史记梁孝王世家曰:"孝王,窦太后少子也,爱之,赏赐不可胜道。于是孝王筑东苑,方三百余里,广睢阳城七十里。大治宫室,为复道,自宫连属于平台三十余里。"

〔二〕曜华之宫,建于梁国都城睢阳城,在今河南商丘南。三辅黄图卷三亦载"曜华宫"。

〔三〕兔园,即史记梁孝王世家所言之"东苑"。正义引括地志曰:"兔园在宋州宋城县东南十里。俗人言梁孝王竹园也。"古文苑卷三载枚乘梁孝王兔园赋,极言该园之盛。

〔四〕百灵山,御览卷一九六引作"白室山"。

〔五〕肤寸石,古代宽一指为寸,四指侧放长度为一肤,此指较规整的石块。

〔 六 〕岫，一作山洞，尔雅释山曰："山有穴为岫。"一作峰峦。此当作
　　　山洞解。

〔 七 〕凫渚，野鸭栖息的小洲。史记梁孝王世家正义引括地志所录西
　　　京杂记作"凫岛"。然而三辅黄图、御览等仍作"凫渚"，当是。
　　　又史记索隐作"凫洲雁渚"。

〔 八 〕数十里，史记梁孝王世家索隐引作"七十余里"。此园甚大，除
　　　文中所及诸园池山渚外，尚有蠡台，见御览卷一七八引戴延之
　　　述征记；清泠台，见水经注；掠马台，亦见水经注；平台，见述异
　　　记；列仙吹台，见洞冥记。

〔 九 〕史记梁孝王世家正义引括地志作"瑰禽异兽靡不毕备"，三辅
　　　黄图卷三作"珍禽怪兽毕有"。

〔一〇〕弋，射猎。宾客，史记梁孝王世家曰："招延四方豪桀，自山以东
　　　游说之士莫不毕至。齐人羊胜、公孙诡、邹阳之属。"

鲁恭王好斗禽

　　鲁恭王好斗鸡鸭及鹅雁〔一〕，养孔雀、鹡鸰，俸谷一年
费二千石〔二〕。

【注释】

82

〔 一 〕鲁恭王，汉景帝子刘余，程姬所生。初为淮阳王，景帝前元三年
　　　（前一五四）徙封鲁王。好治宫室，曾坏孔子旧宅以广其宫，于
　　　壁中得古文经传，成就古文经学派。

〔 二 〕俸谷，原指俸禄，此指用于饲养禽鸟所耗费的谷物，相当于一个
　　　二千石吏一年的薪俸。

流黄簟

会稽岁时献竹簟供御[一]，世号为流黄簟[二]。

【注释】

〔 一 〕会稽，汉郡名。秦置。高祖六年(前二〇一)，为荆国之一部分，荆王刘贾之封地。高祖十二年(前一九五)封刘濞为吴王，会稽属焉。景帝四年(前一五三)，封其子刘非为江都王，治故吴国。后恢复为郡，郡治吴县，即今江苏苏州。至东汉顺帝时，于吴县设吴郡，辖今苏南地区。改会稽郡治所于今浙江绍兴，其辖地包括今浙江、福建及江西一小部分地区。竹簟，竹席。供御，供皇帝享用。

〔 二 〕流黄簟，褐黄色竹席。所谓"流黄"，是竹篾加工后所形成的颜色。

朱买臣为会稽太守

朱买臣为会稽太守[一]，怀章绶还至舍亭[二]，而国人未知也[三]。所知钱勃见其暴露[四]，乃劳之曰[五]："得无罢乎[六]？"遗与纨扇[七]。买臣至郡，引为上客，寻迁为掾史[八]。

【注释】

〔 一 〕朱买臣(？—前一一五)，字翁子，吴(今江苏苏州)人。家贫，卖薪为生。好读书，随上计吏到长安，经同乡严助推荐，被武帝赏识，拜中大夫、侍中。后东越叛乱，拜其为会稽太守。平定东越后,以功升主爵都尉。因揭发张汤而被杀。汉书有传。

〔二〕章绶,官印及系于印纽上的绶带,是表明官员身份的标志。据汉书百官公卿表所载,汉代太守是"银印青绶"。舍亭,官办客舍。汉书朱买臣传作"郡邸",即郡在京师长安所设的官舍。初,买臣遭免官,待诏于郡邸,常遭人白眼。其人性狭,有恩则报,睚眦亦必报。

〔三〕国人未知,汉书本传曰:"直上计时,会稽吏方相与群饮,不视买臣。买臣入室中,守邸与共食,食且饱,少见其绶。守邸怪之,前引其绶,视其印,会稽太守章也。守邸惊,出语上计掾吏,皆醉,大呼曰:'妄诞耳!'守邸曰:'试来视之。'其故人素轻买臣者入内视之,还走,疾呼曰:'实然!'坐中惊骇,白守丞,相推排列中庭拜谒。"随即朱买臣乘长安驷马传车南下赴任。

〔四〕所知,知交,好友。钱勃,人名,生平无考。暴露,露天而处,无所遮蔽。

〔五〕劳,慰问安抚。

〔六〕得无罢乎,是不是累了的意思。罢,疲乏。

〔七〕遗,赠予。纨扇,细绢制成的扇子。

〔八〕迁,任命。掾史,郡太守的属吏。汉制:郡之属吏由太守在当地自行聘任。

卷第三

黄公幻术

余所知有鞠道龙〔一〕，善为幻术〔二〕，向余说古时事：有东海人黄公〔三〕，少时为术，能制蛇御虎〔四〕。佩赤金刀〔五〕，以绛缯束发〔六〕，立兴云雾，坐成山河。及衰老，气力羸惫，饮酒过度，不能复行其术。秦末，有白虎见于东海，黄公乃以赤刀往厌之〔七〕。术既不行，遂为虎所杀。三辅人俗用以为戏，汉帝亦取以为角抵之戏焉〔八〕。

【注释】

〔一〕余，依葛洪跋语，当指刘歆。鞠道龙，人名，生平无考。

〔二〕幻术，古代魔术。汉时十分盛行，其技艺，一起源于西方，史记大宛列传云："条支在安息西数千里，临西海。……安息役属之，以为外国。国善眩。"眩，即幻术。条支在西亚两河流域。汉武帝时，自张骞开通西域后，诸国使者频繁来长安，其中安息国所献即有眩人。颜师古注曰："眩读与幻同。即今吞刀吐火、植瓜种树、屠人截马之术皆是也。"东汉永宁元年（一二〇），掸国所献还有罗马幻人。又其技艺出于中国本土,往往与方士之方术相结合,成为原始道教宣扬教义的一种工具。如汉武帝时,李少君主张"祠灶皆可致物,致物而丹沙可化为黄金,黄金成以为饮食器则益寿,益寿而海中蓬莱仙者乃可见之"(汉书郊祀志)。又如齐人李翁自言能"通神",栾大则能"致仙"。幻术技法变化莫测,桓谭新论曰:"方士董仲君,犯事系狱,佯死,目陷虫烂。故知幻术靡所不有,又能鼻吹、口歌、耸眉、动目。"后汉书左慈列传载,左慈可当众从铜盘中用竹竿钓出三尺鲈鱼,于宴席中立致蜀国生姜,手持一升酒可让在座百官醉饱。曹操想杀他,他却能遁入壁中。幻术与今天传统的大戏法可谓一脉相承。

〔 三 〕东海,汉郡名。治所郯县,在今山东郯城。黄公,人名,生平无考。

〔 四 〕"蛇",秦汉图记本、万历本、日本宽政本均作"龙"。

〔 五 〕赤金,即铜。

〔 六 〕绛缯,一种深红色的厚重丝织物。

〔 七 〕赤刀,即赤金刀。厌,镇压,慑服。黄公此段经历,张衡西京赋中有相似描述:"东海黄公,赤刀粤祝,冀厌白虎,卒不能救,挟邪作蛊,于是不售。"可知其故事流传之久远。

〔 八 〕角抵,亦作角觝,战国时兴起,称角力,是一种杂技表演。其源出于先秦时产生的蚩尤戏。相传蚩尤鬓如剑戟,头上生角,与黄帝战于涿鹿,爱以角相抵,于是冀州模仿其形象,头戴牛角而抵斗,称蚩尤戏。秦统一天下,角抵盛行于宫中,秦二世对其尤为着迷,当李斯父子遭赵高追杀时,竟因二世在观赏角抵,而不得入宫求救。汉初此戏一度遭罢除,但既能讲武又是娱乐的角抵,还是很快流行起来。江陵凤凰山出土的一件秦代木箆背上即有角抵图,其打扮与相扑极为相似,两人正在角力,一人在旁,是作裁判还是助威不详。东汉时其着装又有变化。据河南密县打虎亭二号东汉墓所示,力士往往模仿古代大力士夏育、乌获,身材魁梧,满腮胡须,头上扎有绛红色抹额,在头顶上用一绺头发刷胶后如一小竹竿般竖起,光着上身,着短裤,以手互搏。有时角抵表演时,加上故事情节,杂以中外音乐及幻术,使之更具戏剧性。所以汉武故事曰:"未央宫中设角抵戏,享外国,三百里内皆观。角抵者,六国所造也。秦并天下,兼而增广之。汉兴虽罢,然犹不都绝,至上(汉武帝)复采用之。并四夷之乐,杂以奇幻,有若鬼神。"

淮南王好方士

又说〔一〕:淮南王好方士〔二〕,方士皆以术见〔三〕,遂有画地成江河,撮土为山岩,嘘吸为寒暑,喷嗽为雨雾〔四〕。王亦卒与诸方士俱去〔五〕。

【注释】

〔 一 〕又说,即承上节鞠道龙再说古时事。

〔 二 〕淮南王,即刘安(前一七九—前一二一),淮南厉王刘长之子。厉王因母亲被赵王张敖谋反案所牵连而入狱,在吕后妒忌、审食其不帮忙、刘邦正发怒等原因影响下,自杀而死。厉王始终怀恨在心。汉文帝即位后,他以至亲兄弟身份,骄纵不奉法,曾椎杀审食其,以报母仇。后企图谋反,事发,绝食而死。文帝怜惜淮南王,于是封刘安为淮南王,其弟刘勃为衡山王,刘赐为庐江王,三分淮南故地。刘安于吴楚七国之乱时,虽助汉朝,但开始时曾准备参与吴王的阴谋,所以他千方百计笼络民心,广招宾客,作淮南鸿烈,以广邀名誉,暗地里却与亲信图谋夺权,事发,下狱死,受其牵连的列侯、二千石、豪杰多达数千人。方士,战国秦汉时的方术之士。他们的思想与神仙家、道家、阴阳五行学派有联系,专以炼丹求仙,自称能使人长生不老为手段,出入宫廷、官宦之家,也常混迹民间,其中不乏医、卜、星相之流。自帝王、宗室、列侯、将相以至百姓,对他们崇信有加。后融入道教中。

〔 三 〕术,方术,其中包括卜筮、阴阳推步、神经怪牒、玉策金绳、河洛之文、龟龙之图,箕子之术、师旷之书、纬候之部、钤决之符,以及风角、遁甲、七政、元气、六日七分、逢占、日者、挺专、须臾、孤虚、望云省气等等,也就是说,占卜吉凶、察看天象、说梦看相、望气辨风、观察风水、做出预言、宣布图谶等等,均属方术内容。见,进见。

〔 四 〕雨雾,卢文弨曰:"抄本作'雨露'。"

〔 五 〕卒,终于。俱去,飞升而去。

扬子云裨补辅轩所载

扬子云好事[一],常怀铅提椠[二],从诸计吏[三],访殊方绝域四方之语[四],以为裨补辅轩所载[五],亦洪意也[六]。

【注释】

〔 一 〕扬子云,即扬雄。好事,喜欢找事做。

〔 二 〕铅,铅粉笔。椠,用于写字的木简。

〔 三 〕计吏,即上计吏。汉时改变战国时由地方官直接向国王报告地方治政状况的办法,于每年秋冬考课时,由县令上计所在郡国。岁尽即年末,由郡国守丞的长史为上计使者进京,向皇帝或三公报告地方人口、赋税、徭役、治安、诉讼等情况,作为皇帝和中

88

央政府评定地方治政优劣以决定奖罚升贬的依据。由于上计吏关乎地方长官的仕途和命运,所以往往聘用名士担任此职。而名士也往往通过上计展露才华,以博得帝王及三公的赏识,成为升迁的捷径。

〔四〕殊方绝域,异地边远之处。

〔五〕裨补,增补。轺轩,本指使者所乘之轻车。风俗通义序曰:"周、秦常以岁八月遣轺轩之使求异代方言,还奏籍之,藏于秘室。"又华阳国志卷十上:"古者天子有轺车之使,自汉兴以来,刘向之徒但闻其官,不详其职。惟(林)闾与严君平知之,曰:'此使考八方之风雅,通九州之异同,主海内之音韵,使人主居高堂知天下之风俗也。'"然而周秦所记至秦末,"遗脱漏弃,无见之者,蜀人严君平有千余言,林闾翁孺才有梗概之法。扬雄好之,天下孝廉、卫率交会,周章质问,以次注续,二十七年,尔乃治正,凡九千字"(见风俗通义序)。扬雄此书全称为轺轩使者绝代语释别国方言,简称方言或轺轩。此"轺轩"即方言之别称。

〔六〕亦洪意也,成林、程章灿以为是葛洪小注滥入正文也。

邓通钱与吴王钱

文帝时,邓通得赐蜀铜山〔一〕,听得铸钱〔二〕,文字肉好皆与天子钱同〔三〕,故富侔人主。时吴王亦有铜山铸钱〔四〕,故有吴钱,微重,文字肉好与汉钱不异。

【注释】

〔一〕邓通,蜀郡南安(今四川乐山)人。文帝宠臣。文帝曾命相工给邓通看相,以为将来会贫饿而死。文帝很不高兴,说:"能富通者在我,何说贫?"于是将蜀郡严道县的铜山赐给了邓通。邓通采铜铸钱,号"邓氏钱布天下"。然而景帝即位后,将其免官回家。后有人告发他私铸钱,家产尽没收,客死人家。详见汉书佞幸传。严道县在今四川荥经县境。

〔二〕听,听任,任其。

〔三〕文字,铜钱上所铸的文字。汉初行榆荚钱,其文仍为"半两",与秦"半两"钱同,但重量只有三铢,即只相当于秦半两的四分之一。吕后时,"行八铢钱",较荚钱为重,但文仍为"半两"。一度又铸"五分钱",指钱直径,文不变。史记平准书曰:"至孝文时,荚钱益多,轻,乃更铸四铢钱,其文为'半两',令民纵得自铸钱。"而湖北江陵凤凰山一六八号汉墓出土有"天平"、"法钱法马",文曰"刻曰四朱"。此四铢钱不见于出土实物,只有文书记录,当是验证钱币时的标准衡器和标准砝码。文帝五年(前一七五),为了一个宠臣,而下令废除盗铸钱令,节俭的明君也难免犯下重大的错误。景帝中元六年(前一四四),终于将铸币权收归国家,并铸三铢钱,文曰"三铢",从此"半两"钱退出历史舞台。所以邓通钱的文字必是"半两"无疑。肉好,汉书食货志注引韦昭曰:"肉,钱形也;好,孔也。"汉初,钱均为方孔圆钱,可知圆形为肉,中方孔称作好。

〔四〕吴王,即刘濞(前二一五—前一五四),刘邦之侄,封吴王。汉书本传曰:"吴有豫章郡铜山,即招致天下亡命者盗铸钱。"后发动七国之乱,被景帝平定,刘濞自杀。

俭葬反奢

杨贵字王孙〔一〕,京兆人也〔二〕。生时厚自奉养,死卒赢葬于终南山。其子孙掘土凿石,深七尺而下尸,上复盖之以石,欲俭而反奢也。

【注释】

〔 一 〕杨贵,武帝时人,因学黄老之术,家累千金。其病将死,不满世尚厚葬,所以"以赢葬,将以矫世"。他令其子曰:"吾欲赢葬,以反吾真,必亡易吾意,死则为布囊盛尸,入地七尺,既下,从足引脱其囊,以身亲土。"事详汉书杨王孙传。

〔 二 〕京兆,即京兆尹,汉三辅之一,以职官命名政区。其治所在长安城南之尚冠里,事见三辅黄图卷一。

傅介子弃觚

傅介子年十四〔一〕,好学书〔二〕,尝弃觚而叹曰〔三〕:"大丈夫当立功绝域,何能坐事散儒〔四〕!"后卒斩匈奴使者〔五〕,还拜中郎〔六〕。复斩楼兰王首〔七〕,封义阳侯〔八〕。

【注释】

〔 一 〕傅介子(?—前六五),北地义渠(今甘肃庆阳西南)人。曾出使龟兹、楼兰,责备两国勾结匈奴杀害汉朝使者,两国服罪,并协助他诛杀匈奴使者。后以楼兰王安归反覆无常,再度出使,以计诱杀之。汉昭帝元凤四年(前七七)四月下诏,封其为义阳侯。事详汉书本传。

〔 二 〕书,书法。

〔 三 〕觚,用于学经时书写的木棱简。急就篇曰"急就奇觚与众异",颜师古注云:"觚者,学书之牍,或以记事,削木为之,盖简属也。孔子叹觚,即此之谓。其形或六面,或八面,皆可书。"又曰:"今俗犹呼小儿学书简为'木觚章',盖古之遗语也。"

〔四〕散儒,散漫而不自我约束的儒生。荀子劝学云:"不隆礼,难察辩,散儒也。"杨倞注曰:"散,谓不自检束,庄子以不材木为散木也。"

〔五〕斩匈奴使者,昭帝元凤年间,傅介子以骏马监身份上书求出使大宛,因诏令责楼兰、龟兹国杀汉使者事。至楼兰,其王慑服,并告知匈奴使者刚刚离去,道必经龟兹。于是傅介子至龟兹,说服其王,介子率其吏卒一起斩杀匈奴使者。事详汉书本传。

〔六〕中郎,汉官名,为光禄勋属官。中郎有五官中郎、左中郎、右中郎三将,秩比二千石,以侍卫皇宫、侍从皇帝为己任。也常被派作使者,代表皇帝巡视地方或封国。

〔七〕楼兰,西域国名,在今新疆维吾尔自治区罗布泊西及西南地区,王城扞泥,即今若羌县。据汉书西域传,元凤四年(前七七),傅介子"轻将勇敢士,赍金币,扬言以赐外国为名。既至楼兰,诈其王欲赐之,王喜,与介子饮,醉,将其王屏语,壮士二人从后刺杀之,贵人左右皆散走"。于是昭帝立尉屠耆为王,更其国名为鄯善。

〔八〕义阳,春秋时为申国属地。汉时为平氏县(今河南唐河县东南)之义阳乡。可见义阳侯为乡侯,义阳乡为傅介子的食邑。

曹敞收葬吴章

余少时,闻平陵曹敞在吴章门下〔一〕,往往好斥人过,或以为轻薄〔二〕,世人皆以为然。章后为王莽所杀〔三〕,人无有敢收葬者,弟子皆更易姓名,以从他师。敞时为司徒掾〔四〕,独称吴章弟子,收葬其尸,方知亮直者不见容于冗辈中矣〔五〕。平陵人生为立碑于吴章墓侧,在龙首山南幕

西京杂记校注

92

岭上〔六〕。

【注释】

〔 一 〕平陵,汉昭帝陵,在今陕西兴平东北。曹敞,人名,生平无考。
而汉书云敞传曰:"云敞字幼孺,平陵人也。师事同县吴章,章
治尚书经为博士。"平帝年幼即位,王莽为安汉公,怕外戚卫氏
专其权,令卫氏留中山国,不得至京师。王莽长子王宇怕平帝
长大后见怨,于是与吴章串谋,在晚上用血涂抹王莽居所大门,
以恐吓王莽改变主意。不料事情败露,王宇、吴章及卫氏均被
处死。"初,章为当世名儒,教授尤盛,弟子千余人,莽以为恶人
党,皆当禁锢,不得仕宦。门人尽更名他师。敞时为大司徒掾,
自劾吴章弟子,收抱章尸归,棺敛葬之,京师称焉"。此传所载
事迹与本节所记同,疑"曹敞"系"云敞"之误。吴章字伟君,平
陵人。他师事许商,是大夏侯尚书一派之许氏门弟子。汉书儒
林传曰:"商善为算,著五行论历,四至九卿,号其门人沛唐林
子高为德行,平陵吴章伟君为言语。"可知吴章口才极佳。

〔 二 〕"或",孔本脱,据抱经堂本补。

〔 三 〕王莽(前四五—公元二三),字巨君,元城(今河北大名)人。平
帝死,代汉而立,建立新朝,史称"新莽"。虽复古改制,颇具新
意,但改易频繁,又不从实际出发,反而加剧社会矛盾,在绿林、
赤眉起义的沉重打击下,地皇四年(二三)被响应起义的长安
商人杜吴杀死。事详汉书本传。

〔 四 〕司徒,汉三公之一,掌教化。掾,其属官名称,也是各级政府主
要文吏的通称。汉官仪曰:"司徒府掾属三十一人,秩千石。"

〔 五 〕亮直,耿直,光明正大。冗辈,凡庸之流。"冗",秦汉图记本、万
历本、日本宽政本均作"凡"。

〔 六 〕南幕岭,诸地理书失载,疑"幕"系衍文。

文帝立思贤苑

文帝为太子立思贤苑〔一〕，以招宾客。苑中有堂隍六所〔二〕。客馆皆广庑高轩〔三〕，屏风帏褥甚丽。

【注释】

〔一〕太子，景帝刘启。思贤苑，见三辅黄图及博物志，文字亦大体相同。

〔二〕堂隍，三辅黄图作"堂室"，而玉海卷一七一引三辅黄图作"堂皇"。尔雅释言曰："隍，虚也，壑也。"注："城池无水者。"则与本文之意不符。左传宣公十四年曰："楚子闻之，投袂而起。履及于窒皇，剑及于寝门之外，车及于蒲胥之市。""窒皇"，路寝前之庭也，所以堂隍当是带有前庭的堂屋。"隍"，恐当以玉海作"皇"为是。

〔三〕庑，释名释宫室曰："大屋曰庑。"轩，文选魏都赋注曰："轩，长廊之有窗也。"此言思贤苑中屋大廊高，气势非凡。

广陵王死于力

广陵王胥有勇力〔一〕，常于别圃学格熊。后遂能空手搏之，莫不绝脰〔二〕。后为兽所伤，陷脑而死〔三〕。

【注释】

〔一〕刘胥，汉武帝之子，李姬所生，汉昭帝之弟，封广陵王，封国在今江苏扬州一带。汉书本传曰："胥壮大，好倡乐逸游，力扛鼎，空手搏熊彘猛兽。动作无法度，故终不得为汉嗣。"

〔 二 〕胫,脖颈。绝胫,折断脖颈。

〔 三 〕陷脑,脑被击碎。汉书本传曰:宣帝立,胥极为不满,曰:"太子
　　　孙何以反得立?"行巫祝诅如前。事发,"即以绶自绞死"。此
　　　作"陷脑而死",恐不实。

辨尔雅

　　郭威字文伟[一],茂陵人也。好读书,以谓尔雅周公所
制[二],而尔雅有"张仲孝友"[三],张仲,宣王时人[四],非周
公之制明矣。余尝以问扬子云,子云曰:"孔子门徒游、夏
之俦所记[五],以解释六艺者也[六]"。家君以为:"外戚传称
'史佚教其子以尔雅[七]',尔雅,小学也[八]。"又记言:"孔
子教鲁哀公学尔雅[九]。"尔雅之出远矣。旧传学者,皆云
周公所记也,"张仲孝友"之类,后人所足耳[一○]。

【注释】

〔 一 〕郭威,人名,生平无考。

〔 二 〕尔雅,十三经之一。此书是训诂名物之书,为字辞书之滥觞。
　　　王应麟汉艺文志考证曰:"释诂一篇,盖周公所作,释言以下,仲
　　　尼所增,子夏所定,叔孙通所益,梁文所补。"又四库全书简目
　　　云:"尔雅所释,或出诸子杂书,不尽释经,而释经者为多,故得
　　　与十三经之数。欲读古书,先求古义,舍此无由入也。"此书是
　　　战国秦汉间儒生所编纂,掇拾旧文,增益新解,托名周公、孔子,
　　　作者已无从考定,也不必花力气去硬作探究。周公,姬旦也,周
　　　武王之弟。其采邑在周(在今陕西岐山北),故称周公。现考
　　　古工作者在周公庙以北凤凰山上发现有四条、三条、二条及一

条墓道的周代墓数十座,且出土带有"周公"字样的甲骨多片,疑即周公家族墓地。四条墓道的墓,乃王陵级别,墓主人尤应值得关注。成王即位,年幼,周公摄政,曾亲率大军东征,平定殷人武庚的叛乱,巩固了周朝的统治。又制礼作乐,完善了礼仪制度,是古代不可多得的政治家和思想家。事详史记周本纪及鲁周公世家。

〔三〕张仲孝友,尔雅释训曰:"张仲孝友,善父母为孝,善兄弟为友。"诗经六月曰:"侯谁在矣?张仲孝友。"毛传:"张仲,贤臣也。"郑笺:"张仲,吉甫之友,其性孝友。"尹吉甫为宣王时重臣,张仲与之为友,虽生平不详,而离周公时代相差三百余年,所以周公不可能记其事迹。

〔四〕宣王,即周宣王姬静。他重法文、武、成、康之遗风,力挽厉王暴政所带来的众叛亲离的颓势,使诸侯归心,号"宣王中兴"。其后他不修籍于千亩,又亡南国之师,中兴又成昙花一现。事详史记周本纪。

〔五〕游,子游;夏,子夏,均系孔子门生,于七十弟子中,以"文学"著称。子夏曾为魏文侯师。侪,同辈,同好。孔子(前五五一——前四七九)名丘,字仲尼,鲁国陬邑(今山东曲阜东南)人。是中国古代著名的思想家、政治家、教育家,儒学的奠基人。他整理诗、书、礼、易、乐、春秋六经,形成十三经的基本框架。其言论被弟子们整理成论语一书,其影响一直沿续至今。事详史记孔子世家。

〔六〕六艺,即六经。郑玄五经异义曰:"玄之闻也,尔雅者,孔子门人所作,以释六艺之旨,盖不误也。"

〔七〕外戚传,不详所指,当出于汉武帝之后,是史官注记之类。史佚,周初史官,又作"史逸",即尚书洛诰之"逸祝册"。逸周书世俘解:"武王降自东,乃俾史佚繇书。"又作"尹佚",淮南子道应训曰："成王问政于尹佚。"则史佚历文、武、成三代。

〔八〕小学，汉代把文字、训诂学称为"小学"，如史籀、苍颉、凡将、急
　　　就篇、训纂等书即是。

〔九〕记，指大戴礼记，戴德所作。孔子教鲁哀公在小辨篇，但文中所
　　　言"尔雅"，非书名，子云所言，乃断章取义也。鲁哀公，前四九
　　　四至前四六八年为鲁国国君。

〔一○〕足，增补之意。

袁广汉园林之侈

　　茂陵富人袁广汉〔一〕，藏镪巨万〔二〕，家僮八九百人。于
北邙山下筑园〔三〕，东西四里，南北五里，激流水注其内。
构石为山，高十余丈，连延数里。养白鹦鹉、紫鸳鸯、牦牛、
青兕〔四〕，奇兽怪禽，委积其间。积沙为洲屿，激水为波潮，
其中致江鸥海鹤，孕雏产觳〔五〕，延漫林池。奇树异草，靡
不具植。屋皆徘徊连属，重阁修廊，行之，移晷不能遍
也〔六〕。广汉后有罪诛，没入为官园，鸟兽草木，皆移植上
林苑中。

【注释】

〔一〕袁广汉，人名，生平无考。

〔二〕镪，左思蜀都赋曰："货殖私庭，藏镪巨万。"又汉书食货志曰：
　　　"守准平，使万室之邑必有千钟之臧，臧繦千万。"镪与繦通。汉
　　　书注引孟康曰："繦，钱贯也。"即穿钱的绳子，引伸为钱的意思。

〔三〕北邙山，即北邙岩。长安志引三秦记曰："长安城北有始平原，
　　　数百里，其人井汲巢居，井深五十丈，汉时亦谓之北芒岩。"其位

于<u>陕西兴平市</u>北,西与<u>武功</u>的东原相连,东与<u>咸阳原</u>连接,长三十多公里,是<u>渭</u>北黄土旱原的一部分,故又称<u>黄山</u>。

〔四〕氂牛,即牦牛,古字通,产于<u>西藏</u>。青兕,雌性犀牛。

〔五〕鷇,刚刚出生,尚需母禽喂养的幼鸟。

〔六〕移晷,日影随着时间在移动。晷,即日晷,用来观察太阳影子的移动以确定时间的计时仪器。

五柞树与石骐驎

<u>五柞宫</u>有五柞树[一],皆连三抱,上枝荫覆数十亩[二]。其宫西有<u>青梧观</u>[三],观前有三梧桐树。树下有石骐驎二枚[四],刊其胁为文字[五],是<u>秦始皇骊山</u>墓上物也。头高一丈三尺,东边者前左脚折,折处有赤如血[六]。父老谓其有神,皆含血属筋焉[七]。

【注释】

〔一〕<u>五柞宫</u>,<u>三辅黄图</u>卷三曰:"<u>五柞宫</u>,<u>汉</u>之离宫也,在<u>扶风盩厔</u>。"<u>雍胜略</u>曰:"<u>五柞宫</u>在<u>盩厔</u>县东南三十八里,<u>汉武帝</u>造。"<u>盩厔</u>,现改名<u>周至</u>,为<u>西安市</u>辖县。<u>汉</u>代的宫室常以树命名,<u>汉书武帝纪</u>曰:"后元二年(前八七)二月,行幸<u>盩厔五柞宫</u>。"<u>张晏</u>注曰:"有五柞树,因以名宫也。"又<u>水经注渭水</u>曰:"东北径<u>五柞宫</u>西,长杨、五柞二宫相去八里,并以树名宫。"<u>汉武帝</u>即死于<u>五柞宫</u>。柞树木质坚硬,俗称凿子木。

〔二〕<u>三辅黄图</u>卷三作"皆连抱,上枝覆阴数亩",无"三"字。又<u>御览</u>卷九五八引作"皆连抱,五株树枝覆荫数十亩"。<u>卢文弨</u>以为"三"系衍文,故删去,当是。而"上"或系"五"之误。又"数十亩"之"十"字,亦当是衍文。

〔 三 〕青梧观，观名，今地不详，长安志曰一作"青桐观"。

〔 四 〕骐驎，即麒麟，传说中的神兽，其头似鹿而有角，身有龙麟，疾行
　　　　如飞。

〔 五 〕胁，肋部。

〔 六 〕"赤"，抱经堂本作"迹"。

〔 七 〕属，连接。

咸阳宫异宝

　　高祖初入咸阳宫〔一〕，周行库府，金玉珍宝，不可称言。
其尤惊异者，有青玉五枝灯，高七尺五寸。作蟠螭〔二〕，以
口衔灯，灯燃，鳞甲皆动，焕炳若列星而盈室焉〔三〕。复铸
铜人十二枚〔四〕，坐皆高三尺〔五〕，列在一筵上〔六〕，琴筑笙
竽〔七〕，各有所执，皆缀花彩，俨若生人。筵下有二铜管，上
口高数尺，出筵后。其一管空，一管内有绳，大如指，使一
人吹空管，一人纽绳，则众乐皆作〔八〕，与真乐不异焉。有
琴长六尺，安十三弦，二十六徽〔九〕，皆用七宝饰之，铭曰：
"璠璵之乐〔一〇〕。"玉管长二尺三寸，二十六孔〔一一〕，吹之则
见车马山林，隐辚相次〔一二〕，吹息，亦不复见，铭曰："昭华
之琯〔一三〕。"有方镜，广四尺，高五尺九寸，表里有明〔一四〕，
人直来照之，影则倒见。以手扪心而来，则见肠胃五脏，历
然无硋〔一五〕。人有疾病在内，则掩心而照之，则知病之所
在。又女子有邪心，则胆张心动。秦始皇常以照宫
人〔一六〕，胆张心动者则杀之。高祖悉封闭以待项羽，羽并
将以东〔一七〕，后不知所在。

99

【注释】

〔 一 〕咸阳，秦孝公十二年（前三五〇）于渭北筑城，因其在九嵕山之南，渭水之北，具山水之阳，故称咸阳，并定为国都。其范围包括今东起柏家嘴，西至毛王沟，北起高干渠，南到西安草滩农场。初，其宫室以渭水为中轴线，南北伸展，有咸阳宫、章台宫、兴乐宫、华阳宫及冀阙等。秦帝国成立前后，秦始皇又陆续扩建。先"每破诸侯，写放其宫室，作之咸阳北阪上，南临渭，自雍门以东至泾、渭，殿屋复道周阁相属"（见史记秦始皇本纪）。后秦始皇"以咸阳人多，先王之宫廷小"，又于渭河之南上林苑中修建朝宫，即上可坐万人的阿房宫前殿，二世续修，这就是著名的阿房宫，但最终未能完工。此外尚有信宫、兰池宫等，极尽奢华。

〔 二 〕蟠螭，即盘龙。殷芸小说及初学记卷二五"作"上均有"下"字。

〔 三 〕焕炳，明亮貌。列星，群星。

〔 四 〕铜人十二枚，史记秦始皇本纪曰："收天下兵，聚之咸阳，销以为钟鐻，金人十二，重各千石，置廷宫中。"史记正义曰："汉书五行志云：'（秦始皇）二十六年（前二十一），有大人长五丈，足履六尺，皆夷狄服，凡十二人，见于临洮，故销兵器，铸而象之。'……三辅旧事云：'聚天下兵器，铸铜人十二，各重二十四万斤（史记索隐引作"三十四万斤"）。汉世在长乐宫门。'"所言即此十二铜人，但于此记作乐人不符。十二铜人初毁于汉末，董卓椎破十人，以铸小钱。余二枚，被后秦苻坚从邺都搬回长安，销没之。

〔 五 〕坐，底座。

〔 六 〕筵，垫底的竹席。

〔 七 〕琴，风俗通义曰："雅琴者，乐之统也，与八音并行。然君子所常御者，琴最亲密，不离于身，非必陈设于宗庙乡党，非若钟鼓罗列于虡悬也。虽在穷阎陋巷，深山幽谷，犹不失琴。"又曰："今琴长四尺五寸，法四时五行也。七弦者，法七星也。大弦为君，小弦为臣，文王、武王加二弦，以合君臣之恩。"筑，释名曰："筑，以竹鼓之，巩柲之也。"说文曰："筑，以竹曲五弦之乐也。"史记正义引应劭云："状似瑟而大，头安弦，以竹击之，故名筑。"与琴为拨弦乐器不同，筑为打击乐器。战国末年的侠士高渐离，就是一名击筑高手，利用秦始皇爱听筑曲，企图谋刺，不遂而死。笙，风俗通义曰："长四寸，十二簧，像凤之身。正月之音也，物生，故谓之笙。"笙有大小之分，尔雅释乐引郭璞注曰大者十九簧，小者十三簧。竽，风俗通义曰："按礼乐记：'管，三十六簧也，长四尺二寸。'今二十三管。"长沙马王堆汉墓出土的竽有二十二管，分前后两排。笙、竽均为吹奏乐器。又"竽"原作"竿"，径改。

〔八〕纽，提拉。"众乐"，殷芸小说引作"琴瑟笙竽等"。

〔九〕徽，汉书扬雄传曰："今夫弦者，高张急徽，追趋逐耆，则坐者不期而附矣。"颜师古曰："徽，琴徽也，所以表发抚抑之处也。"即指琴面上表示音节的标志，有用贝类来做，也有用金、玉、水晶来做的。此用"七宝"，则更显瑰丽。

〔一〇〕璠玙，说文曰："璠玙，鲁之宝玉。孔子曰：'美哉璠玙，远而望之，奂若也；近而视之，瑟若也。'"即以美玉形容音乐，颇为得体。

〔一一〕二十六孔，卢文弨据北堂书钞所引改为"六孔"。汉书律历志"竹曰管"，孟康注曰："礼乐器记，管，漆竹，长一尺，六孔。尚书大传，西王母来献白玉琯。汉章帝时零陵文学奚景于泠道舜祠下得白玉琯。古以玉作，不但竹也。"又说文曰："管，如篪，六孔，十二月之音，物开地牙，故谓之管。"又风俗通义所言与孟康注大体相当。则恐当以作"六孔"为是。但此玉管比诸书所引长出一尺三寸,是否仍系六孔,也有疑焉,既为奇器,故仍原文之旧,以备考证。又书钞、御览等所引"管"均作"笛",非。

〔一二〕隐辚,车声隐然飘忽。

〔一三〕昭华,美玉名,淮南子泰族训"尧赠舜以昭华之玉"。此系玉管,故以"昭华"命名,与前"璠璵之乐"命名同义。

〔一四〕"有明",卢文弨注:"抄本作'皆明'。案初学记亦作'有明'。"

〔一五〕历然,依次,即历历在目之意。硋,障碍。无硋,无不清楚。

〔一六〕秦始皇,即嬴政(前二五九—前二一○),建立中国第一个中央集权的统一的封建帝国,并采取了一系列巩固统一的政策,如统一文字、统一货币、统一度量衡、统一思想,推行郡县制以替代世卿世禄制和分封制,北击匈奴,南平百越,以巩固边防等,但同时又横征暴敛,严刑酷法,征发无度,焚书坑儒,是一个集明君和暴君特征于一身的政治家。事详史记秦始皇本纪。

〔一七〕悉封闭以待项羽,事见史记留侯世家,其文曰:"沛公(刘邦)入秦宫,宫室帷帐狗马重宝妇女以千数,意欲留居之。樊哙谏沛公出舍,沛公不听。(张)良曰:'夫秦为无道,故沛公得至此。夫为天下除残贼,宜缟素为资。今始入秦,即安其乐,此所谓"助桀为虐"。且"忠言逆耳利于行,毒药苦口利于病",愿沛公听樊哙言。'沛公乃还军霸上。"不久,项羽入关,刘邦称:"吾入关,秋毫不敢有所近,籍吏民,封府库,而待将军。"使项羽无法降罪刘邦。项羽(前二三二—前二○二),名籍,字羽,下相(今江苏宿迁西南)人,秦末随叔父项梁起义反秦。秦亡,羽自号"西楚霸王",杀秦王子婴,烧秦宫,而返楚地。在与刘邦争战中败北,自刎于乌江。详见史记项羽本纪。将而东,事亦见项羽本纪,其文曰:"居数日,项羽引兵西屠咸阳,杀秦降王子婴,烧秦宫室,火三月不灭;收其货宝妇女而东。"事发生在公元前二○六年。

尉佗贡献

尉佗献高祖鲛鱼[一]、荔枝，高祖报以蒲桃锦四匹。

【注释】

〔 一 〕尉佗，即赵佗，秦末为南海尉，故亦称尉佗。汉初自立为南越国王。鲛鱼，即海鲨。

戚夫人侍儿言宫中事

戚夫人侍儿贾佩兰[一]，后出为扶风人段儒妻[二]。说在宫内时，见戚夫人侍高帝，尝以赵王如意为言，而高祖思之，几半日不言，叹息凄怆，而未知其术[三]，辄使夫人击筑，高祖歌大风诗以和之[四]。又说在宫内时，尝以弦管歌舞相欢娱，竞为妖服[五]，以趣良时。十月十五日，共入灵女庙[六]，以豚黍乐神[七]，吹笛击筑，歌上灵之曲[八]。既而相与连臂，踏地为节，歌赤凤凰来[九]。至七月七日，临百子池，作于阗乐[一〇]。乐毕，以五色缕相羁，谓为相连爱[一一]。八月四日，出雕房北户[一二]，竹下围棋，胜者终年有福，负者终年疾病，取丝缕，就北辰星求长命乃免[一三]。九月九日，佩茱萸，食蓬饵，饮菊华酒，令人长寿[一四]。菊华舒时，并采茎叶，杂黍米酿之，至来年九月九日始熟，就饮焉，故谓之菊华酒。正月上辰[一五]，出池边盥濯，食蓬饵，以被妖邪[一六]。三月上巳[一七]，张乐于流水，如此终岁焉。戚夫人死，侍儿皆复为民妻也。

【注释】

〔 一 〕侍儿，贴身宫女。贾佩兰，人名，生平无考。

〔 二 〕扶风，即右扶风，汉三辅之一，取"扶助京师，以行风化"之意。
其辖地在关中西部，包括今秦岭以北、西安及泾河以西的二十
一县。其治所在汉长安城夕阴街北，见三辅黄图卷一。段儒，
人名，生平无考。

〔 三 〕术，办法。事详卷一"戚夫人歌舞"注。

〔 四 〕大风诗，汉书高帝纪曰："过沛，留，置酒沛宫，悉召故人父老子
弟佐酒。发沛中儿得百二十人，教之歌。酒酣，上击筑，自歌
曰：'大风起兮云飞扬，威加海内兮归故乡，安得猛士兮守四
方！'令儿皆和习之。"然而高祖想立赵王如意无术可施，而吕
后听张良之计，为惠帝请来商山四皓为傅，高祖无奈而歌曰：
"鸿鹄高飞，一举千里。羽翼以就，横绝四海。横绝四海，又可
奈何！虽有矰缴，尚安所施！"见汉书张良传，与此异。

〔 五 〕妖服，色彩艳丽的服装。

〔 六 〕灵女庙，不详。赵后外传曰："十月五日，宫中故事，上灵安庙。
是日，吹埙击鼓，(歌)连臂踏地，歌赤凤来曲。"此"灵安"或即
"灵女"之误。

〔 七 〕豚，小猪；黍，黏米。

〔 八 〕上灵之曲，古乐曲，已失考。当与祭祀灵女庙有关。

〔 九 〕赤凤凰来，古乐曲，蔡邕琴操、古今乐录、琴论、琴集均曰周成王
所作，其歌曰："凤凰翔兮于紫庭，予何德兮以威灵。赖先人兮
恩泽臻，于胥乐兮民以宁。"一曰凤凰来仪，或称神凤操。

〔一〇〕于阗，汉时西域古国，在今新疆和田地区。

〔一一〕御览卷三一所引"爱"作"受"。搜神记卷二作"绥"，"绥"与
"受"通。然三辅黄图作"爱"，故仍其旧而存疑焉。

〔一二〕雕房,刻镂之所。北户,北门。

〔一三〕北辰星,即北极星,史记天官书称"天极星",共五星,因在天之中,故称紫宫。史记索隐引元命苞曰:"紫之言此也,宫之言中也,言天神运动,阴阳开闭,皆在此中也。"三辅黄图引作"北斗星辰",非。

〔一四〕茱萸,植物名,有浓烈香味,俗以为能避邪。自汉以来,重阳节时人佩此物,企盼保一年无灾。蓬饵,一种麦食。孙星衍札逐曰:"蓬即糫也。周礼笾人郑司农注云:'熬麦曰糫。'郑康成云:'今河间以北,煮穜麦卖之,名曰逢。'齐民要术引崔寔四民月令云:'腊月祀炙逢。'糫、蓬、逢字并通。"菊华酒,以菊花酿制的酒,令人长寿。艺文类聚卷八一引风俗通曰:"南阳郦县有甘谷,谷水甘美。云其山上大有菊,水从山上流下,得其滋液。谷中有三十余家,不复穿井,悉饮此水,上寿百二十三,中百余,下七八十者,名之大夭,菊华轻身益气故也。"

〔一五〕古代用天干配地支记日,如"十月辛亥"、"三月癸酉"等。正月上辰日,指农历正月第一个地支是"辰"的日子。

〔一六〕祓,古代除凶消灾的祭礼或风俗。

〔一七〕三月上巳,农历三月的第一个地支是"巳"的日子。

何武葬北邙

何武葬北邙山薄龙坂〔一〕,王嘉冢东北一里〔二〕。

【注释】

〔一〕何武(? 一三),字君公,蜀郡郫县(今四川郫县北)人。曾任谏大夫、扬州刺史,为官守法清正,于是迁任司隶校尉、京兆尹、廷尉、御史大夫等重要职务。成帝时为大司空,封氾乡侯。王莽主政,见诬自杀。汉书有传。薄龙坂,三秦记作"龙薄坂",长安志与此同。

〔二〕王嘉,字公仲,平陵(今咸阳西北)人。哀帝时位至丞相,封新甫侯。因力主革除弊政,得罪显贵董贤,遭诬陷而死。汉书有传。

杜子夏自作葬文

杜子夏葬长安北四里〔一〕,临终作文曰:"魏郡杜邺〔二〕,立志忠款〔三〕,犬马未陈〔四〕,奄先草露〔五〕。骨肉归于后土〔六〕,气魂无所不之。何必故丘〔七〕,然后即化〔八〕。封于长安北郭,此焉宴息〔九〕。"及死,命刊石,埋于墓侧。墓前种松柏树五株,至今茂盛。

【注释】

〔一〕杜子夏,杜邺,魏郡繁阳(今河南内黄东北)人。上辈以吏二千石徙居茂陵。曾任凉州刺史。哀帝元寿元年(前二)举方正,上对策,针对哀帝重用外戚傅氏,主张限制外戚干政。不久病死。他与子杜林及张吉子张竦,尤善正文字,均系小学名家。

〔二〕魏郡,汉郡名,治所在邺,即今河北临漳县西南。

〔三〕忠款,忠诚不二。

〔四〕犬马,古代臣子对君上的卑称。此句指元寿对策虽上奏,然而尚未能被哀帝采纳,难以一展抱负。

〔五〕奄,忽然。草露,古代比喻生命之短暂,如草上的露水,易于滴落消失。曹操短歌行曰:"对酒当歌,人生几何。譬如朝露,去日苦多。"御览卷五九〇引作"朝露"。

〔六〕后土,古时与皇天相对应,指土地。

〔七〕故丘,典出礼记檀弓,文曰:"礼,不忘其本。古之人有言曰:

‘狐死正丘首，仁也。’”疏曰：“丘是狐窟穴根本之处，虽狼狈而死，意犹向此丘。”狐死首丘，喻指不忘根本。所以古人死，往往要归葬故土，一般不埋于客乡。杜邺违反常规，定葬长安北郊，亦是通达之人。

〔 八 〕化，即死亡之代称。

〔 九 〕封，垒土为坟。郭，外城。宴息，安息。

淮南鸿烈

淮南王安著鸿烈二十一篇〔一〕。鸿，大也。烈，明也。言大明礼教。号为淮南子，一曰刘安子。自云：“字中皆挟风霜〔二〕。”扬子云以为一出一入〔三〕。

【注释】

〔 一 〕鸿烈，淮南鸿烈，有内篇二十一，外篇三十三，今唯存内篇。此书是刘安延请苏飞、李尚、左吴、田由、雷被、毛被、伍被、晋昌八位学者共同讨论而成。此书以道家思想为主旨，兼取儒、法、阴阳五行等诸家之说，故汉书艺文志将其归入杂家类。该书是与中央集权分庭抗礼的诸侯王的思想的代表作。

〔 二 〕挟风霜，指文字严峻，有肃杀之气。这反映了汉初地方割据势力咄咄逼人的气势。

〔 三 〕疑文意未尽，上古校注本、贵州全译本均补“字直百金”四字，以下条文末有“亦谓字直百金”故也。

公孙子

公孙弘著公孙子〔一〕，言刑名事〔二〕，亦谓字直百金。

【注释】

〔 一 〕公孙子，汉书艺文志作"公孙弘"，有十篇，归入儒家类。汉初，诸子百家重新整合，黄老之术即以道家为主，儒、法、阴阳等诸家为辅，成为汉景帝中期以前的指导思想。

〔 二 〕汉武帝时，虽接受"表彰六经"的建议，但实际上外儒内法，所以儒者亦多治刑名之学。公孙弘少时曾任狱吏，年四十余，才学春秋杂说，所以本书多涉及刑名之事，归入儒家类，也很正常。

司马长卿赋

司马长卿赋，时人皆称典而丽〔一〕，虽诗人之作，不能加也〔二〕。扬子云曰："长卿赋不似从人间来，其神化所至邪？"子云学相如为赋而弗逮，故雅服焉〔三〕。

【注释】

〔 一 〕典，典雅；丽，艳丽。两者结合而浑然为一体，实属不易。

〔 二 〕诗人之作，扬雄法言曰："诗人之赋丽以则，辞人之赋丽以淫。"加，超越。

〔 三 〕雅服，极为佩服。

赋假相如

长安有庆虬之〔一〕，亦善为赋。尝为清思赋，时人不之贵也〔二〕，乃托以相如所作，遂大见重于世。

【注释】

〔 一 〕庆虬之，人名，生平无考。

〔二〕贵，贵重，引伸为推崇。

大人赋

相如将献赋^{〔一〕}，未知所为。梦一黄衣翁谓之曰："可为大人赋。"遂作大人赋，言神仙之事以献之^{〔二〕}。赐锦四匹。

【注释】

〔一〕献赋，向皇帝献上自己的赋，以期受赏识。自汉以来，向君上献文学作品成为文人风尚，也是仕途升迁的捷径之一。

〔二〕献之，献给汉武帝。汉书司马相如传曰："上（武帝）既美子虚之事，相如见上好仙，因曰：'上林之事未足美也，尚有靡者。臣尝为大人赋，未就，请具而奏之。'相如以为列仙之儒居山泽间，形容甚臞，此非帝王之仙意也，乃遂奏大人赋。"又曰："（赋奏）天子大说，飘飘有陵云气游天地之间意。"赋见于汉书本传。

白头吟

相如将聘茂陵人女为妾，卓文君作白头吟以自绝^{〔一〕}，相如乃止。

【注释】

〔一〕白头吟，乐府诗集卷四一楚调曲上"白头吟二首五解"，唯西京杂记言卓文君所作，其辞曰："皑如山上雪，皎若云间月。闻君有两意，故来相诀绝。今日斗酒会，明日沟水头。躞蹀御沟上，沟水东西流。凄凄复凄凄，嫁娶不须啼。愿得一心人，白头不相离。竹竿何嫋嫋,鱼尾何簁簁。男儿重义气,何用钱刀为!"
此篇最早见玉台新咏,列为古乐府六首之中。又宋书乐志将其
列入"汉世街陌谣讴",当近是。

樊哙问瑞应

　　樊将军哙问陆贾曰〔一〕:"自古人君皆云受命于天,云
有瑞应〔二〕,岂有是乎?"贾应之曰:"有之。夫目瞤得酒
食〔三〕,灯火华得钱财〔四〕,乾鹊噪而行人至〔五〕,蜘蛛集而百
事喜〔六〕。小既有征,大亦宜然。故目瞤则咒之〔七〕,火华则
拜之,乾鹊噪则馁之〔八〕,蜘蛛集则放之。况天下大宝〔九〕,
人君重位,非天命何以得之哉?瑞者,宝也,信也。天以宝
为信,应人之德〔一〇〕,故曰瑞应。无天命,无宝信,不可以
力取也。"

【注释】

〔一〕樊将军哙,即樊哙(?—前一八九),刘邦同邑沛县(今江苏)
　　　人。曾为狗屠,后随刘邦起事,屡立战功。高祖入关中之初,他
　　　力谏刘邦勿贪取秦宫珍宝及宫人,后又闯鸿门宴,力救刘邦还
　　　霸上营中。汉定天下,哙拜左丞相,封舞阳侯。史汉均有专传。
　　　陆贾,楚人,汉初政治家和思想家。主张可以马上得天下,但不
　　　可以马上治天下,"文武并用,长久之术"。奉刘邦之命,总结秦
　　　所以失天下、汉所以得天下的原因,作新语凡十三篇,深得好
　　　评。他又曾两次出使南越,为巩固南境,实现统一,居功至伟。
　　　汉书有专传。
〔二〕瑞应,汉时重谶纬,讲瑞应。即以为人君有德行,天必降祥瑞以

西京杂记校注

110

表彰,反之,则必有灾异恶征以示警戒。

〔三〕瞚,说文曰:"目动也。"即俗谓眼皮跳。

〔四〕灯火华,油灯焾上爆出火花。

〔五〕乾鹊噪,即喜鹊叫。今俗亦有"喜鹊叫,贵客到"之民谣。

〔六〕以上四项均系汉代民谚,反映一时风俗。

〔七〕咒,祷告。

〔八〕餧,喂食。

〔九〕大宝,易系辞下曰:"圣人之大宝曰位。"此指帝位。有时也指帝玺。

〔一〇〕天人感应,人君有德,则还以信物,即帝位。

霍妻双生

　　霍将军妻一产二子〔一〕,疑所为兄弟。或曰:"前生为兄,后生者为弟。今虽俱日〔二〕,亦宜以先生为兄。"或曰:"居上者宜为兄,居下者宜为弟,居下者前生,今宜以前生为弟。"时霍光闻之曰:"昔殷王祖甲一产二子〔三〕,曰嚣,曰良〔四〕。以卯日生嚣,以巳日生良,则以嚣为兄,以良为弟。若以在上者为兄,嚣亦当为弟。昔许螯公一产二女〔五〕,曰妖〔六〕,曰茂。楚大夫唐勒一产二子〔七〕,一男一女,男曰贞夫,女曰琼华。皆以先生为长。近代郑昌时、文长倩并生二男〔八〕,滕公一生二女〔九〕,李黎生一男一女〔一〇〕,并以前生者为长。"霍氏亦以前生为兄焉。

【注释】

〔一〕霍将军,即霍光,妻即霍显。

111

〔二〕俱日，同一天。

〔三〕祖甲，又称帝甲，商王武丁之子，祖庚之弟，是第二十二代商王。武丁是继盘庚之后，商朝又一代明君，重用傅说，天下大治。至帝甲，"淫乱，殷复衰"。事见史记殷本纪。史记之前，对于祖甲的评价有二种。尚书周书之无逸篇以为"能保惠于庶民，不敢侮鳏寡"，则推为贤君。而国语周语下曰："亥王（契）勤商，十有四世而兴。帝甲乱之，七世而陨。"则贬为昏君。史记从国语。又"殷"原误作"股"，径改。

〔四〕嚚，即帝廪辛，汉书古今人表及帝王世纪作"冯辛"。"嚚"本作"嚻"，卢文弨据竹书纪年改，甚是，今从之。良，即帝庚丁。帝甲死后，相继为国君。

〔五〕原"釐"下有"庄"字，据汉书古今人表删。釐公即僖公，穆公之子也。立于鲁僖公五年（前六五五），卒于鲁文公五年（前六二二），在位三十四年。事见左传僖公。卢文弨以为僖公是庄公之子，误。

〔六〕妌，野竹斋本、汉魏丛书本、古今逸史本、津逮秘书本、艺苑捃华本均作"妖"。

〔七〕唐勒，楚国著名辞赋家，晚于屈原，与宋玉同时。汉书艺文志著录"唐勒赋四篇"，惜已亡佚。

〔八〕郑昌时、文长倩，人名，生平无考。汉有郑当时、邹长倩，前者汉书有传，后者本书录其遗公孙弘书。或此记有误。

〔九〕滕公，汉时有夏侯婴，追随刘邦，战功卓著，封颍阴侯，官至丞相。因曾任滕县（今属山东）县令，时人以"令"称"公"，故号"滕公"。是否文指此人，待考。

〔一〇〕李黎，人名，生平无考。

文章迟速

枚皋文章敏疾[一]，长卿制作淹迟[二]，皆尽一时之誉。而长卿首尾温丽，枚皋时有累句[三]，故知疾行无善迹矣。扬子云曰："军旅之际，戎马之间，飞书驰檄[四]，用枚皋；廊庙之下[五]，朝廷之中，高文典册[六]，用相如。"

【注释】

〔一〕枚皋，字少孺，淮阴（今属江苏）人。西汉著名文学家，以辞赋名世。其父枚乘，善为赋，其中以七发最为著名。汉书艺文志著有九篇，所存仅文选中之七发及西京杂记中之柳赋、古文苑中之梁王兔园赋三篇。枚皋为枚乘小妾所生，未随枚乘东归，母子居于梁（今河南商丘）。枚皋不通经术，诙谐如同东方朔，好赋颂而不拘礼节，所以难以升官，为郎而已。其作可读者多达百二十篇，汉书艺文志有著录。生平事迹附于汉书枚乘传后。传中录有平乐馆赋、立皇子禖祝、卫皇后立时戒终之赋等三篇。又其荒诞不经之作尚有数十篇。

〔二〕淹迟，缓慢。

〔三〕累句，病句。

〔四〕檄，文告，以木简为书，内容多为征召或声讨，还有紧急命令，封上插有鸟羽，以示警戒。

〔五〕廊庙，指殿廊和太庙，是群臣入宫必经和聚会的地方。此指宫院，一般多泛称朝廷。

〔六〕高文典策，即诏书和诰命等官方文书。

卷第四

嵩真自算死期

安定嵩真^{〔一〕}、玄菟曹元理^{〔二〕}并明算术^{〔三〕}，皆成帝时人。真尝自算其年寿七十三，"真，绥和元年正月二十五日晡时死^{〔四〕}"，书其壁以记之。至二十四日晡时，死。其妻曰："见真算时，长下一算^{〔五〕}，欲以告之，虑脱有旨^{〔六〕}，故不敢言，今果校一日^{〔七〕}。"真又曰："北邙青陇上孤櫄之西四丈所^{〔八〕}，凿之入七尺，吾欲葬此地。"及真死，依言往掘，得古时空椁^{〔九〕}，即以葬焉。

【注释】

〔一〕安定，郡名，治所高平（今宁夏固原），辖境在今宁夏回族自治区中卫南及甘肃临界部分地区。嵩真，人名，生平无考。津逮秘书本、学津讨原本及太平广记均引作"皇甫嵩真"。东汉末年有安定朝那人皇甫嵩，字义真，应与此无涉，三书所引恐有误。古代有嵩姓，是帝喾次妃有娀氏之后。

〔二〕玄菟，郡名，治所高句丽，在今辽宁新宾东南苏水南。辖地以辽东为主,另包括吉林和朝鲜咸镜道部分地区。曹元理,人名,生平无考。

〔 三 〕算术,推算料知之术。

〔 四 〕绥和,汉成帝年号,起公元前八年,止公元前七年,仅二年。晡时,即申时,下午三点至五点。

〔 五 〕算,算筹,以竹为之,乃计算用具,也用于投壶。礼投壶曰:"算,长尺二寸。"长下一算,即多算了一筹。

〔 六 〕脱,或许。有旨,有别的想法。"有"或作"真",那么本句的意思则是怕不合嵩真的意图。

〔 七 〕校一日,相差一日。两两相对谓之校,比较差异也。

〔 八 〕槚,树名,即山楸,与松柏一样,常植于墓地或作椁木。

〔 九 〕椁,是外棺,内可套入内棺以葬死者。

曹元理算陈广汉资产

元理尝从其友人陈广汉〔一〕,广汉曰:"吾有二囷米〔二〕,忘其石数〔三〕,子为计之。"元理以食箸十余转〔四〕,曰:"东囷七百四十九石二升七合〔五〕。"又十余转,曰:"西囷六百九十七石八斗〔六〕。"遂大署囷门〔七〕。后出米,西囷六百九十七石七斗九升,中有一鼠,大堪一升;东囷不差圭合〔八〕。元理后岁复过广汉,广汉以米数告之,元理以手击床曰:"遂不知鼠之殊米〔九〕,不如剥面皮矣〔一○〕!"广汉为之取酒,鹿脯数片,元理复算,曰:"蔗蔗二十五区〔一一〕,应收一千五百三十六枚。蹲鸱三十七亩〔一二〕,应收六百七十三石。千牛产二百犊,万鸡将五万雏〔一三〕。"羊豕鹅鸭,皆道其数,果蔌肴蕨〔一四〕,悉知其所,乃曰:"此资业之广,何供馈之偏邪〔一五〕?"广汉惭,曰:"有仓卒客〔一六〕,无仓卒主人。"元理曰:"俎上蒸狖一头〔一七〕,厨中荔枝一样〔一八〕,皆可为设。"广汉再拜谢罪,自入取之,尽日为欢。其术后传南季〔一九〕,南季传项瑶〔二〇〕,瑶传子陆〔二一〕,皆得其分数〔二二〕,而失玄妙焉。

【注释】

〔 一 〕陈广汉,人名,生平无考。

〔 二 〕囷,专指圆形粮仓。

〔 三 〕石,古代重量单位。汉时一百二十斤为一石。

〔 四 〕食箸,餐具之一,今称筷子。

〔 五 〕升、合均为重量单位。汉时十合为一升。

〔 六 〕斗,亦重量单位。汉时十升为一斗。

〔 七 〕署,题写。

〔 八 〕圭,重量单位。刘向说苑辨物篇曰:"十六黍为一豆(即圭),六豆为一铢,二十四铢为一两,十六两为一斤,三十斤为一钧,四钧重一石。千二百黍为一龠,十龠为一合,十合为一升,十升为一斗,十斗为一石。"续汉律历志上注引说苑与此异。即"十粟重一圭,十圭重一铢",又"十斗为一斛"。按御览卷八三〇引作"十粟重一豆,六豆重一铢"。向宗鲁说苑校证曰:"汉志注引应劭:'十黍为一絫,十絫为一铢。'则铢重一百黍。此文十六黍为圭,六圭为一铢,则铢重九十六黍。"刘向是西汉时人,又曾系统整理宫中典籍,所言更近汉制。惟"十斗为一石"之"石",当系"斛"之误。

〔 九 〕殊米,死于食米。

〔一〇〕剥面皮,形容羞愧至极,无颜见人,不如剥去面皮算了。

〔一一〕藷蔗，即甘蔗。文选张衡南都赋注引汉书音义曰："藷蔗，甘
　　　柘也。"

〔一二〕蹲鸱，像蹲着的猫头鹰一样的大芋头。史记货殖列传正义曰：
　　　"蹲鸱，芋也。华阳国志云：汶山郡安上县有大芋，如蹲鸱也。"

〔一三〕将，携带，此作生养解。鶵，小鸡。

〔一四〕果蓏，瓜果类植物果实。汉书食货志颜师古注曰："应劭：
　　　'木实曰果，草实曰蓏。'张晏曰：'有核曰果，无核曰蓏。'臣瓒
　　　曰：'案，木上曰果，地上曰蓏也。'"肴，指鱼、肉类食品。蔌，古
　　　代蔬菜的总称，尔雅郭璞注曰："蔌者，菜茹之总名。"

〔一五〕供馈，食品的供奉。偏，指食品稀少。

〔一六〕"食"本作"仓"，下同，古通用，但依众本及常用例改作"仓"。

〔一七〕俎，砧板。豘，即小猪。汉时人讲究吃乳猪，其选择原则是选幼
　　　不选壮，选壮不选老。据长沙马王堆汉墓出土肉畜标本分析，
　　　幼猪以出生三个月至半年间为多，是时尚佳品。

〔一八〕柈，同"盘"。

〔一九〕南季，人名，生平无考。

〔二〇〕项瑶，人名，生平无考。

〔二一〕陆，项陆，人名，项瑶之子，生平无考。

〔二二〕分数，即推算的方法。

因献命子名

　　卫将军青生子〔一〕，或有献骐马者〔二〕，乃命其子曰骐，
字叔马。其后改为登〔三〕，字叔升。

【注释】

〔一〕卫将军，即卫青（？—前一〇六），字仲卿，河东平阳（今山西临

汾西南)人。汉武帝卫夫人同母之弟。父郑季,与阳信长公主
家僮卫媪私通,生青,冒姓卫氏。元光六年(前一二九),青拜为
车骑将军,率军击匈奴。卫夫人立为皇后,青愈加得到武帝宠
信。以征匈奴屡立战功,封长平侯,拜大将军。其三子尚幼,也
因青之战功,均封为侯。史、汉均有传。卫青三子分别是卫伉、
卫不疑、卫登。此"生子",指第三子卫登。

〔 二 〕驈马,说文曰:"驈,黄马黑喙。"即黑嘴黄骠马。

〔 三 〕卫登,元朔五年(前一二四)春,仍在襁褓中,即封为发干侯,后
坐酎金免。

哀帝为董贤起大第

哀帝为董贤起大第于北阙下〔一〕,重五殿,洞六门〔二〕,
柱壁皆画云气华蘤〔三〕,山灵水怪,或衣以绨锦,或饰以金
玉。南门三重,署曰南中门、南上门、南更门〔四〕。东西各
三门,随方面题署,亦如之。楼阁台榭,转相连注〔五〕,山池
玩好,穷尽雕丽。

【注释】

〔 一 〕哀帝,即刘欣(前二六一前一),定陶恭王刘康之子,母丁姬。
三岁继任为定陶王。绥和元年(前八),立为皇太子。建平元年
(前六)即帝位,在位六年。虽欲法则武、宣,屡诛大臣以防谋
逆,严节法度以防淫奢,但却宠信佞臣,骄纵外戚,故汉室衰败,
无可避免。董贤(前二三一前一),西汉佞臣,字圣卿,云阳(今
陕西淳化西北)人。以仪貌获哀帝好感,位至大司马,封高安
侯。父子兄弟获赏赐无数,专擅朝政。哀帝死,王莽逼其自杀,
抄没其家族资产凡四十三万万钱。事详汉书佞幸传。大第,

大宅。

〔二〕汉书佞幸传颜师古注曰："重殿谓有前后殿,洞门谓门门相当也。皆僭天子之制度者也。"可知其大宅有五重殿宇,六座两两相对之门。

〔三〕华藟,美丽的花。

〔四〕南更门,抱经堂本作"南便门"。秦汉图记本黄丕烈校作"南夏门",恐非。

〔五〕连注,连接贯通。

平津侯开馆延士

平津侯自以布衣为宰相[一],乃开东阁[二],营客馆,以招天下之士。其一曰钦贤馆,以待大贤;次曰翘材馆[三],以待大才;次曰接士馆,以待国士[四]。其有德任毗赞[五]、佐理阴阳者[六],处钦贤之馆。其有才堪九烈、将军、二千石者[七],居翘材之馆。其有一介之善[八]、一方之艺,居接士之馆。而躬自菲薄[九],所得俸禄,以奉待之[一〇]。

【注释】

〔一〕平津侯,即公孙弘,武帝元朔初,封平津侯。丞相封侯自公孙弘始,以后成为故事,均依例行事。

〔二〕东阁,除抱经堂本外,余本作"阁",汉书本传亦作"东阁"。卢文弨注曰:"尔雅曰:'小闺谓之阁。'颜师古注汉书云:'小门也。东向开之,避当庭门而引宾客,以别于掾史官属也。'旧本作'阁',讹。汉书俗本亦有讹者,皆不可从。"阁、阁混用,由来已久,但此仍当以作"阁"为是。

〔三〕翘材,才高超众。

〔 四 〕国士,才堪担当一方之任的人士。

〔 五 〕毗赞,辅佐。

〔 六 〕佐理阴阳,尚书周官曰:"立太师、太傅、太保。兹惟三公,论道
经邦,燮理阴阳,官不必备,惟其人。"春秋繁露曰:"故四时之
行,父子之道也;天地之志,君臣之义也;阴阳之理,圣人之法
也。"又曰:"天地之常,一阴一阳。阳者天之德也,阴者天之刑
也。迹阴阳终岁之行,以观天之所亲而任。"古者,只有能顺天
之道、调和阴阳之人,才能安定天下,使百姓康乐,所以认为具
有这种德才的人,才能胜任三公之职。

〔 七 〕九烈,即九列,亦称九卿。古代建官法天,论衡纪妖篇曰:"天官
百二十,与地之王者无以异也。地之王者,官属备具,法象天
官,禀取制度。"春秋说云:"立三台以为三公,北斗九星是为九
卿,二十七大夫,内宿部卫之列,八十一纪以为之士,凡百二十
官焉。"白虎通封公侯篇曰:"一公置三卿,故九卿也。天道莫
不成于三:天有三光,日月星;地有三形,高下平;人有三尊,君
父师。故一公三卿佐之,一卿三大夫佐之,一大夫三元士佐之。
天有三光,然后能遍照,各自有三法,物成于三,有始、有中、有
终,明天道而终之也。"汉官,三公居首,其次九卿。九卿一般指
太常、光禄勋、卫尉、太仆、廷尉、大鸿胪、宗正、大司农、少府等
九种官员。其俸禄均为中二千石。然而实际上除上述九卿之
外,仍有称卿者。如执金吾,汉书毋将隆传,隆为执金吾,哀帝
诏书明言"隆位九卿"。又如大长秋、将作大匠亦然,且均为中
二千石。甚至三辅主吏也在九卿之列,如汲黯曾任"主爵中尉
(后改称右扶风),列位九卿"。郑庄"至九卿为右内史(后改称
京兆尹)"。张敞、王尊均任过京兆尹,汉书本传均称"备位九
卿"。可见所谓"九卿"是泛称,凡中央政府中的部门主吏及三
辅主吏均可列入"九卿"之列。汉书百官公卿表称"诸卿"更为

合理。将军,蔡质汉官典职仪式选用曰:"汉兴,置大将军、骠骑,位次丞相;车骑、卫将军、左右前后,皆金紫,位次上卿。典京师兵卫,四夷屯警。"秩皆二千石。二千石,于此主要指郡国守相。

〔八〕一介,一点。

〔九〕躬自菲薄,对自己花费极为节省。

〔一〇〕汉书公孙弘传曰:"弘身食一肉,脱粟饭,故人宾客仰衣食,俸禄皆以给之,家无所余。"

闽越献蜜鹧

闽越王献高帝石蜜五斛〔一〕,蜜烛二百枚〔二〕,白鹧、黑鹧各一只〔三〕。高帝大悦,厚报遣其使。

【注释】

〔一〕闽越,百越之一支,乃越王勾践的后裔。秦并天下,置闽中郡。秦末叛秦,曾助刘邦灭项羽,故汉五年(前二〇二),立其首领无诸为闽越王,王闽中故地,即今福建省,都东冶(今福州)。其后闽越自以为所处地势险要,甲卒又不下数十万,于是有割据倾向。武帝时,几经征战,至元封元年(前一一〇),才平定闽越国,将其并入会稽郡中。石蜜,野蜂于高山岩穴中所酿之蜜,色青赤,味微酸,故又称崖蜜或岩蜜。

〔二〕蜜烛,用蜂巢提炼的蜂蜡做成的蜡烛。

〔三〕鹧,一种名贵的观赏鸟,形似山鸡,色有黑白之分。白鹧又名银雉,背上羽毛白中带有黑纹,尾长四五尺,嘴及爪为红色。黑鹧较为罕见。

滕公葬地

　　滕公驾至东都门〔一〕，马鸣，局不肯前〔二〕，以足跑地久之〔三〕。滕公使士卒掘马所跑地，入三尺所，得石椁。滕公以烛照之，有铭焉。乃以水洗写其文〔四〕，文字皆古异，左右莫能知。以问叔孙通〔五〕，通曰："科斗书也〔六〕。"以今文写之〔七〕，曰："佳城郁郁〔八〕，三千年见白日，吁嗟滕公居此室。"滕公曰："嗟呼，天也！吾死其即安此乎？"死遂葬焉〔九〕。

【注释】

〔　一　〕东都门，三辅黄图卷一曰："长安城东出北头第一门曰宣平门，民间所谓东都门。"

〔　二　〕局，曲足，犹豫不前。

〔　三　〕跑，用足刨地。

〔　四　〕洗写，冲洗、冲刷。

〔　五　〕叔孙通，薛（今山东滕县南）人。秦博士，博学通礼仪。秦末，先投靠项羽，后归附刘邦。汉初礼仪定于其手，位至太子太傅。史、汉均有传。其所著汉礼仪制度，辑佚书甚多，分见于清王谟汉魏遗书钞、孙星衍平津馆丛书、龙凤镳知服斋丛书、鲍廷爵后知不足斋丛书、王仁俊玉函山房辑佚书续编等书中，其中以孙辑最佳。

〔　六　〕科斗书，一称蝌蚪文，古代书体之一，因其字头粗尾细，状似蝌蚪而得名。

〔　七　〕今文，即汉代隶书。

〔八〕佳城，墓地的别称，典出于此。郁郁，幽深静谧的样子。

〔九〕博物志卷七曰："汉滕公薨，求葬东都门外。公卿送丧，骖马不行，局地悲鸣，跑蹄下地得石，有铭曰：'佳城郁郁，三千年见白日，吁嗟滕公居此室。'遂葬焉。"与此异。

韩嫣好弹

韩嫣好弹[一]，常以金为丸，所失者日有十余。长安为之语曰："苦饥寒，逐金丸。"京师儿童，每闻嫣出弹，辄随之，望丸之所落，辄拾焉。

【注释】

〔一〕韩嫣，字王孙，弓高侯韩颓当之孙。汉武帝为胶东王时，韩嫣与武帝一起学书。嫣善骑射，武帝登基，欲伐匈奴，韩嫣深得宠信，官至上大夫。嫣恃宠，常与武帝共卧起，入永巷以奸闻，太后得知，下诏赐死，武帝亦不得救。事见汉书佞幸传。好弹，喜欢打弹弓。韩嫣常以金子作弹丸。

司马良史

司马迁发愤作史记百三十篇[一]，先达称为良史之才[二]。其以伯夷居列传之首，以为善而无报也[三]；为项羽本纪，以踞高位者非关有德也[四]。及其序屈原、贾谊[五]，辞旨抑扬，悲而不伤，亦近代之伟才。

【注释】

〔一〕司马迁（前一四五—前八六？），字子长，左冯翊夏阳（今陕西韩城芝川镇）人。他继承其父司马谈的遗志，出任太史令。与公孙卿、壶遂共同完成太初历的修订，更重要的是撰成中国历史上第一部纪传体通史史记。司马迁创本纪、世家、书、表、列传五体，全书上起五帝，下迄汉武帝末年，记述了三千余年的历史。其"网罗天下放失旧闻"，考信择善，当书则书，秉正不阿，疑则存疑，或缺略不论，是一部正史中不可多得的信史。司马迁也因此成为中国最著名的史学家和文学家之一，至今仍发挥着重要的影响。事详史记太史公自序和汉书司马迁传。

〔 二 〕先达，前辈名士，此指刘向、扬雄等人。汉书司马迁传曰："自刘向、扬雄博极群书，皆称迁有良史之材，服其善序事理，辨而不华，质而不俚，其文直，其事核，不虚美，不隐恶，故谓之实录。"

〔 三 〕伯夷，商末孤竹君之长子，与弟叔齐互相让位，并一起放弃君位继承权而投靠了周人。武王伐纣，他们叩马而谏，企图阻止战争。武王灭商后，他们隐居到首阳山，不食周粟而饿死。司马迁以为二人以义为先，求仁得仁，故列为列传之首。又史记伯夷列传曰："或曰：'天道无亲，常与善人。'若伯夷、叔齐，可谓善人者非邪？积仁絜行如此而饿死！且七十子之徒，仲尼独荐颜渊为好学。然回也屡空，糟糠不厌，而卒蚤夭。天之报施善人，其何如哉？"此段即"以为善而无报也"。

〔 四 〕本纪以序帝王，项羽在灭秦后，虽号称西楚霸王，分封诸王，但并未称帝，建立新的王朝，本不符入纪原则，然而司马迁以为毕竟一度"政由羽出"，"位虽不终，近古以来未尝有也"，很同情他的遭遇，而特立本纪。深一层的理由则是，刘邦曾对其称臣，汉朝并非直接从秦朝那里夺得政权，而是从项羽手中取得天下，所以从王朝更替角度讲，为项羽立纪也是顺理成章的。又史记项羽本纪曰："羽背关怀楚，放逐义帝而自立，怨王侯叛己，难矣。自矜功伐，奋其私智而不师古，谓霸王之业，欲以力征经营天下，五年卒亡其国，身死东城，尚不觉寤而不自责，过矣。乃引'天亡我，非用兵之罪也'，岂不谬哉！"此所谓"踞高位者非关有德也"。

〔五〕屈原（约前三四〇—约前二七八），名平，字原，战国时楚国的贵族。曾任楚怀王的三闾大夫。后遭谗言，被流放到沅、湘一带。秦灭楚，愤而投汨罗江自尽。屈原是古代著名的爱国诗人，并独创骚体，代表作有离骚、九歌。贾谊（前二〇〇—前一六八），洛阳（今河南）人。汉初著名政论家和文学家。年少时，即通诸子百家之书。文帝召其为博士，迁太中大夫。因改革政制，得罪了周勃、灌婴等勋贵重臣，被贬为长沙王太傅，再改任梁王太傅。不料梁王堕马而死，而满腔抱负更难以实现，于是抑郁而死，年仅三十三岁。其著有新书五十八篇，亦称贾子，其中以过秦论最为著名，今存五十六篇。又著赋七篇，著名的有吊屈原赋、鵩鸟赋、旱云赋等。史记屈原贾生列传之"太史公曰"："余读离骚、天问、招魂、哀郢，悲其志。适长沙，观屈原所自沉渊，未尝不垂涕，想见其为人。及见贾生吊之，又怪屈原以彼其材，游诸侯，何国不容，而自令若是。读鵩鸟赋，同死生，轻去就，又爽然自失矣。"此即所谓"辞旨抑扬，悲而不伤"也。

忘忧馆七赋

梁孝王游于忘忧之馆〔一〕，集诸游士，各使为赋。

枚乘为柳赋

枚乘为柳赋〔二〕，其辞曰："忘忧之馆，垂条之木，枝逶迟而含紫〔三〕，叶萋萋而吐绿〔四〕。出入风云，去来羽族〔五〕。既上下而好音，亦黄衣而绛足〔六〕。蜩螗厉响〔七〕，蜘蛛吐丝。阶草漠漠〔八〕，白日迟迟〔九〕。于嗟细柳，流乱轻丝〔一〇〕。君王渊穆其度〔一一〕，御群英而玩之〔一二〕。小臣瞽聩〔一三〕，与此陈词〔一四〕。于嗟乐兮！于是罇盈缥玉之酒〔一五〕，爵献金浆之醪〔一六〕。梁人作藷蔗酒，名金浆。庶羞千族〔一七〕，盈满六庖〔一八〕。弱丝清管〔一九〕，与风霜而共雕〔二〇〕。鎗锽啾唧〔二一〕，萧条寂寥。儵乂英旄〔二二〕，列襟联袍〔二三〕。小臣莫效于鸿毛〔二四〕，空衔鲜而嗽醪〔二五〕。虽复河清海竭，终无增景于边撩〔二六〕。"

【注释】

〔 一 〕忘忧之馆，当建于曜华宫中，详见本书卷二梁孝王好营宫室苑囿。

〔 二 〕汉书枚乘传曰："复游梁，梁客皆善属辞赋，乘尤高。"

〔 三 〕逶迟，曲曲弯弯的样子。"含"原作"舍"，据野竹斋本、秦汉图记本、万历本、抱经堂本等改。

〔 四 〕萋萋，繁茂的样子。

〔 五 〕羽族，指鸟类。

〔 六 〕上下而好音，即鸟群上下飞翔，叫声悦耳。诗邶风燕燕曰："燕燕于飞，上下其音。"黄衣，指黄鹂。

〔 七 〕蜩螗，即蝉。

〔 八 〕漠漠，茂密成片。

〔 九 〕迟迟，缓慢移动。

〔一〇〕轻丝，指柳丝。

〔一一〕渊穆，深沉而庄重之美。度，风度、气度。

〔一二〕御，率领。群英，众宾客。玩，赏玩。

卷第四　忘忧馆七赋

〔一三〕瞽聩,目盲耳聋,古代往往是臣子对君上或幕宾对主人的自谦之辞。

〔一四〕与,参预。

〔一五〕缥玉,色泽清白而带微黄的酒。

〔一六〕金浆之醪,一种黄色果酒。注作"藷蔗酒",即甘蔗酒。而"梁人"之"梁",是指南朝梁,非汉代之梁国。这是书经后人整理的证据之一。

〔一七〕庶羞,众多精美的佳肴。千族,千种。

〔一八〕六庖,指梁孝王的膳房,菜包括荤素,以供王宫及高级幕僚之需。

〔一九〕丝,弦乐器,如琴瑟等;管,管乐器,如笛笙等。弱、轻,均指乐声轻妙悠扬,既助兴宴会,又不扰清谈。

〔二〇〕与风霜而共雕,乐声随园内自然风势而起伏。

〔二一〕鎗锽,指金属类打击乐器如钟钲等。啾唧,乐声与园中鸟鸣相呼应。

〔二二〕儁乂,德义才俊;英旄,英挺杰士。

〔二三〕指上述杰出人士即依附梁王的众游士聚集在一起,比肩而立。

〔二四〕鸿毛,形容微不足道,自谦之辞。

〔二五〕衔鲜,食佳肴;啾醥,饮美酒。

〔二六〕增景,增光;边撩,指柳稍。仍为自谦之句。

路乔如为鹤赋

路乔如为鹤赋〔一〕,其辞曰:"白鸟朱冠,鼓翼池干〔二〕。举修距而跃跃〔三〕,奋皓翅之猇猇〔四〕。宛修颈而顾步〔五〕,啄沙碛而相懽〔六〕。岂忘赤霄之上〔七〕,忽池篡而盘桓〔八〕。饮清流而不举,食稻粱而未安〔九〕。故知野禽野性,未脱笼樊^{〔一〇〕}，赖吾王之广爱，虽禽鸟兮抱恩。方腾骧而鸣舞^{〔一一〕}，凭朱槛而为欢^{〔一二〕}。"

【注释】

〔 一 〕路乔如，人名，<u>梁孝王</u>宾客，生平无考。

〔 二 〕干，岸。原误作"于"，径改。

〔 三 〕修距，修长的爪子。

〔 四 〕翪翪，快速飞动的样子。

〔 五 〕宛，弯曲。顾步，举目四顾而迈步。

〔 六 〕懂，即謹，鸣叫声。

〔 七 〕赤霄，红日当空之天际。

〔 八 〕池籞，宫中池苑，因系禁地，所以称籞。

〔 九 〕"梁"，原误作"梁"，径改。

〔一〇〕笼樊，即樊笼，为协韵而倒置。

〔一一〕腾骧，如天马般飞驰。<u>张衡</u><u>西京赋</u>曰："负笋业而余怒，乃奋翅而腾骧。"

〔一二〕朱槛，红色的鸟笼栏干。此指鸟笼。

公孙诡为文鹿赋

<u>公孙诡</u>为<u>文鹿赋</u>^{〔一〕}，其词曰："麀鹿濯濯^{〔二〕}，来我槐庭^{〔三〕}。食我槐叶，怀我德声^{〔四〕}。质如缃褥^{〔五〕}，文如素綦^{〔六〕}。呦呦相召，小雅之诗^{〔七〕}。叹丘山之比岁^{〔八〕}，逢<u>梁王</u>于一时。"

【注释】

〔 一 〕<u>公孙诡</u>，<u>齐</u>(今<u>山东</u>)人。<u>梁孝王</u>门客，以足智多谋闻名，官<u>梁</u>国中尉，号<u>公孙将军</u>，后因立太子事，与<u>梁孝王</u>、<u>羊胜</u>等策画谋杀当朝重臣爰盎及议士十余人。事情败露,虽匿于梁王宫中而不得解,终于自杀。事详汉书文三王传。

〔 二 〕麀鹿,母鹿。濯濯,肥壮之貌。语出诗大雅灵台。"麀",原误作"尘",据野竹斋等诸本改。

〔 三 〕槐庭,种有槐树的庭院。旧时宫中种槐树,此当指王宫。

〔 四 〕德声,即德音。诗谷风朱熹注曰:"德音,美誉。"

〔 五 〕缃,鹅黄色;褥,丝褥子。形容鹿的毛色淡黄而细密如丝褥子。

〔 六 〕文,纹色。素綦,白色的玉饰。

〔 七 〕小雅之诗,诗经小雅鹿鸣曰:"呦呦鹿鸣,食野之苹。我有嘉宾,鼓瑟吹笙。"共三章,乃"燕群臣嘉宾"之诗。此亦作于随梁孝王游宴之时。

〔 八 〕丘山,隐居之地。比岁,连年。

邹阳为酒赋

邹阳为酒赋〔一〕,其词曰:"清者为酒,浊者为醴〔二〕;清者圣明,浊者顽骏〔三〕。皆麹湒丘之麦〔四〕,酿野田之米。仓风莫预〔五〕,方金未启。嗟同物而异味,叹殊才而共侍。流光醹醹〔六〕,甘滋泥泥〔七〕。醪酿既成〔八〕,绿瓷既启。且筐且漉〔九〕,载箛载齐〔一〇〕。庶民以为欢,君子以为礼。其品类,则沙洛渌酃〔一一〕,程乡若下〔一二〕,高公之清〔一三〕,关中白薄〔一四〕,青渚萦停〔一五〕。凝醳醇酎〔一六〕,千日一醒〔一七〕。哲王临国〔一八〕,绰矣多暇〔一九〕。召皤皤之臣〔二〇〕,聚肃肃之宾〔二一〕。安广坐,列雕屏,绡绮为席,犀璩为镇〔二二〕。曳长裙,飞广袖,奋长缨。英伟之士,莞尔而即之〔二三〕。君王凭玉几,倚玉屏,举手一劳,四座之士,皆若哺梁肉焉〔二四〕。乃纵酒作倡〔二五〕，倾瓽覆觞。右曰宫申〔二六〕，旁亦徵扬〔二七〕。乐只之深〔二八〕，不吴不狂〔二九〕。于是锡名饵〔三〇〕，祛夕醉，遣朝酲〔三一〕。吾君寿亿万岁，常与日月争光。"

【注释】

〔 一 〕邹阳，亦齐人。系梁孝王门客，擅长辞赋，有谋略，但自负而不苟合，曾遭羊胜等忌恨，一度下梁王狱中，经自辨免死，且拜为上客。羊胜等违法死，邹阳却于景帝时官至弘农都尉。汉书有传。

〔 二 〕醴，带糟的浊米酒，微甜。

〔 三 〕清者圣明，浊者顽骏，以酒分圣贤顽愚，典出于此。顽骏，愚蠢之人。

〔 四 〕麹，酒曲。此作酿造解。湝丘，即可耕种的土地。

〔 五 〕仓风，向新阳校注曰："仓风，即苍风。诗经王风黍离'悠悠苍天'，经典释文：'苍，本亦作仓。'尔雅释天谓'春为苍天'，则'苍风'乃指春风。与下句'金'指秋对举，二句合言酒酿造过程，与卷一八月饮酎所述正合。"又言本句之意乃指不使东风（春风）透入酒瓮，酒才不会酸败。酒密封三年，酒色才能似麻油芳香浓烈，这就是"方金未启"的涵意。

〔 六 〕醳醳，酒色清亮纯净。

〔 七 〕泥泥，酒味醇厚。

〔 八 〕醪酿，经酿制的酒。

〔 九 〕筐，竹制的酒的过滤器。于此作过滤解。漉，过滤去掉糟粕。

〔一〇〕簎，即苫，或作"茜"，一种青茅草。诗经小雅伐木孔疏曰："酾酒者，或用筐，或用草，于今犹然。"其本意也是过滤掉渣滓。齐，分量，此亦作澄清解。

〔一一〕沙洛，酒名。向新阳校注曰："疑即'桑落'之音转。宋伯仁酒小史有'关中桑落酒',与'西京金浆醪'、'梁孝王缥玉酒'、'长安新丰市酒'、'汉时捅马酒',同列为汉代酒名。"渌酃,酒名。洛阳金谷园出土一陶瓮,上有"酴酹"二字。陈直洛阳汉墓群陶器文字通释曰:"酴酹,酴为醲字别体。广韵:'醲酹,美酒。'集韵:'醲,湘东美酒。'盖此酒出于湖南衡阳县之醲湖,因醲湖水绿,故名醲绿,加'酉'则变为醲酹。抱朴子嘉遁篇:'寒泉旨于醲酹。'文选潘岳笙赋:'倾缥瓷以酌醲。'据文献,晋人始注重此酒,据本题字,则醲酹之酒,在汉时中原已盛行。"又盛弘之荆州记曰:"渌水出豫章康乐县,其间乌程乡有酒官,取水为酒,极甘美。与湘东酃湖酒,年尝献之,世称醲渌酒。"则恐又当作两种酒解。

〔一二〕程乡,乡名,在广东梅县,产美酒。汉时马援之孙、马廖之子马遵即封程乡侯。初学记卷二六引作"乌程",向新阳校注、成林全译据以改,恐非。乌程,依上注,当系酹酒产地。若下,山阴若耶溪水所酿之酒,系米酒。

〔一三〕高公之清,即"会稽稻米清"中之精品。高公,生平不详。

〔一四〕关中,今陕西渭水两岸,东起潼关,西至宝鸡,即古函谷关至大散关之间,号称"八百里秦川"。白薄,酒名。

〔一五〕青渚萦停,喻酒色似溪边之水清澈晶莹。

〔一六〕凝醳,浓酒。

〔一七〕千日一醒,博物志曰:"昔刘玄石于中山酒家酤酒,酒家与千日酒,忘言其节度。归至家当醉,而家人不知,以为死也,权葬之。酒家计千日满,乃忆玄石前来酤酒,醉向醒耳,往视之,云玄石亡来三年,已葬。于是开棺,醉始醒,俗云:'玄石饮酒,一醉千日。'"

〔一八〕哲王,贤明的君王,指梁孝王。

〔一九〕绰矣,悠游之貌。暇,闲暇。

〔二〇〕皤皤,白发苍苍之貌。

〔二一〕肃肃,恭谨貌。

〔二二〕璩,一种玉名。

〔二三〕莞尔,微笑貌。

〔二四〕"梁",原误作"梁",径改。

〔二五〕倡,倡乐。或作唱歌解。即或指倡人奏乐歌舞,或指参与宴会之人边饮酒边唱和。此处恐当以倡人作乐近是。

〔二六〕宫申,乐声往复不断。宫,五声音阶之一。宫、商、角、徵、羽代表五音。

〔二七〕徵,五音之一。汉书律历志曰:"宫,中也,居中央,畅四方,唱始施生,为四声纲也。徵,祉也,物盛大而繇祉也。"

〔二八〕只,语气词。典出诗经小雅南山有台之"乐只君子,邦家之基"、"乐只君子,德音不已"。

〔二九〕"不吴",典出诗经周颂、鲁颂。吴,哗也;不吴,即不喧哗。此二字原脱,据抱经堂本补。

〔三〇〕锡,赏赐。

〔三一〕祛,除去。醒,急就篇颜师古注曰:"病酒曰醒。"即醉酒。急就篇原文:"钟磬韬箫鼙鼓鸣,五音总会歌讴声,倡优俳咲观倚庭,侍酒行觞宿昔醒。"所言与此赋所叙正相吻合。

公孙乘为月赋

公孙乘为月赋〔一〕,其词曰:"月出皦兮〔二〕,君子之光。鶪鸡舞于兰渚〔三〕,蟋蟀鸣于西堂。君有礼乐,我有衣裳〔四〕。猗嗟明月〔五〕,当心而出。隐员岩而似钩〔六〕,蔽修堞而分镜〔七〕。既少进以增辉,遂临庭而高映。炎日匪明〔八〕,皓璧非净〔九〕。躔度运行〔一〇〕,阴阳以正。文林辩

133

囷〔一一〕,小臣不佞。"

【注释】

〔 一 〕公孙乘,人名,生平无考。

〔 二 〕皎,同皎,即月光。典出诗经陈风月出。

〔 三 〕鹍鸡,鸟名,黄白色羽毛,似鹤。兰渚,长有兰草的沙洲。

〔 四 〕衣裳,春秋穀梁传庄公二十七年曰:"桓会不致,安之也。桓盟不日,信之也。信其信,仁其仁,衣裳之会十有一,未尝有歃血之盟也,信厚也。"此言齐桓公因管仲之力,九会诸侯,确立霸主地位。衣裳之会即指盟主与同盟者之会。公孙乘用此典,喻指梁孝王与宾客门士之会,也是因梁孝王既仁且信所致。

〔 五 〕猗嗟,感叹辞。

〔 六 〕员岩,圆形的高山。

〔 七 〕修堞,城墙上长长的堞墙,形似犬牙交错。分镜,圆如铜镜的明月,因参差不齐的城堞的遮蔽而变得支离破碎。

〔 八 〕匪,非也。

〔 九 〕皓璧,白玉。

〔一〇〕躔,度也,日月星辰在空中运行的轨迹。

〔一一〕文林辩囿,形容文士和辩士像树林和渊薮般聚集。

羊胜为屏风赋

羊胜为屏风赋〔一〕,其辞曰:"屏风鞈匝〔二〕,蔽我君王。重葩累绣〔三〕,沓璧连璋〔四〕。饰以文锦,映以流黄〔五〕。画以古列〔六〕,颙颙昂昂〔七〕。藩后宜之〔八〕,寿考无疆。"

【注释】

〔 一 〕羊胜,亦齐人。与公孙诡等收买刺客谋杀爰盎等大臣,后畏罪自杀。

〔二〕輨匝,像胸甲一样围绕起来。

〔三〕重葩,层层叠叠的花朵。累绣,上述花朵图案均绣在置放于屏
　　　风上的丝囊上。

〔四〕沓璧连璋,屏风上嵌有许多玉饰件。

〔五〕流黄,文锦的底色是褐黄色。

〔六〕古列,前代的圣贤列士、列女。汉代宫中画功臣成风,汉书赵充
　　　国传曰:"初,充国以功德与霍光等,列画未央宫。"又苏武传曰:
　　　"汉宣帝甘露三年,单于始入朝,上思股肱之美,乃图画其人于
　　　麒麟阁,法其形貌,署其官爵姓名。"而有的则画在屏风之上,汉
　　　光武帝时,就在屏风上命人画列女图。

〔七〕颙颙,庄重恭顺的样子;昂昂,意气风发的样子。典出诗经大雅
　　　卷阿:"颙颙卬卬,如圭如璋。"

〔八〕藩后,古代诸侯屏护王室如藩屏,此指梁孝王。

邹阳代韩安国作几赋

　　韩安国作几赋〔一〕,不成,邹阳代作,其辞曰:"高树凌
云,蟠纡烦冤〔二〕,旁生附枝。王尔、公输之徒〔三〕,荷斧斤,
援葛藟〔四〕,攀乔枝,上不测之绝顶,伐之以归。眇者督
直〔五〕,聋者磨砻〔六〕。齐贡金斧,楚入名工,乃成斯几。离
奇仿佛,似龙盘马回,风去鸾归。君王凭之,圣德日跻。"

　　邹阳、安国罚酒三升,赐枚乘、路乔如绢,人五匹。

【注释】

〔一〕韩安国(?—前一二七),字长孺,梁国成安(今河南临汝东南)
　　　人。初事梁孝王,任中大夫。因曾力拒吴楚七国之乱,又妥善
　　　处理公孙诡、羊胜事件,深得武帝信任,后官至御史大夫,一度
　　　行丞相事。卫青等贵显后,安国渐遭排斥,闷闷不乐而死。汉

书有专传。

〔二〕蟠纡，盘曲屈折。烦冤，本指风势回转，此喻树枝弯曲婉转
　　之状。

〔三〕王尔，春秋时巧匠。公输，公输般，鲁国巧匠，又称鲁班。

〔四〕藟，藤类植物。

〔五〕眇者，一目盲者。此指斜木。

〔六〕砻，即磨。

五子拜侯进王

　　梁孝王入朝，与上为家人之宴〔一〕，乃问王诸子，王顿
首谢曰〔二〕："有五男。"即拜为列侯〔三〕，赐与衣裳器服〔四〕。
王薨，又分梁国为五，进五侯皆为王〔五〕。

【注释】

〔一〕梁孝王是汉景帝的亲弟弟，也是窦太后的爱子，所以常受到特
　　殊的礼遇。汉书文三王传曰："孝王入朝，景帝使使持乘舆驷，
　　迎梁王于关下。既朝，上疏，因留。以太后故，入则侍帝同辇，
　　出则同车游猎上林中。梁之侍中、郎、谒者着引籍出入天子殿
　　门，与汉宦官亡异。"

〔二〕顿首，古跪拜礼之一，一般施于地位相同或平辈之间。跪拜时
　　头须触地，旋即升起。汉时，顿首则多用于君臣、上下之间，臣
　　子上表必言顿首。独断曰："表者不需头，上言臣某言，下言臣
　　某诚惶诚恐、顿首顿首、死罪死罪。左方下附曰某官臣某甲
　　上。"梁孝王此"顿首谢"，两者兼而有之。

〔三〕列侯，独断曰："汉制：皇子封为王者，其实古诸侯也。周末诸侯
　　或称王，而汉天子自以皇帝为称，故以王号加之，总名诸侯王。

136

子弟封为侯者,谓之诸侯;群臣异姓有功封者,谓之彻侯,后避武帝讳改曰通侯。法律家皆曰列侯。"又按汉书诸侯王表及王子侯表,孝王五子仅二子曾封为列侯,即长子刘买封乘氏侯,事在景帝中元五年(前一四五);次子刘明同年封桓邑侯。与此所载异。

〔四〕衣裳器服,与列侯相应的礼服及车马旗饰。续汉舆服志曰:"公、列侯安车,朱班轮,倚鹿较,伏熊轼,皂缯盖,黑轓,右骓。"又曰:"(诸车之文)公、列侯倚鹿伏熊,黑轓,朱班轮,鹿文飞轮,九斿降龙。""(诸马之文)王、公、列侯镂锡文髦,朱镳朱鹿,朱文,绛扇汗,青翅鸢尾。"又曰:"天子、三公、九卿、特进侯、侍祠侯,祀天地明堂,皆冠旒冕,衣裳玄上纁下。乘舆备文,日月星辰十二章,三公、诸侯用山龙九章,九卿以下用华虫七章,皆备五采,大佩,赤舄绚履,以承大祭。"所服冕旒,"三公诸侯七旒,青玉为珠"。组绶皆陈留襄邑所献之织成锦织成。

〔五〕汉书诸侯王表曰:"孝景后元年(前一四三),(梁)恭王买嗣。"又曰:"孝景中六年(前一四四)五月丙戌,(济川)王明以孝王子桓邑侯立。"又曰:"五月丙戌,(济东)王彭离以孝王子立。"又曰:"五月丙戌,(山阳)哀王定以孝王子立。"又曰:"五月丙戌,(济阴)哀王不识以孝王子立。"而汉书文三王传则曰:"梁孝王子五人为王。太子买为梁共王,次子明为济川王,彭离为济东王,定为山阳王,不识为济阴王,皆以孝景中六年同日立。"略有异。

河间王客馆

河间王德筑日华宫〔一〕,置客馆二十余区,以待学士。

自奉养不逾宾客〔二〕。

【注释】

〔一〕河间王德,即河间献王刘德,汉景帝之子,栗姬所生。修学好
　　古,得献书多,与汉宫室所藏大体相当,山东诸儒多依从之。详
　　见汉书景十三王传。日华宫,在鲁国国都鲁县(今山东曲阜)。

〔二〕逾,超过。三辅黄图卷三所引"奉养"下有"甚薄"二字。

年少未可冠婚

　　梁孝王子贾从朝〔一〕,年幼,窦太后欲强冠婚之〔二〕。上
谓王曰:"儿堪冠矣〔三〕。"王顿首谢曰:"臣闻礼二十而
冠〔四〕,冠而字〔五〕,字以表德〔六〕。自非显才高行,安可强冠
之哉?"帝曰:"儿堪冠矣〔七〕。"余日,帝又曰:"儿堪室
矣〔八〕。"王顿首谢曰:"臣闻礼三十壮有室〔九〕。儿年蒙
悼〔一○〕,未有人父之端〔一一〕,安可强室之哉?"帝曰:"儿堪
室矣〔一二〕。"余日,贾朝至阖而遗其舄〔一三〕,帝曰:"儿真幼
矣。"白太后未可冠婚之。

【注释】

〔一〕贾,史记、汉书均作"买",此恐形近而讹。从朝,随父入朝。

〔二〕窦太后,汉景帝之母,清河观津(今河北武邑东南)人。观津县
　　时属信都国。窦太后好黄老,景帝及窦氏宗族均不得不读黄老
　　之术。她在太后位长达五十一年,于武帝建元六年(前一三
　　五)去世。此后儒学才真正成为官方独尊之学派。冠,古时男
　　子二十行成年礼,始束发戴冠。

〔三〕"冠"原作"弃",据秦汉图记本、万历本、抱经堂本改。学津讨

138

原本、津逮秘书本、古今逸史本作“弁”，亦非。

〔四〕礼，指礼记。礼记曲礼上曰：“二十曰弱，冠。”然而说苑修文篇曰：“冠礼，十九见正而冠，古之通礼也。”此段文字不见于今本仪礼士冠礼。又说苑建本篇曰：“周召公年十九，见正而冠，冠则可以为方伯诸侯矣。”荀子大略篇亦云：“天子诸侯子十九而冠，冠而听治，其教至也。”据此可知天子诸侯之子与士略有不同。“见正”为何？向宗鲁引韩诗外传云：“十九见志，请宾冠之。”此云“见正”，彼云“见志”，斯见正为见其志趣已正之明证。这正是建本篇中吴起答魏文侯之“智不明何以见正”的真实含义。

〔五〕礼记曲礼上曰：“男子二十，冠而字。”古人有名必有字，字与名相表里。本人呼己名，表示自谦；呼人称其字，表示尊敬，乃成人之道。

〔六〕字以表德，白虎通曰：“人所以有字何？所以冠德成功，敬成人也。”

〔七〕卢文弨以为此句为衍文，故抱经堂本删之。

〔八〕堪室，可以娶妻生子。郑玄曰：“有室，有妻也。妻称室。”

〔九〕礼记曲礼上曰：“三十曰壮，有室。”

〔一〇〕蒙悼，蒙昧无知，未有识见，谓年幼无知。

〔一一〕端，起始。人父之端，身为人父的起码条件，即知晓承担家庭的责任与义务。

〔一二〕此句卢文弨亦删之。

〔一三〕阃，门槛。舄，乃履下有木底者。木底与履底大略相同，实心，用于需久立的礼仪场合，或走湿地所用，即急就篇颜师古注所谓“复其下使干腊也”。

劲超高屏

江都王劲捷〔一〕，能超七尺屏风〔二〕。

【注释】

〔一〕江都王，即刘非（？—前一二八），汉景帝之子。景帝前元二年
（前一五五）封汝南王，以勇武著称。以平定吴楚七国之乱功，
徙封江都王。事详汉书景十三王传。

〔二〕超，跨越。汉一尺相当于今二十三厘米至二十三点六厘米之
间，此七尺约一米六多一些。

元后天玺

元后在家〔一〕，尝有白燕衔白石，大如指〔二〕，坠后绩筐
中。后取之，石自剖为二，其中有文曰"母天地"。后乃合
之，遂复还合，乃宝录焉〔三〕。后为皇后，常并置玺笥中〔四〕，
谓为天玺也。

【注释】

〔一〕元后，即汉元帝皇后王政君，成帝生母，王莽姑母。平帝即位
时，年幼，王莽专权，终于代汉建立新朝。元后被逼交出传国
玺，并被封为"新室文母太皇太后"，心中怨恨，始建国五年（一
三）死。事详汉书元后传。

〔二〕"指"，抱经堂本作"卵"。

〔三〕宝录，特别珍藏之。

〔四〕玺笥，放置玺印的盒子。

玉虎子

汉朝以玉为虎子^[一]，以为便器，使侍中执之^[二]，行幸以从^[三]。

【注释】

〔一〕虎子，小便器，器形做成虎状。汉代出土文物尚未发现玉虎子，但出土晋代青釉虎子较多。

〔二〕侍中，官名，系加官，起源于周代，定名于秦朝，至汉武帝时达于极盛。侍中即侍奉皇帝于官禁之中，无正式员数，所以汉官解诂曰："当侍从左右，无员，常侍中。"由于侍中是皇帝最为信任的人，又常在左右，所以构成也极为复杂。汉旧仪曰："侍中，无员。或列侯、将军、卫尉、光禄大夫、侍郎为之。得举非法，白请及出省户休沐，往来过直事。"侍中入则"分掌乘舆服物，下至袠器虎子之属"，出则"参乘、佩玺、抱剑"。至东汉时才成为实职的二千石吏，形成侍中寺。从史、汉中可知，侍中有外戚，如卫青、霍光、史高、史丹等；有文学侍从，如严助、朱买臣等；有功臣子弟，如张安世、金日䃅等；有儒臣，如刘歆、蔡茂等；有佞臣，如董贤、淳于长等。

〔三〕行幸，皇帝出行称行幸。

武都紫泥

中书以武都紫泥为玺室^[一]，加绿绨其上。

【注释】

〔一〕中书,官名。汉旧仪曰:"汉置中书官,领尚书事,中书谒者令一人。成帝建始四年(前二九)罢中书官,以中书为中谒者令。"又曰:"中书掌诏诰答表,皆机密之事。"正因为中书掌帝王诏诰,所以必管玺印,选择封泥也是分内的事。武都,郡名,治所在武都县,即今甘肃西和县东南、武都市北偏东。该地所产紫泥做泥封最佳。汉旧仪曰:"以皇帝行玺为凡杂,以皇帝之玺赐诸侯王书;以皇帝行玺发兵;其征大臣,以天子行玺;策拜外国事,以天子之玺;事天地鬼神,以天子信玺。皆以武都紫泥封,青布囊,白素里,两端无缝,尺一板中约署。"泥封,犹如当今邮袋上的铅封。玺室,置放玺印的匣子。

文固阳射雉

茂陵文固阳〔一〕,本瑯琊人〔二〕,善驯野雉为媒〔三〕,用以射雉。每以三春之月〔四〕,为茅障以自翳,用觟矢以射之〔五〕,日连百数。茂陵轻薄者化之〔六〕,皆以杂宝错厕翳障〔七〕,以青州芦苇为弩矢〔八〕,轻骑妖服,追随于道路,以为欢娱也。阳死,其子亦善其事。董司马好之〔九〕,以为上客。

【注释】

〔一〕文固阳,人名,生平无考。

〔二〕瑯琊,郡名,治所东武,即今山东诸城。

〔三〕媒,诱饵。

〔四〕古代春天依农历分孟春(一月)、仲春(二月)、季春(三月),合称三春。

〔五〕觟矢,用母羊角作箭头的箭。

〔六〕轻薄者,游手好闲、举止放荡的纨袴子弟或地痞流氓。化之,受
　　　其影响。

〔七〕错厕,交错镶嵌。

〔八〕青州,汉十三刺史部之一,辖平原、千乘、济南、齐、北海、东莱六
　　　郡及胶东国,即今山东半岛北部,东起荣成,西至德州、平原,北
　　　至渤海,南至济南、临朐、安丘、高密。

〔九〕董司马,即董贤,曾任大司马。

鹰犬起名

　　茂陵少年李亨〔一〕,好驰骏狗〔二〕,逐狡兽,或以鹰鹞逐
雉兔,皆为之佳名。狗则有修毫、厘睫、白望、青曹之名,鹰
则有青翅、黄眸、青冥、金距之属,鹞则有从风鹞、孤飞鹞。
杨万年有猛犬〔三〕,名青驳,买之百金。

【注释】

〔一〕李亨,人名,生平无考。

〔二〕骏狗,大型猎狗。

〔三〕杨万年,人名,生平无考。

长鸣鸡

　　成帝时,交趾、越巂献长鸣鸡〔一〕,伺鸡晨〔二〕,即下漏验
之〔三〕,晷刻无差〔四〕。鸡长鸣则一食顷不绝〔五〕,长距善斗〔六〕。

143

〔 一 〕交趾,郡名。武帝元鼎六年(前一一一)置。治所嬴陵,在今越南民主共和国之河内。辖境包括南定以北的越南北方地区。后又立交趾刺史部,辖交趾、九真、日南、合浦、桂林、苍梧、南海诸郡,即今越南顺化以北,中国广西及广东大部地区。越嶲,郡名,治所邛都,即今四川西昌。辖地包括今四川西昌地区、渡口市及云南楚雄和丽江地区。

〔 二 〕伺,等候。鸡晨,公鸡报晓。原误作"晨鸡",据稗海本、津逮秘书本改。

〔 三 〕漏,漏壶,古代计时用器。说文曰:"漏,以铜受水,刻节,昼夜百刻。"

〔 四 〕晷刻,以日影测时刻的仪器。其形制为石盘,中置一铜针,盘上有刻印,与今钟表盘相似。此晷置于室外,北高南低向阳斜置,按铜针所示日影在刻度上的位置判定时间。

〔 五 〕鸡长鸣,原误作"长鸣鸡",据稗海本、古今逸史本、汉魏丛书本、津逮秘书本、抱经堂本、学津讨原本改。

〔 六 〕距,鸡爪。

博昌陆博术

许博昌〔一〕,安陵人也,善陆博〔二〕。窦婴好之〔三〕,常与居处。其术曰:"方畔揭道张,张畔揭道方,张究屈玄高,高玄屈究张〔四〕。"又曰:"张道揭畔方,方畔揭道张,张究屈玄高,高玄屈究张。"三辅儿童皆诵之。法用六箸〔五〕,或谓之究,以竹为之,长六分。或用二箸〔六〕。博昌又作大博经一篇〔七〕,今世传之〔八〕。

【注释】

〔 一 〕许博昌，人名，生平无考。

〔 二 〕陆博，即六博，古代一种十分流行的博戏。据说首创于乌胄，所以说文曰："古者乌胄作簿（即博）。"但史记殷本纪言帝武乙"为偶人，谓之天神，与之博"，则可知至迟此博戏形成于商代。出土实物最早的是战国时期的，湖北荆州雨台山楚墓即出土两件博具。上世纪五十年代以后，秦汉墓中多次出土实物、模型器或画像。其中包括投箸的博、投茕的博和格五三种。投箸的博，以投六箸的博为主，故称六博，亦称大博。此博典型出土文物举以下五例：一、湖北云梦睡虎地十一号秦墓出土一博具，由木局、骨棋子、竹箸三部分组成。博局呈近方形，长三十二厘米，宽二十九厘米，高二厘米，局面阴刻曲道纹，有方框和四个圆点。棋子十二颗，髹黑漆，其中六颗长方形，长一点四、宽一、高二点四厘米；另六颗为方形，边长一点四、高二点四厘米。博箸六根，用半边细竹管填以金属粉制成，长二十三点五厘米。又十三号秦墓所出，局稍大，一侧刻有凹槽，槽中置竹箸六根，骨棋子六颗。棋子一大五小，大的髹红漆，小的髹黑漆，箸亦为半边细长竹管，但两边各置铜丝一根，中间填金属粉，长为十九点五厘米。又湖北江陵凤凰山八号汉墓有局一件，木胎，漆已剥落，方形，长二十一点八、宽二十一点一、高一点九厘米。箸六根，长二十三点七厘米，直径零点九厘米，髹黑漆，竹管有填充物。棋子十二颗，六白六黑，骨质，长方形体，盛在一个圆漆奁内。另有博席、博橐，已朽。又湖南长沙马王堆三号汉墓中出土一方形漆盒，中置博局，木制，髹黑漆，上有象牙条嵌成方框，十二个曲道和四个飞鸟图案。六白六黑的大象牙棋子十二颗，灰色小象牙棋子二十颗。算四十二根，长的十二根。象牙削一件，象牙割刀一件，木茕（骰）一件，为球形十八面体。每面均阴刻篆体文字,其中一面刻有"骄"字,相对的一面刻有"毈"字,其余各面为一至六数字。又<u>江苏邗江姚庄</u>一〇一号<u>西汉墓</u>出土一漆木博局。局上置有一束漆木杆,当为箸,也称箭。最特别的是有一漆博枰。其周边漆得光滑明亮,中间部分却粗糙干涩,因为它是供投箸用的,这样可以避免投箸时,箸经常滑落。博戏方法久已失传,博具出土虽多,却是死的,无法告诉我们具体下法。但依据文献,参照画像和博具,大致可以明了下述情况:六博博法是先置局,二人向局而坐(也有四人对局的,每方一人专管投箸,一人行棋)。局上置棋十二颗,人各六颗。局旁边置投枰,供投箸用,但也可以不设,而在席上掷箸。行棋则以投箸所示结果,依道而行。在行棋时必出现争道情况,极易引起争执,甚至引发命案。如<u>文帝</u>时,<u>吴太子</u>入朝,轻骄,与皇太子(即后来的<u>景帝</u>)博,争道不恭。皇太子一怒之下,引博具击杀吴太子。<u>吴王</u>于是称疾不朝,也成为以后吴王叛变的一大原因。投箸是博戏的关键,关乎胜败,所以<u>班固弈旨</u>曰:"夫博悬于投,不专在行,优者有不遇,劣者有侥幸。"然而根据出土博具可知,六博分二种,即有六子大小一样,另有六子五小一大的。一大五小之棋,一大棋叫"枭棋",五小棋叫"散棋"。<u>战国策楚策</u>载,<u>唐且</u>见<u>春申君</u>曰:"夫枭之所以能为者,以散棋佐之也,夫一枭不能胜五散明矣。"其关系如同象棋中帅将与相、仕、卒及车马炮的相辅相成关系一样。这种博戏以杀枭为胜,象棋以杀将帅为胜,即源于此。而六子一致的棋,下到一定程度时,一子也可以变为枭棋,那就要将该棋子竖起来放。所以<u>洪兴祖楚辞补注</u>引<u>古博经</u>曰:"棋行到处,即竖之,名为骄棋。"骄棋即枭棋。有关博戏的考证,<u>傅举有论秦汉时期的博具、博戏兼及博局纹镜</u>一文足资参考,文见<u>中国历史暨文物考古研究</u>一书。

〔三〕窦婴(？—前一三一),字王孙,观津(今河北武邑东南)人。窦太后从兄之子。景帝时为大将军,武帝时拜丞相,封魏其侯。窦太后死后失势,因与丞相田蚡争权失败,弃市渭城。不久,田蚡也得怪病而死。史、汉均有传。

〔四〕口诀所言,已不可考。

〔五〕六箸,竹制,中有填充物,多为金属粉,有加铜丝的,长短则与博局大小成正比。

〔六〕二箸,薛孝通谱曰:"乌曹作博,其所由来尚矣,双箭以象日月之照临,十二棋以象十二辰之躔。"箭即箸,双箭即二箸,与此正合。又汉书王莽传曰:"平原女子迟昭平能说博经以八投。"服虔注曰:"博奕经,以八箭投之。"则汉代博戏种类玩法颇多,惜下法失传。

〔七〕大博经,即六博游戏的理论经典,今已失传。

〔八〕"之"字原脱,据抱经堂本补。

假名以战

高祖与项羽战于垓下〔一〕,孔将军居左,费将军居右〔二〕,皆假为名。

【注释】

〔一〕垓下,在今安徽灵璧县东南。

〔二〕孔将军、费将军,皆假托之名,虚张声势,以迷惑项羽。

东方生善啸

东方生善啸〔一〕,每曼声长啸〔二〕,辄尘落帽〔三〕。

【注释】

〔一〕东方生，即东方朔，“生”乃尊称。啸，口哨声。

〔二〕曼声，长而婉转之声。

〔三〕抱经堂本此句作“辄尘落瓦飞”，增改过甚。

俳戏皆称古掾曹

京兆有古生者〔一〕，学纵横、揣磨、弄矢、摇丸、樗蒲之术〔二〕，为都掾史四十余年，善訑谩〔三〕。二千石随以谐谑，皆握其权要，而得其欢心。赵广汉为京兆尹〔四〕，下车而黜之〔五〕，终于家。京师至今俳戏皆称古掾曹〔六〕。

【注释】

〔一〕古生，古姓有术之士，生平无考。

〔二〕纵横，指讲合纵连横之术的纵横家，其术以审时度势、纵横捭阖、随机应变说动人主。揣磨，纵横家的一种手段，也是一种处世的哲学，以揣测他人心理而行事。论衡答佞篇曰：“（张）仪、（苏）秦排难之人也，处扰攘之世，行揣摩之术。”即指此。弄矢，一种杂技，以抛箭矢不令着地为胜。播丸，也是一种杂技，将丸陆续抛出，边接边抛，以多者为胜。樗蒲，古代博戏，以掷骰子决胜负。艺文类聚卷七四引博物志曰：“樗蒲者，老子作之用卜，今人掷之为戏。”又御览卷七二六引博物志作“老子入西戎，造樗蒲。樗蒲，五木也”。

〔三〕訑谩，荒诞不经，诙谐戏谑。掾史，为主吏的一般属吏，三公九卿乃至地方郡县的属吏均可称掾史，或掾属。古生为京兆尹属吏，汉代三辅翊卫都城，其长官地位高于一般郡国，掾史也较他郡尤异，故此“掾史”上冠以“都”字。

〔四〕赵广汉（？—前六五），字子都，涿郡蠡吾（今河北博野西南）
　　　人。宣帝时任京兆尹，执法严明，不畏强御，以此冒犯贵戚大
　　　臣，遂被杀。汉书有传。

〔五〕下车，即到任。黜，罢除，即免去职务。

〔六〕俳戏，滑稽戏。

娄敬衣帬见高祖

　　娄敬始因虞将军请见高祖〔一〕，衣帬衣〔二〕，披羊裘。虞
将军脱其身上衣服以衣之，敬曰："敬本衣帛，则衣帛见。
敬本衣帬，则衣帬见。今舍帬褐，假鲜华，是矫常也。"不敢
脱羊裘，而衣帬以见高祖。

【注释】

〔一〕娄敬，齐人。车夫出身，以劝说高祖离开洛阳、定都长安而闻
　　　名，并因此被赐姓刘氏，称刘敬。史、汉有传。虞将军，亦齐人，
　　　事迹不详。

〔二〕帬衣，粗毛线织成的短上衣。

卷第五

顾翱孝母

　　会稽人顾翱[一]，少失父，事母至孝。母好食雕胡饭[二]，常帅子女躬自采撷。还家，导水凿川，自种供养，每有赢储[三]。家亦近太湖，湖中后自生雕胡，无复余草，虫鸟不敢至焉，遂得以为养，郡县表其闾舍[四]。

【注释】

〔一〕顾翱，人名，生平无考。

〔二〕雕胡，即菇米。

〔三〕赢储，盈余。

〔四〕表，标榜，汉代常在里门张榜表彰善行。闾，说文曰："闾，周礼'五家为比，五比为闾'。闾，侣也，二十五家相群侣也。"

单鹄寡凫之弄

　　齐人刘道强[一]，善弹琴，能作单鹄寡凫之弄[二]。听者皆悲,不能自摄。

【注释】

〔 一 〕刘道强,人名,生平无考。

〔 二 〕单鹄寡凫,古琴曲曲名。乐府诗集卷五七琴曲歌辞叙引琴论作
　　　　"齐人刘道强能作单凫寡鹤之弄"。又曰:"弄者,情性和畅,宽
　　　　泰之名也。"此琴曲很可能是抒发丧偶之悲情的。

赵后宝琴

　　赵后有宝琴〔一〕,曰"凤凰",皆以金玉隐起为龙凤螭
鸾〔二〕、古贤列女之象〔三〕。亦善为归风送远之操〔四〕。

【注释】

〔 一 〕赵后,即赵飞燕。

〔 二 〕隐起,隐约呈现。螭,无角之龙。

〔 三 〕列女,有才德操守的女子。汉时列女与后世主要讲坚守贞操为
　　　　主的"烈女"有很大的不同。后汉书有列女传,其叙曰:"若夫
　　　　贤妃助国君之政,哲妇隆家人之道,高士弘清淳之风,贞女亮明
　　　　白之节,则其徽美未殊也,而世典咸漏焉。故自中兴以来,综其
　　　　成事,述为列女篇。"传中就包括有曾三次嫁人的才女蔡文姬。

〔 四 〕归风送远,古琴曲曲名。亦见乐府诗集卷五七琴曲歌辞叙。赵
　　　　后外传曰:"帝于太液池作千人舟,号合宫之舟。池中起为瀛洲
　　　　广榭,高四十丈。帝御流波文縠无缝衫,后衣南越所贡云英紫
　　　　裙、碧琼轻绡。广榭上,后歌舞归风送远之曲,帝以文犀簪击玉
　　　　瓯,令后所爱侍郎冯无方吹笙,以倚后歌。"操,乐府诗集引琴论
　　　　曰:"忧愁而作,命之曰操,言穷则独善其身而不失其操也。"

邹长倩赠遗有道

公孙弘以元光五年为国士所推[一]，上为贤良[二]。国人邹长倩以其家贫[三]，少有资致，乃解衣裳以衣之，释所着冠履以与之，又赠以刍一束、素丝一襚、扑满一枚[四]，书题遗之曰："夫人无幽显[五]，道在则为尊。虽生刍之贱也，不能脱落君子[六]，故赠君生刍一束。诗人所谓'生刍一束，其人如玉'[七]。五丝为缘[八]，倍缘为升，倍升为纮，倍纮为纪，倍纪为緵，倍緵为襚[九]。此自少之多，自微至著也。类士之立功勋[一〇]，效名节，亦复如之，勿以小善不足修而不为也。故赠君素丝一襚。扑满者，以土为器，以蓄钱具[一一]，其有入窍而无出窍，满则扑之。土，粗物也。钱，重货也。入而不出，积而不散，故扑之。士有聚敛而不能散者[一二]，将有扑满之败，可不诫欤？故赠君扑满一枚。猗嗟盛欤！山川阻修，加以风露。次卿足下[一三]，勉作功名。窃在下风[一四]，以俟嘉誉。"弘答烂败不存[一五]。

【注释】

〔 一 〕元光，汉武帝年号。元光五年，即公元前一三〇年。王楙野客丛书以为"五年"系"元年"之误。按史记平津侯列传、汉书公孙弘传均作"元光五年"，与西京杂记同。王楙以为武帝在位举贤良文学仅两次，即建元元年（前一四〇）和元光元年。然汉书董仲舒传曰："武帝即位，举贤良文学之士前后百数。"又严助传曰："是时（武帝时）征伐四夷，并置边郡，军旅数发，内改制度，朝廷多事，屡举贤良文学之士。"汉举贤良，初指推荐才干出众、德高望重之士,又常与方正连称,始于文帝前元二年(前一七八)。贤良与文学相连并科,则重在文学,即指选熟通经学之士,也就是饱学儒生。其征召始于文帝前元十五年(前一六五),唯于汉书晁错传中,"诏有司举贤良文学士"一见。盐铁论论儒篇明确指出"文学祖述仲尼"。然而窦太后不喜儒学,文景时期,举贤良文学可谓昙花一现。汉武帝即位之初,曾重用赵绾、王臧等文学之士为公卿,以改革礼仪制度,受到窦太后的干预,结果以赵绾、王臧自杀而告失败。窦太后死后,武帝推行"罢黜百家,表彰六经"政策,举贤良文学才掀起高潮,所以它绝非武帝五十余年执政中的偶发之举。据汉书武帝纪,元光元年冬十一月,初令郡国举孝廉各一人,此与弘之举无涉。而五月则"诏贤良",于是"董仲舒、公孙弘等出焉"。又汉书郊祀志曰:"六年,窦太后崩。其明年(即元光元年),征文学之士。"则本纪所言"诏贤良"即征贤良文学之士。如此,则公孙弘可能应征于元光元年,但也可以作董、公孙二人陆续出山解。因而严可均全汉文仅将董仲舒对策定于元光元年,仍置公孙弘对策于元光五年。又公孙弘传载武帝诏书中"子大夫修先圣之术"一语,恰与武帝纪元光五年征"习先圣之术者"相符,所以仍不可轻易否定五年举贤良之事。且以年龄推断,仅供参考而已,三书同载,不可轻废。国士,依西汉察举之法,当指地方主吏,只有他们有资格推荐人才。具体地讲,此国士应是菑川国相。

〔二〕贤良,汉代察举制中的一科,始于汉文帝二年,时文帝下诏"举贤良方正能直言极谏者,以匡朕之不逮"。但这仅是察举的开始,既非主体,也非常制。武帝建元元年,诏二千石、诸侯相以上中央及地方高级官员举贤良方正直言极谏之士,并排斥除儒学以外的如"申、商、韩非、苏秦、张仪",正式奠定了汉代以儒取士的察举制度。汉代察举分常科与特科。常科指岁举之科，主要有举孝廉察茂才。特科因需要而设，没有严格的固定时间规定。其中又分二类，即时常征召的贤良方正、贤良文学，以及不常征召的明经、明法、至孝、有道、敦厚、尤异、治剧、勇猛知兵法、明阴阳灾异等等。贤良于武帝以后专指饱学儒生。

〔 三 〕国，菑川国，都剧城，在今山东寿光。邹长倩，人名，生平无考。

〔 四 〕刍，草也。禒，古代丝的一种计算单位。扑满，汉代流行的陶制储钱罐，装满后可打破取用，故称扑满。

〔 五 〕幽，幽隐，在野；显，贵显，在朝。

〔 六 〕脱落，轻视慢待。

〔 七 〕典出诗经小雅白驹。此句本意是告诫贤者，出行驻停，主人招待虽简单，也定要欣然接受，因为他的品德如白玉般无瑕。此引伸为不能因贤者贫贱在野而不去敬重他。后汉书徐穉传曰："及(郭)林宗有母忧，穉往吊之，置生刍一束于庐前而去。众怪，不知其故。林宗曰：'此必南州高士徐孺子也。诗不云乎，"生刍一束，其人如玉"。吾无德以堪之。'"郭泰之言，与邹长倩用意同。

〔 八 〕缀，古代丝最小的计算单位。卢文弨曰："六书故：'缀，尼摄切。'案以下所云，唯缀为八十缕，与古合。古亦以八十缕为升，今则云十丝；与絨、纪、禒之名，他书多未经见。埤雅全载之。"

〔 九 〕缀、升、絨、纪、缲、禒，均为古代丝的计算单位。在汉代为习俗语，说文还有另外的说法，其文曰：绮丝数谓之㧢，纬丝十缕为缲。相关用语在三国时仍沿用。三国志杜夔传注引马钧传云："钧为博士，居贫，仍思绫机之变，而世人知其巧。旧绫机五十综者五十蹑，六十综者六十蹑，先生患其丧功费日，乃皆易以十二蹑。"蹑通缲。

〔一〇〕"类"字原本无，据秦汉图记本、万历本补。

〔一一〕卢文弨注以为"具"当与"其"连读,应是"其具",故纠其倒置之误。或"具"系衍文,亦未可知。

〔一二〕聚敛,搜刮钱财。散,布施。

〔一三〕次卿,疑公孙弘之字,不见本传。

〔一四〕下风,自谦之辞,以下位自处。

〔一五〕公孙弘之答辞已随简之朽烂而不可知。

甘泉卤簿

汉朝舆驾祠甘泉汾阴〔一〕,备千乘万骑,太仆执辔,大将军陪乘,名为大驾〔二〕。

司马车驾四〔三〕,中道〔四〕。

辟恶车驾四〔五〕,中道。

记道车驾四〔六〕,中道。

靖室车驾四〔七〕,中道。

象车,鼓吹十三人〔八〕,中道。

式道候二人〔九〕,驾一。左右一人。

长安都尉四人〔一〇〕,骑。左右各二人。

长安亭长十人〔一一〕,驾。左右各五人。

长安令车驾三〔一二〕,中道。

京兆掾史三人〔一三〕,驾一。三分。

京兆尹车驾四〔一四〕,中道。

司隶部京兆从事、都部从事、别驾一车〔一五〕。三分。

司隶校尉驾四〔一六〕,中道。

廷尉驾四〔一七〕,中道。

太仆、宗正引从事[一八]，驾四。左右。

太常、光禄、卫尉[一九]，驾四。三分。

太尉外部都督令史、贼曹属、仓曹属、户曹属、东曹掾、西曹掾[二〇]，驾一。左右各三。

太尉驾四[二一]，中道。

太尉舍人、祭酒[二二]，驾一。左右。

司徒列从[二三]，如太尉王公，骑。令史、持戟吏亦各八人[二四]，鼓吹一部[二五]。

中护军骑[二六]，中道。左右各三行，戟楯、弓矢、鼓吹各一部。

步兵校尉、长水校尉[二七]，驾一。左右。

队百匹[二八]。左右。

骑队十[二九]。左右各五。

前军将军[三〇]。左右各二行，戟楯、刀楯、鼓吹各一部，七人。

射声、翊军校尉，驾三[三一]。左右二行，戟楯、刀楯、鼓吹各一部，七人。

骁骑将军、游击将军，驾三[三二]。左右二行，戟楯、刀楯、鼓吹各一部，七人。

黄门前部鼓吹[三三]。左右各一部，十三人，驾四。

前黄麾骑[三四]，中道。

自此分为八校[三五]。左四，右四。

护驾御史[三六]，骑。左右。

御史中丞驾一[三七]，中道。

谒者仆射驾四[三八]。

武刚车驾四[三九]，中道。

九斿车驾四[四〇]，中道。

云罕车驾四〔四一〕，中道。

皮轩车驾四〔四二〕，中道。

阘戟车驾四〔四三〕，中道。

鸾旗车驾四〔四四〕，中道。

建华车驾四〔四五〕，中道。

虎贲中郎将车驾二〔四六〕，中道。

护驾尚书郎三人〔四七〕，骑。三分。

护驾尚书三〔四八〕，中道。

相风乌车驾四〔四九〕，中道。

自此分为十二校。左右各六。

殿中御史骑〔五〇〕。左右。

典兵中郎骑〔五一〕，中道。

高华〔五二〕，中道。

罼罕〔五三〕。左右。

节十六〔五四〕。左八、右八。

御马〔五五〕。三分。

华盖〔五六〕，中道。

自此分为十六校。左八、右八。

刚鼓〔五七〕，中道，金根车〔五八〕。

自此分为二十校，满道。

左卫、右卫将军。

华盖。自此后麋烂不存〔五九〕。

【注释】

〔 一 〕汉朝舆驾，指西汉时天子乘舆之制。蔡邕独断曰："上车马衣服器械百物曰乘舆。"是皇帝出行时所备仪仗器物的总称。但因出行目的的不同,其配备和名称也有区别。故独断曰:"天子出,车驾次第谓之卤簿。有大驾,有小驾,有法驾。大驾则公卿奉引,大将军参乘,太仆御,属车八十一乘,备千乘万骑。"西汉诸帝,特别是汉武帝,极为注重祠甘泉泰一和河东汾阴后土。前者郊天,后者祠地。前者在甘泉宫,在今陕西淳化西北甘泉山。后者在今山西万荣县西南,以武帝时出西周宝鼎而闻名。汉旧仪曰:"汉法:三岁一祭天于云阳宫甘泉坛,以冬至日祭天,天神下。三岁一祭地于河东汾阴后土宫,以夏至日祭地,地神出。"又曰:"皇帝祭天,居云阳宫,斋百日,上甘泉通天台,高三十丈,以候天神之下,见如流火。舞女僮三百人皆年八岁。天神下坛所,举烽火。皇帝就竹宫中,不至坛所。甘泉台去长安三百里,望见长安城,皇帝所以祭天之圜丘也。"又曰:"祭地河东汾阴后土宫,宫曲入河,古之祭地,泽中方丘也。礼仪如祭天,名曰汾葵,一曰葵丘也。"凡天子亲往祭祀,动用大驾。因武帝晚年常住甘泉,汾阴所出宝鼎也移祀于甘泉,所以大驾也常被称作"甘泉卤簿"。蔡邕独断曰:"在长安时,出祠天于甘泉备之,百官有其仪注,名曰甘泉卤簿。中兴以来,希用之。"续汉舆服志亦曰:"西都行祠天郊,甘泉备之,官有其注,名曰甘泉卤簿。"其注引蔡邕表志曰:"国家旧章,而幽僻藏蔽,莫之得见。"正由于东汉希用,其制蔡邕已不得而详,蔡邕及以后所记,多言东汉之制,甚或杂有晋制。西京杂记所载,正是甘泉卤簿,弥足珍贵。如参酌独断、汉旧仪、汉官解诂、三辅黄图、汉官仪、续汉舆服志、晋书舆服志等典籍,甘泉大驾卤簿大略可知。故定本节之名为"甘泉卤簿"。

〔二〕据前注引独断之文及本节下文,"太仆执辔"上当脱"公卿奉引"四字。太仆,官名,汉九卿之一,掌舆马。大将军,汉时虽系武职,名义上仅次丞相,却因往往由皇亲国戚为之,位高权重,实际上主持或左右朝政,如霍光、王凤、王莽均是典型例证。

〔三〕司马车,三辅黄图卷二曰:"汉未央、长乐、甘泉宫,四面皆有公车。"汉书百官公卿表曰:"长乐、建章、甘泉卫尉皆掌其宫,职略同,不常置。"据此,则甘泉卫尉亦当有公车司马令之官属,非常置而已。又汉官仪曰:"公车司马令,周官也,秩六百石,冠一梁,掌殿司马门,夜徼宫中,天下上事及阙下,凡所征召皆总领之。"则此司马车当属公车司马令之车。又晋书舆服志曰:"司南车,一名指南车,驾四马,其下制如楼,三级,四角金龙衔羽葆,刻木为仙人,衣羽衣,立车上,车虽回运,而手常南指。大驾出行,为先启之乘。"晋承汉制,虽有变化,但大体一致,故此"司马车"或当作"指南车"、"司南车",亦未可知。又古今注亦曰大驾有指南车。

〔四〕中道,天子大驾分左、中、右三行,行中间的为中道。

〔五〕辟恶车,古今注曰:"辟恶车,秦制也。桃弓苇矢,所以被除不祥。"或曰太仆执弓矢,误,太仆御天子车也。

〔六〕记道车,古今注曰:"大章车,所以识道里也,起于西京,亦曰记里车。车上为二层,皆有木人,行一里,下层击鼓,行十里,上层击镯。尚方故事,有作车法。"所以此记道车即记里车。西京,西汉也。晋时称大章车。

〔七〕靖室车,即静室令之车。汉官仪曰:"静室令,式道候,秦官也。静宫令,车驾出,在前驱,静清所徼车逆日,以示重慎也。式道左右凡三,惟车驾出,迎式道持麾王宫,行之乃闭。"汉书百官公卿表执金吾属官惟见"式道左右中候",不见静室令。三辅黄图卷六曰:"静室,天子出入警跸。旧典:行幸所至,必遣静室令,先按行清净殿中,以虞非常。"又古今注曰:"警跸所以戒行徒也。周礼跸而不警。秦制出警入跸,谓出军者皆警戒,入国者皆跸止也。至汉朝，梁孝王称警称跸，降天子一等焉。"可见"靖室"当作"静室"。晋书舆服志亦作"静室"。

〔八〕象车，用驯服的大象所驾之车。据韩非子所言，此始于黄帝。后世明确用象车，当在汉朝。晋书舆服志曰："象车，汉卤簿最在前。"鼓吹，即黄门鼓吹。汉官仪曰："黄门鼓吹百四十五人。"乃少府属官黄门令或乐府令所辖。鼓吹本系军乐，后亦用于飨宴、出巡。古今注曰："短箫铙歌，军乐也。黄帝使岐伯所以建武扬盛德，风劝战士也。周礼所谓'王大捷则令凯乐，军大捷则令凯歌'者也。汉乐有黄门鼓吹，天子所以宴乐群臣也。短箫铙歌，鼓吹之一章，亦以赐有功诸侯。"

〔九〕式道候，详见前注，但当有左、中、右三候，此恐脱一人。

〔一〇〕长安都尉，即京辅都尉，京兆尹所辖，为武职。因京兆尹府在长安，故称长安都尉。武帝元鼎四年（前一一三），置三辅都尉、都尉丞各一人，职虽同郡都尉，但因处于京畿，因而地位略高，秩比二千石。在护卫京师及皇帝出行时，也属执金吾管辖。又三辅黄图曰："三辅郡皆有都尉，如诸郡。京辅都尉治华阴，左辅都尉治高陵，右辅都尉治郿。"

〔一一〕亭长，秦汉时十里一亭，亭设亭长。汉平帝时，天下有亭二万九千六百三十五。亭长由县令或县长任命，主要职责为"禁盗贼"，即维护地方治安。皇帝出巡或地方长官出行，要随行护送。所以续汉舆服志曰："长安、雒阳令及王国都县加前后兵车，亭长，设右骓，驾两。"此亭长当指长安城亭长。

〔一二〕长安令，长安县县令。汉时户口万人以上县称令，万人以下县称长。其职责续汉百官志曰："皆掌治民，显善劝义，禁奸罚恶，理讼平贼，恤民时务，秋冬集课，上计于所属郡国。"

〔一三〕京兆掾史三人，京兆属三辅之首，其所属一般掾史，也较他郡地位高，薪俸亦高。如卒史，他郡百石，三辅为二百石；他郡只能用本郡人,三辅则可用外郡人;有功也可直接上报尚书迁补,无须再经察举例选。

〔一四〕京兆尹,本名内史,周官,秦因之,掌京师。汉景帝前元二年(前一五五)分置左右内史。武帝太初元年(前一〇四),右内史更名京兆尹。既是辖区名称,也是长官名称。辖长安以东至华阴。

〔一五〕司隶部,即司隶校尉部。汉官仪曰:"司隶校尉部河南、河内、右扶风、左冯翊、京兆、河东、弘农七郡于河南洛阳。"此虽是东汉制度,实际是沿袭西汉之制。其不同的是,东汉部洛阳,有固定的治所;西汉初无固定治所,傍依京师,巡行郡国而已。据居延汉简释文卷一所载,"刺史治所,且断冬狱",可推断至迟于昭帝时已是刺史治所。据汉书地理志,"至武帝攘却胡、越,开地斥境,南置交趾,北置朔方之州,兼徐、梁、幽、并夏周之制,改雍曰凉,改梁曰益,凡十三部,置刺史"。具体的说,西汉十三州为扬州、荆州、豫州、青州、兖州、凉州、幽州、冀州、并州、益州、交趾、朔方和唯一不设刺史而设司隶校尉的司隶校尉部。司隶校尉的主要属吏是从事,续汉百官志曰:"从事史十二人。本注曰:都官从事,主察举百官犯法者。功曹从事,主州选署及众事。别驾从事,校尉行部则奉引,录众事。簿曹从事,主财谷簿书。其有军事,则置兵曹从事,主兵事。其余部郡国从事,每郡国各一人,主督促文书,察举非法,皆州自辟除,故通为百石云。"故文中京兆从事,即校尉于京兆尹所置的从事。都部从事,即都官从事,"部"或系"官"之误。别驾乃省称,全称是别驾从事。如果细究,从事还有从事掾和从事史之分。汉书赵皇后传曰:"司隶解光奏言:'……臣遣从事掾业、史望,验问知状者。'"颜师古注曰:"业者掾之名,望者史之名也,皆不言其姓。"可见西汉时从事掾比从事史地位高一些。东汉时才通称从事史,省称从事。汉官仪曰:"元帝时,丞相于定国条州大小,为设吏员,治中、别驾、诸部从事,秩皆百石,同诸郡从事。"与百官志大致相同。而汉书王尊传注引汉旧仪曰:"刺史得择所部二千石卒史与从事。"可知刺史可以从所部郡国属吏中为自己选用手下。这也包括更低一级的属吏假佐,续汉百官志曰:"假佐二十五人。"又曰:"以郡吏补,岁满一更。"假佐为斗食小吏,有主簿、门亭长、门功曹书佐、孝经师、律令师及簿曹书佐之类。

〔一六〕司隶校尉,汉官名。汉书百官公卿表云,武帝征和四年(前八九)始置。初为临时督捕之官,专用来调查"巫蛊"一案,以查明江充诬太子埋木偶诅咒武帝,引发太子杀江充,起兵造反,兵败自杀一事。此后虽罢其兵,但仍督察三辅、三河及弘农七郡,渐成定制。司隶校尉主要职责是督察百官,以举不法。通典卷三二曰:"司隶校尉无所不纠,惟不察三公。"此言非是,汉书王尊传即言司隶校尉王尊劾奏丞相匡衡、御史大夫张谭"阿谀曲从,附下罔上",汉书匡衡传亦载司隶校尉张骏劾丞相匡衡"专地盗土以自益"。所以汉官仪曰:"司隶校尉纠皇太子、三公以下,及旁州郡国,无所不统。陛下见诸卿,皆独席。"其官仅六百石,便于皇帝掌控,但授权甚重,足任皇帝鹰犬。

〔一七〕廷尉,本为秦官,汉沿用之,为九卿之一,景帝中元六年(前一四四)及哀帝元寿二年(前一)一度改为大理,但其余时间均名廷尉,是汉代职掌刑狱的最高级别的司法官。

〔一八〕宗正,秦官,汉九卿之一,是管理皇族和外戚事务的大臣。正由于其工作性质,汉代宗正非刘氏宗亲不得出任。故通典曰:"西汉皆以皇族为之,不以他族。"

〔一九〕太常,秦称奉常,汉景帝中元六年改为太常,九卿之一。其主要职责在于"掌礼仪祭祀",其中以宗庙礼仪为主。汉官仪曰:"欲令国家盛大,社稷常存,故称太常,以列侯为之,重宗庙也。"

此外兼管为博士选拔弟子,督导教育,并从中择出"秀才异等"以补吏员。又汉官仪曰:"太常驾四马,主簿前车八乘,有铃下、侍阁、辟车、骑吏、伍伯等员。"唐六典引俱作"卤簿篇",可补此文。光禄,即光禄勋,秦称郎中令,汉九卿之一。续汉百官志曰:"本注曰:掌宿卫宫殿门户,典谒署郎更直执戟,宿卫门户,考其德行而进退之。郊祀之事,掌三献。"看来其主要职责是护卫宫内安全。然其属官有光禄大夫、太中大夫、中散大夫、谏议大夫、议郎等,则主要是"掌顾问应对,无常事,唯诏令所使。凡诸国嗣之丧,则光禄大夫掌吊"。而所辖谒者台,则是天子出,率谒者奉引,主殿上时节威仪及掌宾赞受事,及上章报问等。卫尉,汉九卿之一,率卫士,主宫内宿卫。汉官解诂曰:"卫尉主宫阙之内,卫士于垣下为庐,各有员部。居宫中者,皆施籍于门,案其姓名。若有医巫、傲人当入者,本官长吏为封启传,审其印信,然后内之。人未定,又有籍,皆复有符。符用木,长二寸,以当所属两字为铁印,亦太卿炙符。当出入者,案籍毕,复齿符,乃引内之也。其有官位得出入者,令执御者官,传呼前后以相通。从昏至晨,分部行夜,夜有行者,辄前曰:'谁?谁?'若此不解,终岁更始,所以重慎宿卫也。"汉官仪曰:"卫尉驾四马,主簿前车八乘,有铃下、侍阁、辟车、骑吏等员。"又曰:"鸿胪驾四马,主簿。"亦见唐六典,"主簿"下有脱文,当与前引同。故疑此卤簿"卫尉"下脱"鸿胪"二字。

164 〔二〇〕太尉,秦官,掌武事。然而自汉初此职即时设时废。如刘邦二年(前二〇五),以卢绾为太尉,五年罢太尉官。十一年(前一九六)又以周勃为太尉,不久即省。孝惠六年(前一八九)又置,周勃为太尉。文帝前元三年(前一七七),此职并入丞相。景帝前元三年(前一五四),以周亚夫为太尉,前元七年(前一五〇),又罢太尉官,以周亚夫为丞相。武帝建元元年(前一四〇），又复太尉官，以田蚡为太尉。二年即罢。此后改称大司马，或冠以将军，或不冠，或不置官属，或置官属，秩比丞相。西汉太尉可谓屈指可数。他往往是皇帝优宠有功大臣的一种待遇，明言掌武事，又无发兵实权，相对稳定的丞相而言，可有可无。至东汉，列三公之首，地位有较大改变，重点在录尚书事，官属也较西汉为多。都督，此官始于曹魏文帝，是中央或地方的军事首长，显非汉制，后人比附魏晋之制杂入。令史，东汉时有阁下令史、记室令史、门令史、令史，主要作书记，典文书，是较低级的文史。贼曹属，主盗贼事；仓曹属，主仓谷事；户曹属，主民户、祠祀和农桑；东曹掾，主二千石长史迁除及军吏；西曹掾，主府吏署用。后二掾为比四百石吏，前诸属均为比三百石吏。诸曹掾是否沿袭西汉之制不详，录此仅供参考。

〔二一〕西汉历任太尉有卢绾、周勃、灌婴、周亚夫、田蚡五人。见史记汉兴以来将相名臣年表。可参阅万斯同汉将相大臣年表，其断年或有可商榷之处。

〔二二〕太尉舍人，太尉左右亲近吏员之通称。祭酒，常以所选第一科德行高妙、志节清白的儒士担任，如丞相府有西曹南阁祭酒。又有博士祭酒，汉旧仪曰："选有道之人习学者祭酒。"又汉官仪曰："太常差选有聪明威重一人为祭酒，总领纲纪也。"又曰："汉置博士祭酒一人，秩六百石。"但无论汉书百官公卿表，还是续汉书百官志，均不言太尉属官有祭酒一职，唯见晋书舆服志，或此系晋制。

〔二三〕司徒，汉三公之一。本即丞相，汉哀帝元寿二年（前一）改为大司徒，御史大夫改为大司空。东汉时丞相、太尉（西汉晚期称大司马）、御史大夫改称司徒、太尉、司空，去"大"字。此言司徒，非西汉常制。列从，众属吏。

〔二四〕持戟吏，即仪仗吏员，手持大戟扈从警卫。

〔二五〕鼓吹一部，属司徒府所辖之军乐队。

〔二六〕中护军，秦有护军都尉，据汉书百官公卿表，武帝时属大司马，成帝时居大司马府比司直，哀帝时更名司寇，平帝时更名护军。此言中护军，则系值勤宫禁的武官。按汉书陈平传曰："平自初从，至天下定后，常以护军中尉从击臧荼、陈豨、黥布。"又汉书赵充国传曰："昭帝时，武都氐人反，充国以大将军护军都尉将兵击定之。"则汉初护军为护军中尉，在皇帝身边。西汉中期称护军都尉，隶属大将军府。晋书舆服志作"中道，驾驷"，与汉制有异。

〔二七〕步兵校尉，汉武官，八校尉之一。汉书百官公卿表曰："掌上林苑门屯兵。"长水校尉，亦汉八校尉之一，掌"长水宣曲胡骑"，颜师古注曰："长水，胡名也。宣曲，观名，胡骑之屯于宣曲者。"宣曲，汉离宫之一，位于上林苑昆明池西，今长安区斗门镇一带。西安高窑村出土上林铜鉴等二十二器，中有一鼎，铭文曰："上林宣曲宫初元三年受东郡白马宣房观鼎。"三辅黄图亦载有宣曲宫，则颜注作"宣曲观"，误。

〔二八〕队，古军队编制，百人为队。见左传襄公十年注。

〔二九〕骑队，骑兵队。晋书舆服志曰："骑队，五在左，五在右，队各五十匹，命中督二人分领左右。"可备参证。

〔三〇〕前军将军，汉官名，周末初置，秦因之，汉不常置，汉书百官公卿表曰："（将军）或有前后，或有左右，皆掌兵及四夷。"前军将军即其一。

〔三一〕射声校尉，汉八校尉之一，"掌待诏射声士"，即率善射之士，弓箭队也。翊军校尉，西晋武官。晋书武帝纪曰："（太康元年）六月丁丑，初置翊军校尉官。"则又证明此卤簿杂入晋制。"驾三"，晋书舆服志作"并驾一"，此记恐误。

〔三二〕骁骑将军，汉杂号将军之一。汉官仪曰："骁骑，汉官也。武帝

以<u>李广</u>为之。后<u>世祖建武</u>九年始改屯骑。"<u>汉书李广</u>传曰："后
<u>汉</u>诱单于以<u>马邑城</u>,使大军伏<u>马邑</u>傍,而<u>广</u>为骁骑将军。"游击
将军亦然,<u>汉</u>初<u>陈豨</u>为此将军,见<u>汉书高惠高后文功臣</u>表,文
曰："前元年从起<u>宛朐</u>,至<u>霸上</u>,为游击将军。"又各色杂号将军
可参阅<u>西汉会要</u>卷三二<u>职官</u>二。"驾三",<u>晋书舆服志</u>作"并驾
一"。

〔三三〕黄门,<u>汉</u>官,乃少府属官。黄门系宫中禁门,因门闼为黄色而命
名。因其"职任亲近,以供天子,百物在焉",所以职掌甚杂,如
有养马,即有黄门马监;有画工,故有黄门画工;有倡优,即有黄
门倡监,凡有一艺一德之士,都可在黄门待诏,以候选用,所以
有"待诏黄门"之说。本文所言前部鼓吹,当系黄门令所辖。其
训练则与少府属吏乐府令有关。又据<u>汉书李延年</u>传,<u>武帝</u>曾特
意安排<u>李延年</u>为协律都尉,佩二千石印绶。这临时设立的皇亲
之职,应与黄门令、乐府令职责相辅相成。

〔三四〕黄麾,<u>古今注</u>曰:"麾,所以指麾,(<u>周</u>)<u>武王</u>执白旄以麾是也。
乘舆以黄,诸公以朱,刺史二千石以缥。"可知黄麾是<u>汉魏六朝</u>
时皇帝专用仪仗中的黄色旌旗。骑,执黄麾的骑士。

〔三五〕校,<u>汉书卫青</u>传<u>颜师古</u>注曰:"校者,营垒之称,故谓军之一部
为一校。"

〔三六〕护驾御史,<u>续汉书舆服志</u>曰:"每出,太仆奉驾上卤簿,中常侍、
小黄门副;尚书主者,郎令史副;侍御史,兰台令史副。皆执注,
以督整车骑,谓之护驾。"所言虽是<u>东汉</u>之制,然侍御史随大驾
出,即为护驾御史。<u>汉官仪</u>曰:"侍御史在左驾马,询问不法
者。"据<u>百官公卿</u>表所载,侍御史与兰台令史均为御史中丞
属吏。

〔三七〕御史中丞,<u>汉</u>官,为御史大夫下属主吏。<u>汉书百官公卿</u>表曰:
"(御史大夫)有两丞,秩千石。一曰中丞,在殿中兰台,掌图籍

秘书,外督部刺史,内领侍御史员十五人,受公卿奏事,举劾按章。"御史中丞位虽低,但司职监察,权限极大,因此至东汉初,御史中丞取代御史大夫地位,与司隶校尉、尚书令,于朝会时,设专席独坐,故号"三独坐"。又与尚书令、谒者分掌宪台、中台和外台,位略次于尚书令。

〔三八〕谒者仆射,光禄勋属官,本为秦官,汉因之。续汉百官志曰:"谒者仆射一人,比千石。本注曰:为谒者台率,主谒者,天子出,奉引。古重习武,有主射以督录之,故曰仆射。"因主谒者台,常随侍皇帝,所以蔡质汉仪曰:"见尚书令,对揖无敬。谒者见,执板拜之。"按晋书舆服志,大驾御史中丞在后,谒者仆射在前,与汉制有所不同。

〔三九〕武刚车,续汉舆服志曰:"吴孙兵法云:'有巾有盖,谓之武刚车。'武刚车者,为先驱。"

〔四〇〕九斿车,续汉舆服志:"前驱有九斿、云罕、凤凰、闟戟、皮轩、鸾旗,皆大夫载。"又独断曰:"前驱有九斿、云罕、闟戟、皮轩、鸾旗车,皆大夫载。"大体相同且可信。刘昭注曰:"徐广曰:'斿车有九乘。'前史不记形也。武王克纣,百夫荷罕旗以先驱。东京赋曰:'云罕九斿。'薛综曰:'旌旗名。'"所谓"前史",指汉书也。又汉官仪曰:"甘泉卤簿有道车九乘,斿车九乘,在舆前。"又汉书五行志注引应劭曰:"斿,旌旗之旒,随风动摇也。"则九斿车,一作悬有九旒的旌旗的车,一作悬有带旒旌旗的车九乘。此大驾恐当以前者为是。

〔四一〕云罕车,一作云罒车,为前驱,旌旗名"云罒"。

〔四二〕皮轩车,续汉舆服志刘昭注引胡广曰:"皮轩,以虎皮为轩。"轩,车幡也,以虎皮为之。

〔四三〕闟戟,续汉志刘昭注曰:"薛综曰:'闟之言函也,取四戟函车边。'"

〔四四〕鸾旗车,汉书贾捐之传颜注曰:"鸾旗,编以羽毛,列系橦旁,载于车上,大驾出,则陈于道而先行。"又续汉舆服志曰:"鸾旗者,编羽旄,列系橦旁。民或谓之鸡翘,非也。"独断所言,与此大略相同,唯刘昭注引胡广曰:"鸾旗,以铜作鸾鸟车衡上。"

〔四五〕建华车,晋书舆服志曰:"建华车驾四,凡二乘,行则分居左右。"通典称其为"晋制","自后无闻"。此又系抄撮者杂入晋制的明证。

〔四六〕虎贲中郎将,郎中令即光禄勋的属官。本作期门郎,汉武帝建元三年(前一三八)初置,"比郎,无员,多至千人,有仆射,秩比千石。平帝元始元年(公元一),更名虎贲郎,置中郎将,秩比二千石"。说详汉书百官公卿表。武帝时,"武骑及待诏陇西、北地良家子能骑射者,期诸殿门,故有'期门'之号"。期门郎简称"期门",或称"期门武士",其职责是"执兵送从",保护皇帝安全,有时也应诏出征或出使。虎贲,续汉百官志刘昭注曰:"虎贲旧作'虎奔',言如虎之奔也。王莽以古有勇士孟贲,故名焉。孔安国曰'若虎贲兽',言其甚猛。"

〔四七〕尚书郎,汉官仪曰:"尚书郎四人,一人主匈奴单于营部,一人主羌夷吏民,一人主天下户口土田垦作,一人主钱帛贡献委输。"此所言是汉尚书台形成之初的情况。所以晋书职官志曰:"尚书郎,西汉旧置四人,以分掌尚书。"尚书郎秩四百石,或称尚书郎中,或称侍郎。故汉官仪曰:"尚书郎初上诣台,称守尚书郎,满岁称尚书郎中,三年称侍郎。"尚书本为秦官,属少府,但其机构设于禁中,是沟通皇帝与丞相的一个重要环节,即"掌通章奏"。汉承秦制,到武帝时,为加强中央集权,注重对尚书的利用,常用宦官任尚书,即形成中书。司马迁就当过中书令,但地位也像司马迁报任安书所言,不过"扫除之隶"而已。至元帝时,石显为中书令,统辖尚书,事无巨细,"因显白决",成为皇帝

制衡三公的重要力量和依靠力量。汉成帝正式使尚书台成为
独立机构，即建始四年（前二九）"初置尚书员五人"。其中一
人为尚书仆射，主尚书台事；另四人分为四曹，"常侍曹尚书主
公卿事，二千石曹尚书主郡国二千石事，民曹尚书主凡吏民上
书事，客曹尚书主外国夷狄事"。可见尚书台已成为皇帝与中
央、地方政府联系的核心孔道，为尚书台成为东汉至唐"无所不
统"的地位奠定了基础。

〔四八〕尚书的权力有一个逐步递增的过程，但终两汉，秩不过千石，并
一直隶属少府，所以出现下官坐大的尴尬局面。为了平衡各方
面关系，所以常常委任朝中亲信大臣或领尚书事，如霍光以大
司马大将军领尚书事；或平尚书事，如张敞为太中大夫，与光禄
大夫于定国一起平尚书事；或视尚书事，如薛宣即加宠特进视
尚书事。

〔四九〕相风乌车，三辅黄图卷五引郭延生述征记曰："长安宫南有灵
台，高十五仞，上有浑仪，张衡所制。又有相风铜乌，遇风乃动。
一曰：长安灵台，上有相风铜乌，千里风至，此乌乃动。又有铜
表，高八尺，长一丈三尺，广尺二寸，题云太初四年造。"其言灵
台有浑天仪，大谬。张衡乃东汉人，造浑天仪于汉顺帝阳嘉四
年（一三五），帝都在洛阳，与长安灵台无涉。然而铜乌测风
向，则可信。本车就是装有测风向的铜乌的车。

〔五〇〕殿中御史，即给事殿中的侍御史，员十五人，由御史中丞领录。
因分工不同，有不同的名称，如多半选明法律令者担任的是治
书侍御史，有掌符玺的则称符玺御史，于皇帝身边随侍治理大
狱的则称绣衣御史等等。

〔五一〕典兵中郎，即五官中郎，掌入守门户，出充车骑。归五官中郎将
统辖，上属光禄勋。"典"，原误作"兴"，据抱经堂本改。晋书
舆服志亦作"典兵中郎"。

〔五二〕高华，晋书舆服志作“高盖”，车名。此作“华”，恐误。又高门望族称高华，乃魏晋南北朝的习俗，与汉无涉，且魏晋大驾卤簿也从未言有高门参乘。

〔五三〕罼罕，晋书舆服志作“左罼右罕”，均指天子旗仗。

〔五四〕节，应劭曰：“节所以为信，以竹为之，长八尺，以旄牛尾为眊三重。”又释名曰：“节者，号令赏罚之节也。”汉代使者常持节出使，作为代表国家的信物。汉书苏武传曰：“苏武使匈奴，单于乃徙武北海上，武仗节牧羊，卧起操持，节毛尽落。”又张骞传曰：“张骞使月氏，匈奴得之，留骞十余岁，然骞持汉节不失。”本文所称之节，乃天子仪仗之一，是皇帝出行的标志。

〔五五〕御马，导驾之御马，自汉有之，为仪仗之马。

〔五六〕华盖，华丽的车盖，如伞状。

〔五七〕刚鼓，天子仪仗之一，置于天子所乘金根车前以立威。晋书舆服志作“摆鼓”。

〔五八〕金根车，秦始皇所用乘舆车，因涂金根之色而得名。汉承秦制，御为乘舆。据续汉舆服志载，其“轮皆朱班重牙，贰毂两辖，金薄缪龙，为舆倚较，文虎伏轼，龙首衔轭，左右吉阳筩，鸾雀立衡，㯳文画辀，羽盖华蚤，建大旂，十有二斿，画日月升龙，驾六马，象镳镂锡，金鋄方釳，插翟尾，朱兼樊缨，赤罽易茸，金就十有二，左纛以氂牛尾为之，在左騑马轭上，大如斗，是为德车”。

〔五九〕文有残缺，据晋书舆服志，下当有众多随从车辆，并以豹尾车殿后，以尽卤簿。

董仲舒答鲍敞问京师雨雹

元光元年七月〔一〕，京师雨雹〔二〕。鲍敞问董仲舒曰〔三〕:"雹何物也？何气而生之？"仲舒曰:"阴气胁阳气〔四〕。天地之气，阴阳相半，和气周回〔五〕，朝夕不息。阳德用事〔六〕，则和气皆阳，建巳之月是也〔七〕，故谓之正阳之月。阴德用事〔八〕，则和气皆阴，建亥之月是也〔九〕，故谓之正阴之月。十月阴虽用事，而阴不孤立，此月纯阴，疑于无阳〔一〇〕，故谓之阳月，诗人所谓'日月阳止'者也〔一一〕。四月阳虽用事，而阳不独存，此月纯阳，疑于无阴，故亦谓之阴月。自十月已后，阳气始生于地下，渐冉流散〔一二〕，故言息也〔一三〕；阴气转收，故言消也。日夜滋生，遂至四月，纯阳用事。自四月已后，阴气始生于天上，渐冉流散，故言息也；阳气转收，故言消也。日夜滋生，遂至十月，纯阴用事。二月、八月，阴阳正等，无多少也〔一四〕。以此推移，无有差慝〔一五〕。运动抑扬，更相动薄〔一六〕，则熏蒿歊蒸〔一七〕，而风雨云雾雷电雪雹生焉。气上薄为雨，下薄为雾。风其噫也〔一八〕，云其气也，雷其相击之声也，电其相击之光也。二气之初蒸也，若有若无，若实若虚，若方若圆。攒聚相合，其体稍重，故雨乘虚而坠。风多则合速，故雨大而疏。风少则合迟，故雨细而密。其寒月则雨凝于上，体尚轻微，而因风相袭，故成雪焉。寒有高下，上暖下寒，则上合为大雨，下凝为冰霰雪是也〔一九〕。雹，霰之流也〔二〇〕，阴气暴上，雨则凝结成雹焉。太平之世，则风不鸣条〔二一〕，开甲散萌而已〔二二〕；雨不破块〔二三〕，润叶津茎而已〔二四〕；雷不惊人，号令启发而已〔二五〕；电不眩目，宣示光耀而已〔二六〕；雾不塞望，浸淫被泊而已〔二七〕；雪不封条，凌殄毒害而已〔二八〕。云则五色而为庆〔二九〕,三色而成霱〔三〇〕;雾则结味而成甘,结润而成膏〔三一〕。此圣人之在上,则阴阳和,风雨时也〔三二〕。政多纰缪,则阴阳不调。风发屋〔三三〕,雨溢河,雪至牛目〔三四〕,雹杀驴马〔三五〕,此皆阴阳相荡〔三六〕,而为褉沴之妖也〔三七〕。"敞曰:"四月无阴,十月无阳,何以明阴不孤立,阳不独存邪?"仲舒曰:"阴阳虽异,而所资一气也。阳用事,此则气为阳;阴用事,此则气为阴。阴阳之时虽异,而二体常存。犹如一鼎之水,而未加火,纯阴也;加火极热,纯阳也。纯阳则无阴,息火水寒,则更阴矣;纯阴则无阳,加火水热,则更阳矣。然则建巳之月为纯阳,不容都无复阴也〔三八〕,但是阳家用事,阳气之极耳。荠麦枯〔三九〕,由阴杀也。建亥之月为纯阴,不容都无复阳也,但是阴家用事,阴气之极耳。荠麦始生,由阳升也。其著者,葶苈死于盛夏〔四〇〕,款冬华于严寒〔四一〕,水极阴而有温泉,火至阳而有凉焰。故知阴不得无阳,阳不容都无阴也。"敞曰:"冬雨必暖〔四二〕,夏雨必凉,何也?"曰:"冬气多寒,阳气自上跻〔四三〕,故人得其暖,而上蒸成雪矣。夏气多暖,阴气自下升,故人得其凉,而上蒸成雨矣。"敞曰:"雨既阴阳相蒸,四月纯阳,十月纯阴,斯则无二气相薄,则不雨乎?"曰:"然则纯阳纯阴,虽在四月十月,但月中之一日耳。"敞曰:"月中何日?"曰:"纯阳用事,未夏至一日;纯阴用事,未冬至一日。朔旦〔四四〕、夏至、冬至,其正气也。"敞曰:"然则未至一日,其不雨乎?"曰:"然。颇有之,则妖也。和气之中,自生灾沴,能使阴阳改节,暖凉失度。"敞曰:"灾沴之气,其

卷第五　董仲舒答鲍敞问京师雨雹

173

常存邪?"曰:"无也,时生耳。犹乎人四支五脏,中也有时,及其病也,四支五脏皆病也。"敞迁延负墙〔四五〕,俛揖而退〔四六〕。

【注释】

〔 一 〕元光,汉武帝年号。元光元年,即公元前一三四年。此事正史不载。古文苑"七月"作"二月"。

〔 二 〕雨雹,下起冰雹。史汉不书此事,或其尚未成灾。董仲舒以治春秋公羊学而闻名,学士往往师尊之。汉儒者任职后,也讲学不辍,董仲舒也不例外。鲍敞之问,是他向董仲舒求教于讲堂之上。

〔 三 〕鲍敞,人名,生平无考。

〔 四 〕汉书五行志曰:"盛阳雨水,温暖而汤热,阴气胁之不相入,则转而为雹。"

〔 五 〕周回,循环往复。

〔 六 〕阳德,指阳气。

〔 七 〕建巳之月,即夏历四月。古以十二地支记月,以夏历十一月建子,四月即建巳。

〔 八 〕阴德,指阴气。

〔 九 〕建亥之月,即夏历十月。

〔一〇〕疑于,近乎于。

〔一一〕典出诗经小雅杕杜,其文曰:"日月阳止,女心伤止。"

〔一二〕渐冉,渐渐。

〔一三〕息,滋生,发育。

〔一四〕二月、八月,正值春分、秋分,阴阳相等,所以无多少或强弱之分。

〔一五〕差慝,即差错。

〔一六〕更相动薄,互相推动,交互作用。

〔一七〕熏蒿歊蒸,气之蒸腾流散的样子。

〔一八〕噫,与嘘同义。是气在胸中壅塞后,突然吐出,通畅成风。

〔一九〕霰,雪珠。汉书五行志曰:"霰者,阳胁阴也。"

〔二○〕流,流变也。埤雅曰:"阳散阴为霰,阴包阳为雹。"

〔二一〕风不鸣条,是汉代流行的俗语。典出桓宽盐铁论水旱篇:"当
　　　　此之时,雨不破块,风不鸣条,旬而一雨,雨必以夜。"即风未摇
　　　　动树枝,因此也未引发出啸音。

〔二二〕开甲,破壳。散萌,种子长出芽来。

〔二三〕雨不破块,形容雨细如丝,不破坏土块的形状。

〔二四〕润、津,均是慢慢浸润之意。

〔二五〕春雷乍起,促发万物生长。

〔二六〕宣示,显现。

〔二七〕浸淫被泊,也是逐渐渗透润泽之意。

〔二八〕凌殄,消灭。

〔二九〕庆,即庆云,祥庆喜瑞的云气。瑞应图曰:"景云者,太平之气
　　　　也,一曰庆云。非气非烟,五色氤氲,谓之庆云。"

〔三○〕矞,即矞云,也是祥云,外赤内青之云气。

〔三一〕膏,滋润的甘霖。

〔三二〕时,及时,风雨依规律而至。

〔三三〕发屋,掀翻屋顶。

〔三四〕雪至牛目,雪封闭了牛的眼睛。

〔三五〕"雹",古今逸史本作"电"。

〔三六〕相荡,排斥、冲击。

〔三七〕祲沴之妖,左传昭公十五年曰:"吾见赤黑之祲,非祭祥,丧氛
　　　　也。"杜预注:"祲,妖氛也。"汉书谷永传颜师古注曰:"沴,灾
　　　　气也。"

〔三八〕不容,不应当。

〔三九〕葶,葶菜。古称靡草,礼记月令曰:"靡草死,麦秋至。"郑注曰:"旧说云:靡草,葶,亭历之属。"时值孟夏之月。麦,广雅曰:"麦,菜藻也。""麦",抱经堂本、古今逸史本、学津讨原本及古文苑均作"麦",野竹斋本则作"麦",当是。下文"葶麦始生"之"麦",原误作"麦",径改。

〔四〇〕淮南子曰:"葶冬生而夏死。"

〔四一〕欵冬,菊科,冬季开花,花蕾可入药。

〔四二〕"雨",抱经堂本作"雪"。

〔四三〕跻,升也。

〔四四〕朔旦,夏历每月的第一天。

〔四五〕礼记文王世子曰:"大司成论说在东序。凡侍坐于大司成者,远近间三席,可以问,终则负墙。"即大司成讲说时,学子可以提问的人,则在三席范围之内就坐并提问,大司成答毕,学子即退到后边,靠墙而坐。看来鲍敞是为京师雨雹之事,专门向董仲舒求教的,在得到令他信服的回答后,依礼退到墙边上,表示敬意。

〔四六〕俛揖,低下头行拱手礼。

郭舍人投壶

武帝时,郭舍人善投壶〔一〕,以竹为矢,不用棘也〔二〕。古之投壶,取中而不求还,故实小豆〔三〕,恶其矢跃而出也。郭舍人则激矢令还〔四〕,一矢百余反,谓之为骁〔五〕。言如博之竖棋于辈中〔六〕,为骁杰也。每为武帝投壶,辄赐金帛。

【注释】

〔一〕郭舍人,武帝时的宫中倡优。救武帝乳母之命者即此人,而非本书前所言之<u>东方朔</u>。其事载<u>史记</u>滑稽列传褚先生的补传,然而传未言及其善投壶事。投壶,是先秦时期开始流行的一种礼制,也是一种游戏。贵族聚会,君臣宴饮,常于席间设壶,广口大腹,颈部细长,一般中置豆子,空隙不大。如投矢过猛,矢会触豆后弹出。投壶中多者为胜。比赛中常指定司射一人,以裁决胜负。<u>河南济源泗涧沟西汉墓</u>中,曾出土一绿釉投壶,高二十六点六厘米。<u>南阳汉画像石概述</u>一文,也指出汉画像中有投壶场面,壶中有投入的两矢,旁有五人,其中二人正在投壶,每人手中有三矢,手执一矢作投掷状。壶侧有酒樽,樽上有一勺。一般投中多者为胜,负者则要罚酒,所以画中还有罚醉酒者被人搀出(文见<u>文物</u>一九七七年第六期)。

〔 二 〕棘,酸枣树枝,木质坚硬,古人用来制矢,用于投壶。

〔 三 〕<u>抱经堂</u>本"小豆"下补"于中"二字。既有"实"字,不补亦可,故仍其旧。

〔 四 〕激矢,使矢中壶里后弹起来。

〔 五 〕骁,本意勇猛,此作杰出超群解。

〔 六 〕六博戏中,各六子时,有一子到一定时候可转为枭棋,此子必竖起来,以区别于他子。事详前注引<u>洪兴祖楚辞补注</u>之<u>古博经</u>。<u>卢文弨</u>改"竖"为"掔"、"辈"为"掌",皆不明棋理,望文生义而误改。

象牙簟

<u>武帝</u>以象牙为簟〔一〕,赐<u>李夫人</u>〔二〕。

【注释】

〔 一 〕簟,席子,以竹为之,<u>武帝</u>改用象牙。

〔二〕"李",原误作"季",径改。

贾谊鹏鸟赋

　　贾谊在长沙[一],鹏鸟集其承尘[二]。长沙俗以鹏鸟至人家,主人死。谊作鹏鸟赋[三],齐死生,等荣辱,以遣忧累焉[四]。

【注释】

〔一〕在长沙,贾谊因得罪周勃等勋贵,文帝被迫将他贬为长沙王太傅。详见卷四注。

〔二〕鹏鸟,鸟名,又名山鸮,形似猫头鹰,古人以为是不祥鸟。故贾谊鹏鸟赋序即曰"鹏似鸮,不祥鸟也"。承尘,室内置于床上或榻上的物件。释名曰:"承尘施于上,以承尘土也。"承尘多由木板制成,四边缀有流苏以作装饰,大小则随床榻之大小而定。后汉书雷义传曰:郡功曹雷义尝济人于死罪,罪者奉金二斤以答谢他,雷义坚辞不受。金主趁其不在之时,偷偷将金子扔到承尘之上。雷義一直到修缮房屋时才发觉,因金主已死,便将金子上交给官府。可见承尘绝非纯由幔帐做成。

〔三〕贾谊改革受挫,又不习惯长沙卑湿的环境,总认为自己命不长久,此时恰又遇到鹏鸟临门,心中郁闷而作此赋,以自我调节。

〔四〕史记屈原贾生列传所载鹏鸟赋中云:"不以生故自宝兮,养空而浮;德人无累兮,知命不忧。"其意为体道之人,但养空性而心若浮舟。上德之人,心中无物累,是得道之士也。

金石感偏

　　李广与兄弟共猎于冥山之北[一],见卧虎焉。射之,一矢即毙。断其髑髅以为枕〔二〕,示服猛也〔三〕。铸铜象其形为溲器〔四〕,示厌辱之也。他日,复猎于冥山之阳,又见卧虎,射之,没矢饮羽〔五〕。进而视之,乃石也,其形类虎。退而更射〔六〕,镞破簳折而石不伤〔七〕。余尝以问扬子云〔八〕,子云曰:"至诚则金石为开〔九〕。"余应之曰:"昔人有游东海者,既而风恶,船漂不能制,船随风浪,莫知所之。一日一夜,得至一孤洲,共侣欢然〔一〇〕。下石植缆〔一一〕,登洲煮食。食未熟而洲没,在船者斫断其缆,船复飘荡。向者孤洲乃大鱼〔一二〕,怒掉扬鬐〔一三〕,吸波吐浪而去,疾如风云。在洲死者十余人。又余所知陈缟〔一四〕,质木人也〔一五〕。入终南山采薪,还晚,趋舍未至,见张丞相墓前石马〔一六〕,谓为鹿也,即以斧挝之,斧缺柯折,石马不伤。此二者亦至诚也,卒有沉溺缺斧之事,何金石之所感偏乎?"子云无以应余。

【注释】

〔 一 〕李广(?—前一一九),西汉名将,陇西成纪(今甘肃天水)人。与匈奴交战七十余,屡立战功,匈奴畏服,号其为飞将军。与卫青、霍去病有隙。元狩四年(前一一九)伐匈奴,因失道遭追究,以耻对刀笔吏而自杀。事详史记李将军传及汉书李广传。兄弟,李广唯有从弟李蔡,官至丞相,封乐安侯。广死第二年,坐侵孝景园壖地,下狱自杀。冥山,又名石城山、固城山,在今河南信阳东南。史汉传中仅载于右北平任太守时,广曾出猎,射草中石没镞,不闻冥山射虎,疑此记有误。

〔 二 〕髑髅,虎之头骨。风俗通义曰:"虎者,阳物,百兽之长也,能执搏挫锐,噬食鬼魅。今人卒得恶遇,烧虎皮饮之,系其爪,亦能辟恶,此其验也。"又<u>事物纪原</u>云后汉贵戚<u>梁冀</u>曾以玉做虎枕。可见以虎皮为饮,身系虎爪,枕虎枕,都是<u>汉</u>人避邪之俗。

〔三〕示服猛,表示降服猛兽。

〔四〕溲器,小便器。其器即虎子,<u>汉魏六朝</u>时期,多为瓷制。

〔五〕没矢饮羽,形容力大弓强,使箭没入石中,唯留箭尾于外。

〔六〕"更射"原误倒,据<u>抱经堂</u>本乙正。

〔七〕䈥,竹制箭杆。

〔八〕<u>扬子云</u>,即<u>扬雄</u>。

〔九〕<u>刘向新序</u>曰:"昔者<u>楚熊渠子</u>夜行,见寝石,以为伏虎,关弓射之,灭矢饮羽。下视,知石也。却复射之,矢摧无迹。<u>熊渠子</u>见其诚心而金石为之开,况人心乎?"此所述与<u>李广</u>大体相同,或同为传言亦未可知。此<u>刘歆</u>所言与其父相左,恐当非其撰<u>西京杂记</u>之一证。

〔一〇〕共侣,同行的伙伴。

〔一一〕下石,抛下石锚。<u>江苏赣榆徐阜村</u>出土有<u>汉</u>石锚一只。

〔一二〕向者,先前。大鱼,或系鲸鱼之属。

〔一三〕怒掉,奋力调头。扬鬐,摆动鱼鳍。

〔一四〕陈缟,人名,生平无考。

〔一五〕质木人,心性木讷的憨人。

〔一六〕<u>张丞相</u>,向新阳以为是指<u>张苍</u>。因西汉只有两个<u>张丞相</u>,另一个张禹,成帝时为相,墓在<u>平陵肥牛亭</u>,即今<u>咸阳</u>西北,渭水北岸,不可能在<u>终南山</u>。<u>张苍</u>的葬地有可能在<u>终南山</u>。愚以为<u>张苍</u>虽封北平侯,封地在今<u>河北满城</u>北,按例当葬于彼。但汉时吏二千石以上,特别是重臣,往往徙居陵县。<u>张苍</u>为<u>汉文帝</u>的丞相,极可能徙居<u>霸陵</u>,即今<u>西安霸桥毛西村</u>一带,并陪葬于<u>霸陵</u>。此地处<u>终南山</u>北麓,大体可信。

卷第六

文木赋

鲁恭王得文木一枚〔一〕,伐以为器,意甚玩之〔二〕。中山王为赋曰〔三〕:"丽木离披〔四〕,生彼高崖。拂天河而布叶〔五〕,横日路而擢枝〔六〕。幼雏嬴鷇〔七〕,单雄寡雌,纷纭翔集,嘈噭鸣啼。载重雪而梢劲风〔八〕,将等岁于二仪〔九〕。巧匠不识,王子见知。乃命班尔〔一○〕,载斧伐斯。隐若天崩,豁如地裂〔一一〕。华叶分披,条枝摧折。既剥既刊〔一二〕,见其文章。或如龙盘虎踞,复似鸾集凤翔。青缟紫绥,环璧珪璋〔一三〕。重山累嶂,连波叠浪。奔电屯云,薄雾浓雾〔一四〕。麋宗骥旅〔一五〕,鸡族雉群。蜀绣鸯锦〔一六〕,莲藻芰文〔一七〕。色比金而有裕,质参玉而无分〔一八〕。裁为用器,曲直舒卷,修竹映池,高松植巘〔一九〕。制为乐器,婉转缦纾。风将九子,龙道五驹〔二○〕。制为屏风,郁弟穹隆〔二一〕。制为杖几,极丽穷美。制为枕案,文章璀璨,彪炳涣汗〔二二〕。制为盘盂,采玩踟蹰〔二三〕。猗欤君子,其乐只且〔二四〕!"恭王大悦,顾盼而笑,赐骏马二匹。

【注释】

〔 一 〕文木,古今注曰:"䃝木,出交州林邑,色黑而有文,亦谓之文木。"又左思吴都赋刘渊林注曰:"文,文木也。材密致无理,色黑如水牛角,日南有之。"可见是一种产于越南的高级乌木。

〔 二 〕玩,欣赏。

〔 三 〕中山王,刘胜也,鲁恭王之弟。好"听音乐,御声色",不闻善为赋。汉书有传。

〔 四 〕离披,散乱状。

〔 五 〕天河,即银河。

〔 六 〕日路,太阳运行的轨迹。"摧枝",原作"摧枚",据抱经堂本、秦汉图记本、万历本、津逮秘书本、学津讨原本等改。古文苑亦作"摧枝"。

〔 七 〕鷇,待哺的幼鸟。

〔 八 〕"梢",原作"稍",据抱经堂本、古今逸史本改。古文苑亦作"梢"。

〔 九 〕二仪,即天与地。

〔一〇〕班,鲁班;尔,王尔。以喻所用工匠均为巧匠。

〔一一〕隐、豁,俱为象声辞,以喻文木被伐倒时所发出的巨大而怪异的声音。

〔一二〕剥,剥去树皮;刊,砍斫树枝。

〔一三〕此句形容文木的纹理,如绶带般青紫,如珪璋般似玉之细腻。

〔一四〕雾,也是雾气。

〔一五〕麕,雄鹿。

〔一六〕蝎,蛾之幼虫,形似蚕。

〔一七〕芰,菱也。"或如"以下均是形容文木纹理的形状与特色。

〔一八〕参,等同。

〔一九〕嵼,重峦叠嶂。

〔二○〕古文苑章樵注曰："伶伦制十二箭,以应凤鸣,丘仲截竹吹之,象水中龙吟。'将子'、'道驹',言声音烦杂,自然清亮。"按风俗通义曰:"谨按尚书:舜作箫韶九成,凤凰来仪。"又曰:"(笛)武帝时丘仲所作也。马融笛赋曰:'近世双笛从羌起,羌人伐竹未及已。龙鸣水中不见己,截竹吹之音相似。'"则汉代已用凤鸣比喻箫声,龙吟比喻笛声。

〔二一〕郁弟,山高峻险拔之貌。穹隆,曲折状。

〔二二〕涣汗,形容文章有号令既出不可更改的气势,于此则比喻木质纹理精彩而富有感染力。

〔二三〕踟蹰,以喻悠然自得的样子。

〔二四〕只且,句末语气辞。

广川王发古冢

广川王去疾〔一〕,好聚无赖少年,游猎毕弋无度〔二〕,国内冢藏〔三〕,一皆发掘。余所知爰猛〔四〕,说其大父为广川王中尉〔五〕,每谏王不听,病免归家。说王所发掘冢墓不可胜数,其奇异者百数焉。为余说十许事,今记之如左。

【注释】

183

〔一〕广川王去疾,为汉武帝之兄即广川惠王刘越之孙。汉书景十三王传作"去"。汉代取名,为了祈福免灾,常以去病、弃疾、无忌、毋伤、不害命名,极少见只名"去"的,疑汉书本传误脱"疾"字。该王好侠士,仰慕成庆,常着短衣,挎长剑。为人暴虐,以酷刑杀其姬妾众多。后事发自杀。掘冢之事,本传弗载。

〔二〕毕，捕猎禽兽所用的长柄网子；弋，指以绳系于箭尾而射的
猎法。

〔三〕国，指广川国，都信都，在今河北冀县。冢藏，墓及墓中陪葬品。

〔四〕所知，所结交的朋友。爰猛，人名，生平无考。

〔五〕大父，即祖父。中尉，此为诸侯王国的最高军事长官，掌封国内
的治安和王宫宿卫。

魏襄王冢

魏襄王冢〔一〕，皆以文石为椁，高八尺许，广狭容四十
人。以手扪椁，滑液如新。中有石床、石屏风，宛然周
正〔二〕。不见棺枢明器踪迹〔三〕，但床上有玉唾壶一枚、铜剑
二枚。金玉杂具，皆如新物，王取服之。

【注释】

〔一〕魏襄王，战国时魏国的国君，魏惠王之子，公元前三一八年即
位，在位二十二年，公元前二九六年去世。在与秦、楚之交锋
中，屡屡败北，河西之地尽归于秦。晚年，被迫以张仪为魏相。
事详史记魏世家，并可参阅战国策。

〔二〕周正，完整。

〔三〕明器，即冥器，随葬器物之总称。

哀王冢

哀王冢〔一〕，以铁灌其上，穿凿三日乃开。有黄气如
雾，触人鼻目，皆辛苦不可入。以兵守之，七日乃歇。初至
一户，无扃钥〔二〕。石床方四尺，床上有石几，左右各三石
人立侍，皆武冠带剑。复入一户，石扉有关钥〔三〕，叩开，见

棺枢，黑光照人。刀斫不入，烧锯截之，乃漆杂兕革为棺〔四〕，厚数寸，累积十余重，力不能开，乃止。复入一户，亦石扉，开钥得石床，方七尺。石屏风、铜帐鏚一具〔五〕，或在床上，或在地下，似是帐糜朽，而铜鏚堕落。床上石枕一枚，尘埃朏朏〔六〕，甚高，似是衣服〔七〕。床左右石妇人各二十，悉皆立侍，或有执巾栉镜镊之象〔八〕，或有执盘奉食之形。无余异物，但有铁镜数百枚。

【注释】

〔 一 〕哀王，<u>魏哀王</u>，<u>襄王</u>之子，在位二十三年。事详<u>史记 魏世家</u>。

〔 二 〕扃钥，门栓和门锁。

〔 三 〕关，即门内的横木栓。

〔 四 〕兕革，犀牛皮。

〔 五 〕鏚，即钩。

〔 六 〕朏朏，尘土积得很厚的样子。

〔 七 〕衣服，古代常以墓主生前所服的衣服作陪葬。这里所言，乃成摞的衣服风化后的样子。所以尘土很厚，实际上是衣物炭化后的状况。

〔 八 〕巾栉镜镊，即毛巾、梳子、铜镜、镊子等洗漱、沐浴和化妆的用品。

魏王子且渠冢

<u>魏王子 且渠冢</u>〔一〕，甚浅狭，无棺枢，但有石床，广六尺，长一丈，石屏风，床下悉是云母。床上两尸，一男一女，皆年三十许，俱东首，裸卧无衣衾〔二〕，肌肤颜色如生人，鬓发齿爪亦如生人〔三〕。王畏惧之，不敢侵近，还，拥闭如

旧焉。

【注释】

〔 一 〕且渠,人名,生平无考。

〔 二 〕衾,覆盖尸体的单被。

〔 三 〕"爪"或作"牙"。

袁盎冢

袁盎冢〔一〕,以瓦为棺椁,器物都无,唯有铜镜一枚。

【注释】

〔 一 〕袁盎(?—前一四八),字丝,楚人。汉文帝时,初任郎中,刚正敢直谏,名重朝廷。历任齐国、吴国、楚国国相。因阻止景帝立梁王为嗣,被梁王派刺客于安陵郭门外杀死。事详史汉本传。又汉书作"爰盎"。

晋灵公冢

晋灵公冢〔一〕,甚瑰壮,四角皆以石为獲犬捧烛〔二〕,石人男女四十余,皆立侍,棺器无复形兆〔三〕,尸犹不坏,孔窍中皆有金玉〔四〕。其余器物皆朽烂不可别,唯玉蟾蜍一枚,大如拳,腹空,容五合水,光润如新,王取以盛书滴〔五〕。

【注释】

〔 一 〕晋灵公,名夷皋,春秋时晋文公之孙,晋襄公之子。公元前六二〇年即位,公元前六〇七年去世。在位时无道,常登台,以弹丸射人为乐。因迫使重臣赵盾出逃,引发赵氏集团不满,遂被赵穿袭杀于桃园。事详史记晋世家。

〔 二 〕獲,大猿。尔雅释兽曰:"玃父,善顾。"据此,则"犬"字恐系

"父"字之误。

〔 三 〕形兆,踪迹。

〔 四 〕古葬制,七窍俱用玉或金填塞,以求灵魂安好,以祈尸身完好。

〔 五 〕书滴,磨墨之水。盛书滴,即以此玉蟾蜍盛放研墨汁所用
之水。

幽王冢

<u>幽王冢</u>〔一〕,甚高壮,羡门即开〔二〕,皆是石垩〔三〕,拨除
丈余深,乃得云母,深尺余,见百余尸,纵横相枕藉,皆不
朽,唯一男子,余皆女子,或坐或卧,亦犹有立者,衣服形色
不异生人。

【注释】

〔 一 〕<u>幽王</u>,秦以前,为幽王者有<u>周幽王</u>、<u>楚幽王</u>,均不可能葬于<u>广川</u>
<u>国</u>境内。<u>晋</u>末有<u>晋幽公</u>,公元前四三七年在位,前四一九年<u>幽</u>
<u>公</u>"淫妇人,夜窃出邑中,盗杀<u>幽公</u>。<u>魏文侯</u>以兵诛<u>晋</u>乱,立<u>幽</u>
<u>公</u>子<u>止</u>,是为<u>烈公</u>",则<u>幽公</u>好淫,与此墓中多妇人正相合。疑
"<u>幽王</u>"系"<u>幽公</u>"之误。其生平见<u>史记晋世家</u>。

〔 二 〕羡门,墓道门。

〔 三 〕石垩,石膏泥。

栾书冢

<u>栾书冢</u>〔一〕,棺柩明器,朽烂无余。有一白狐,见人惊
走,左右遂击之〔二〕,不能得,伤其左脚。其夕〔三〕,王梦一丈
夫,须眉尽白,来谓王曰:"何故伤吾左脚?"乃以杖叩王左
脚。王觉,脚肿痛生疮,至死不差〔四〕。

〔 一 〕栾书（？—前五七三），即栾武子，春秋时晋国著名大夫。晋厉
公时，掌晋国大政。厉公无道，欲诛栾书，于是栾书囚杀厉公，
立晋悼公为君。然而至晋平公八年，栾氏被族灭。事详史记晋
世家及左传。又畿辅通志曰："栾书墓在栾城县西北五里。"

〔 二 〕"遂"，抱经堂本作"逐"。

〔 三 〕"其"，原作"有"，据众本改。

〔 四 〕差，即瘥，痊愈的意思。

太液池五舟

太液池中有鸣鹤舟、容与舟〔一〕、清旷舟、采菱舟〔二〕、越
女舟。

【注释】

〔 一 〕容与，安逸自得状。

〔 二 〕采菱，三辅黄图卷四引庙记曰："有采莲女鸣鹤之舟。"疑此恐
当作"采莲"为是。

孤树池

太液池西有一池，名孤树池。池中有洲，洲上黏树一
株〔一〕，六十余围，望之重重如盖，故取为名。

【注释】

〔 一 〕黏树，即杉树。

昆明池中船

昆明池中有戈船、楼船各数百艘〔一〕。楼船上建楼橹〔二〕,戈船上建戈矛,四角悉垂幡旄〔三〕,旍葆麾盖〔四〕,照灼涯涘〔五〕。余少时犹忆见之。

【注释】

〔 一 〕戈船,汉书武帝纪注引臣瓒曰:"伍子胥书有戈船,以载干戈,因谓之戈船也。"即配备有可刺可钩的戟的战船。楼船,汉书武帝纪注引应劭曰:"作大船,上施楼也。"

〔 二 〕橹,即庐。释名曰:"其上屋曰庐,像庐舍也。其上重屋曰飞庐,在上,故曰飞也。"楼橹,即建有飞庐的船。释名又曰:"五百斛以上还有小屋,曰斥候,以视敌进退也。""五百斛"指船的重量。

〔 三 〕旄,一切经音义引通俗文曰:"毛饰曰旄。"幡旄,各色旗帜也。

〔 四 〕旍,同旌,旗也。葆,车盖,上饰有五色羽毛。

〔 五 〕涯涘,水边。

玳瑁床

韩嫣以玳瑁为床〔一〕。

【注释】

〔 一 〕玳瑁,似海龟的一种爬行类动物。背有深褐色和黄色相间的甲片,可作装饰品,也可入药。

汉太史公

汉承周史官[一]，至武帝置太史公[二]。太史公司马谈[三]，世为太史；子迁，年十三，使乘传行天下[四]，求古诸侯史记，续孔氏古文[五]，序世事，作传百三十卷，五十万字[六]。谈死，子迁以世官复为太史公，位在丞相下[七]。天下上计，先上太史公，副上丞相。太史公序事如古春秋法，司马氏本古周史佚后也[八]。作景帝本纪，极言其短及武帝之过，帝怒而削去之[九]。后坐举李陵，陵降匈奴，下迁蚕室。有怨言，下狱死[一〇]。宣帝以其官为令[一一]，行太史公文书事而已，不复用其子孙。

【注释】

〔 一 〕史记太史公自序曰："其在周，程伯休甫其后也。当周宣王时，失其守而为司马氏。司马氏世典周史。惠、襄之间，司马氏去周适晋。晋中军随会奔秦，而司马氏入少梁。"在适晋时，司马氏开始散入各国，在秦者为司马错。错孙靳，曾为白起手下。靳孙昌，为秦主铁官。昌生无择，无择生喜，喜生谈，为汉太史令。所以汉设太史令，源出周之太史，故言"汉承周史官"。

〔 二 〕太史公，实名太史令。秦时属奉常所辖，汉改奉常为太常，臣瓒曰太史令秩千石。所言为西汉之制，东汉则为六百石吏。其职责是"掌天时星历。凡岁将终，奏新年历。凡国祭祀、丧、娶之事，掌奏良日及时节禁忌。凡国有瑞应、灾异，掌记之"。事详续汉书百官志。又史记索隐曰："案茂陵书，谈以太史丞为太史令，则'公'者，迁所著书尊其父云'公'也。""而如淳引卫宏仪注称'位在丞相上',谬矣。案百官表又无其官。且修史之官，国家别有著撰，则令郡县所上图书皆先上之，而后人不晓，误以为在丞相上耳。"史记正义则引虞喜志林云："古者主天官者皆上公，自周至汉，其职转卑，然朝会坐位犹居公上。尊天之道，其官属仍以旧名尊而称也。"然司马迁报任安书曰："仆之先人非有剖符丹书之功，文史星历近乎卜祝之间，因主上所戏弄，倡优畜之，流俗之所轻也。"又曰："向者仆常处下大夫之列，陪外廷末议。"则汉时地位并不高，且传文除司马迁外，鲜有正式提谈、迁为"太史公"者，有也是尊称，可见史记索隐之说近是。虞喜所言，纯属臆说。

〔三〕司马谈（？—前一一〇），夏阳（今陕西韩城）人，西汉史学家和思想家。史记一书始写于其手，其论六家要旨是汉初总结诸子百家的重要著作。

〔四〕传，传舍，官办的接待站。传中有车，备官员往来使用。司马迁行天下，全乘传舍所备之车，谓之传车，或乘传。

〔五〕史记太史公自序曰："先人有言：'自周公卒五百岁而有孔子，孔子卒后至于今五百岁，有能绍明世，正易传，继春秋，本诗书礼乐之际？'意在斯乎！意在斯乎！小子何敢让焉。"先人，司马谈也。"继春秋"，即此所谓"续孔氏古文"也。

〔六〕史记太史公自序曰："罔罗天下放失旧闻，王迹所兴，原始察终，见盛观衰，论考之行事，略推三代，录秦汉，上记轩辕，下至于兹，著十二本纪，既科条之矣。并时异世，年差不明，作十表。礼乐损益，律历改易，兵权山川鬼神，天人之际，承敝通变，作八书。二十八宿环北辰，三十辐共一毂，运行无穷，辅拂股肱之臣配焉，忠信行道，以奉主上，作三十世家。扶义俶傥，不令己失时，立功名于天下，作七十列传。凡百三十篇，五十二万六千五百字，为太史公书。"

〔七〕此记与卫宏汉旧仪作"位在丞相上"不同,更近于事实。

〔八〕史佚,周史官。但与司马氏有何血缘关系,似无考。

〔九〕汉旧仪曰:"司马迁作景帝本纪,极言其短及武帝过,武帝怒而削去之。"与此记同,当是葛洪所本。又三国志魏书王肃传曰:"(文)帝又问:'司马迁以受刑之故,内怀隐切,著史记非贬孝武,令人切齿。'对曰:'司马迁记事,不虚美,不隐恶,刘向、扬雄服其善叙事,有良史之才,谓之实录。汉武帝闻其述史记,取孝景及己本纪览之,于是大怒,削而投之,于今此两纪有录无书。'"当亦系王肃从卫宏之说而推衍之。余嘉锡太史公书亡篇考以为此乃卫宏、王肃"不解十篇何以有录无书,尤以帝纪之重要而竟亡失,以为必有其故,于是以其私意妄为揣测而为之辞"。详见余嘉锡论学杂著一书。

〔一〇〕此段文字亦见汉旧仪及三国志魏书王肃传。坐举李陵事,详见史记李将军列传、汉书司马迁传及报任安书。李陵,李广之孙,武帝天汉二年(前九九)出击匈奴,被围,救兵不至,而降匈奴。司马迁以为陵非真降,而欲待机报效汉室。迁并未举荐他为将,仅替他辩解而已,可见此文多有不实。蚕室,即执行阉刑的场所,所以司马迁于此受宫刑后,一度出任中书令,借以完成史记的撰作,最后终老而死,而非"下狱死"。

〔一一〕汉书百官公卿表、续汉百官志均不言宣帝改"公"为"令"事,且百官公卿表仅言"宣帝黄龙元年(前四九)稍增(博士)员十二人"而已。汉旧仪及此记所言不确。

皇太子官

皇太子官称家臣〔一〕,动作称从〔二〕。

【注释】

〔一〕家臣,百官公卿表太子有"家令丞",注引张晏曰:"太子称家,故曰家令。"可知家臣即太子吏员的通称。或称"家吏",汉书武五子传注引臣瓒曰:"家吏,是太子吏也。"

〔二〕汉旧仪曰:"皇太子称家,动作称从。"从,随从之意,天子进称"御",太子进称"从"。

驰象论秋胡

杜陵秋胡者[一],能通尚书,善为古隶字[二],为翟公所礼[三],欲以兄女妻之。或曰:"秋胡已经娶而失礼,妻遂溺死,不可妻也。"驰象曰[四]:"昔鲁人秋胡,娶妻三月而游宦三年,休[五],还家,其妇采桑于郊,胡至郊而不识其妻也,见而悦之,乃遗重金一镒[六]。妻曰:'妾有夫,游宦不返,幽闺独处,三年于兹,未有被辱如今日也[七]。'采不顾。胡惭而退,至家,问家人妻何在,曰:'行采桑于郊,未返。'既还,乃向所挑之妇也。夫妻并惭。妻赴沂水而死[八]。今之秋胡,非昔之秋胡也。昔鲁有两曾参,赵有两毛遂[九]。南曾参杀人见捕,人以告北曾参母。野人毛遂坠井而死,客以告平原君[一〇]。平原君曰:'嗟乎,天丧予矣!'既而知野人毛遂,非平原君客也。岂得以昔日之秋胡失礼而绝婚今之秋胡哉?物固亦有似之而非者。玉之未理者为璞,死鼠未腊者亦为璞[一一];月之旦为朔,车之辋亦谓之朔[一二],名齐实异,所宜辨也。"

193

【注释】

〔 一 〕杜陵,汉宣帝陵邑。秋胡,人名。

〔 二 〕古隶,即隶书,流行于秦汉。今隶为楷书,流行于三国。

〔 三 〕翟公,史记汲郑列传太史公赞曰:"下邽翟公有言,始翟公为廷尉,宾客阗门;及废,门外可设雀罗。翟公复为廷尉,宾客欲往,翟公乃大署其门曰:'一死一生,乃知交情。一贫一富,乃知交态。一贵一贱,交情乃见。'"下邽,汉县名,在今陕西渭南市东北。礼,礼遇。

〔 四 〕驰象,人名,生平无考。

〔 五 〕休,休假。

〔 六 〕镒,古货币单位。秦制,黄金为上币,以镒为单位。一说一镒重二十两,说见战国策齐策高诱注:"二十两为一金。"一说二十四两为一镒,见文选左思吴都赋李善注,文曰:"金二十四两为镒。"

〔 七 〕"如",原作"于",据万历本、秦汉图记本、汉魏丛书本改。

〔 八 〕沂水,水名,源出山东沂源,经沂水、沂南、临沂,过江苏邳县,入泗水。又此故事还见于刘向列女传卷五鲁秋洁妇,事有所出入。

〔 九 〕曾参,即曾子(前五〇五—前四三六),名参,字子舆,孔子弟子,以孝著称。此本节所谓"北曾参"也。两曾参事,见战国策秦策二,其文曰:"昔者曾子处费,费人有与曾子同名族者而杀人,人告曾子母曰:'曾参杀人。'曾子之母曰:'吾子不杀人。'织自若。有顷焉,人又曰:'曾参杀人。'其母尚织自若也。顷之,一人又告之曰:'曾参杀人。'其母惧,投杼逾墙而走。"毛遂,则见史记平原君列传,为平原君门客,他自荐随平原君使楚,说服楚王与赵合纵,被平原君尊为上客。

〔一〇〕平原君(? —前二五一),即赵胜,赵国公子,养宾客多至数千人,号战国"四公子"之一。曾为赵惠文王及孝成王相。事见史记平原君列传。

〔一一〕此二句典出战国策秦策三,其文曰:"郑人谓玉未理者璞,周人谓鼠未腊者朴。"腊,干肉也。"朴"亦作"璞"。又本篇"腊",原作"屠",据津逮秘书本、古今逸史本、汉魏丛书本、抱经堂本改。

〔一二〕辀,车辕也。

附录一　版本序跋

晋葛洪西京杂记跋

洪家世有刘子骏汉书一百卷，无首尾题目，但以甲乙丙丁纪其卷数。先父传之。歆欲撰汉书，编录汉事，未得缔构而亡，故书无宗本，止杂记而已，失前后之次，无事类之辨。后好事者以意次第之，始甲终癸，为十帙，帙十卷，合为百卷。洪家具有其书，试以此记考校班固所作，殆是全取刘书，有小异同耳。并固所不取，不过二万许言。今抄出为二卷，名曰西京杂记，以裨汉书之阙。尔后洪家遭火，书籍都尽，此两卷在洪巾箱中，常以自随，故得犹在。刘歆所记，世人希有，纵复有者，多不备足。见其首尾参错，前后倒乱，亦不知何书，罕能全录。恐年代稍久，歆所撰遂没，并洪家此书二卷不知出所，故序之云尔。

洪家复有汉武帝禁中起居注一卷，汉武故事二卷，世人希有之者。今并五卷为一帙，庶免沦没焉。

197

明黄省曾西京杂记序

汉之西京，惟固书为该练，非固之所能尔，亦其所资者赡也。仲尼约之宝书，马迁鸠诸国史，因本而成，在古皆然也。暇得葛洪氏西京杂记读之，云为刘子骏所撰，以甲乙第次百卷。考比固作，殆是全取刘书，有小异同耳。洪又抄集固所不录者二万许言，命曰西京杂记。予于是始知固之汉书，盖根起于子骏也。乃遡忆其所不录之故，大约有四，则猥琐可略，闲漫无归，与夫杳昧而难凭、触忌而须讳者也。其猥琐者，则霍妻遗衍之类是也。其闲漫者，则上林异植之类是也。其杳昧者，则宣狱佩镜、秦库玉灯之类是也。而其触忌者，则庆郎、赵后之类是也。凡若此者，披金置沙，法所删弃矣。至于乘舆大驾，仪在典章，鲍董问对，言关理奥，亦皆摈落而无采，宜书而不书者，何也？岂不幸存于杂记欤？但今所传且失其半，又非洪之故简矣。呜呼，后代之儒，安得如子骏者，遝收汇集，以待班固者出欤？诚为史家之一慨也。

吴郡黄省曾撰。嘉靖十三年二月四日。

明孔天胤刻西京杂记序

西京杂记以记汉故事名。本叙谓是刘歆所编录，歆多闻博综，故所述经奇。今关中固汉西京也，鸿人达士慕汉之盛,吊古登高,往往叹陵谷之变迁,伤文献之阙绝。或得断碑残础,片简只字,云是汉者,即欣睹健羡,如获珙璧,方且亟为表识,恐复湮灭,好古之信也。乃若此书所存,言宫室苑囿、舆服典章、高文奇技、瑰行伟才,以及幽鄙,而不涉淫怪,烂然如汉之所极观,实盛称长安之旧制矣。故未央、昆明、上林之记,详于郡史;卿、云辞赋之心,闳于本传;文木等八赋,雅丽独陈;雨雹对一篇,天人茂著。余如此类,遍难悉敷,然以之考古,岂不炯览巨丽哉?缘其书罕传,故关中称多古图籍,亦独阙之。余携有旧本在巾笥中,会左史百川张公下车宣条,敦修古艺宪之事,余因出其书商之,遂命工锓梓,置省阁中,以存旧而广传,不知好古者视之果如何也?

嘉靖壬子夏四月上日河汾孔天胤识。

明柯茂竹西京杂记序

昔太史公约国语、战国策诸籍作史记,然诸籍不以故弗传。顾班史一成,而刘子骏汉书遂废,独葛稚川家有之,乃于班氏所不著录者掇为西京杂记云。余读之,耽其藻质而忘其俶诡。东方朔之全乳哺,是讽谏之术也;齐贺之让次卿,是微巧之坊也;司马长卿之论赋,是文心之秘也;董生之对鲍敞,是天人之微也。若此类,班皆遗之。亡其病班乎?曰:史尚简严,班史犹然繁也。诚严即遗,奚病?然则杂记非骈枝与?曰:杂记见班史之本也,美物者依其本,乃自昔贵之矣。

万历乙亥季秋序,甲申季秋书。

明郭子章合刻秦汉图记叙

海阳令莆中柯尧叟刻西京杂记于邑署,会上令郡国各贡书籍实翰苑国学,子章以是刻并郡诸刊,上之岳伯华亭蔡公。公曰:"粤中故无此刻,若合三辅黄图并刻,以备秦汉,固亦一奇也。"子章以语别驾梁君质夫,总付剞劂,名曰秦汉图记。考之二书,皆未著作者。黄图纪关中宫室苑囿,或谓出梁陈间,或谓出汉魏间,新安程泰之辨其有唐邑名,直以为唐书。杂记载西汉遗事,或谓出刘子骏,或谓出葛稚川,而晁氏又谓吴均依托为之,俱未可知。予比而卒业之,则有国者可以镜己。王道繁侈,孰逾秦汉间。秦以阿房、长城,自屋其社。汉承秦习,未央壮丽,而曲为之说,曰令后世无以加也。图称汉武金涂玉砌,荔宫兰榭,安在其无加乎!记载事大都详于武、成以下,而略于高、文。赵后、文君之丑秽,珠襦玉匣之雕靡,嵩真、元理之诡幻,蹴踘角抵之荡恣,玉灯铜人之淫巧,上则渐侈渐弊,士则渐鄙渐漓,卒及于季,革而为新。则此二书者,即二代之故实,万世之龟鉴也。至于左、张籍之以丽赋,班、范资之以成史,其裨补文家,岂特若论衡之谈助、博古之款识已邪?嗟呼!汉宫一瓦,五陵一卮,今士大夫得之,特以为研,觥以为寿,而况乎图记所载者,皆盘之铭,户牖之箴也。以彼易此,是谓以博黍换千金之璧，吾弗与矣。

万历乙酉仲秋庐陵郭子章撰。

明毛晋西京杂记跋

卷末记洪家有刘子骏书百卷，先公传之云云。按所谓先公者，歆之于向也，而馆阁书目以为洪父传之，非是。陈氏云"未必是洪作"，晁氏云"江左人以为吴均依托为之"，俱未可考。至若迩来坊刻作刘歆撰，抑可笑矣。据唐书艺文志亦只二卷，今六卷，后人所分也。余喜其记书真杂，一则一事，错出别见，今阅者不厌其小碎重叠云。

湖南毛晋识。

清卢文弨新雕西京杂记缘起

乾隆丙午之岁，为同年谢少宰东墅校梓荀子。既竣，计剖劂之直，尚賸给数金，思小书可以易讫工者，有向来所校西京杂记，因以授之。费尚不足，钟山诸子从余游者率资为助，而工始完。始余所欲校梓者，以汉魏为限断。今此书或以为晋葛洪著，或以为梁吴均伪撰，而何梓为？余则以此汉人所记无疑也。说苑、新序，其书皆在刘向前，向校而传之，后人因名二书为刘向著。今此书之果出于歆，别无可考，即当以葛洪之言为据。洪非不能自著书者，何必假名于歆？书中称"成帝好蹴鞠，群臣以为非至尊所宜，家君作弹棋以献"，此歆谓向家君也。洪奈何以一小书之故，至不惮父人之父，求以取信于世也邪？若吴均者，亦通人，其著书甚多，皆见于梁书本传。知其亦必不屑托名于刘歆，且其文即俊拔有古气，要未可与汉西京埒，则其不出于均又明甚。隋书经籍志载此书于旧事篇，不著姓名；新、旧唐书始题葛洪，且入之地理类，似全未寓目也。夫冠以葛洪，以洪抄而传之，犹说苑、新序之称刘向，固亦无害，其文则非洪所自撰。凡虚文可以伪为，实事难以空造，如梁王之集游事为赋，广川王之发冢藏所得，岂皆虚邪？至陈振孙疑向、歆父子不闻作史，此又不然。历朝撰造，裒然成编，所云百卷，特前史官之旧，向传之歆，歆欲编录而未成，其见于洪之序者如此，本不谓其父子皆尝作史也。洪以为本之刘歆，则吾亦从而刘歆之耳，又何疑焉？诸子乐于成美，且预校勘之劳，今具列姓名于左方。

胡平渊　汪国梁　张师式　张珠　朱本元　顾椿年
李槐　吴浚　李育芬　梁恩　汪本　史垂青　谈承基
姚大庆　郑佐庭　谌配道　李光第　程延龄　贾凤池
朱振奇　侯云锦　金绍鹏　端木炳　王嗣元　顾淞　吴
启丰　吴启元　张均　梅冲　田又涛　汪兆虹　涂沅
周辰　陈兆麒　万世清　黄廷森

余赀即雕群书拾补。

清王谟西京杂记跋

右西京杂记六卷，隋唐志俱二卷，隋志不著撰人姓名，唐志称葛洪撰。晁氏谓："洪自序洪家有刘子骏汉书百卷，乃当时欲撰史录事而未得缔思，杂记而已。后学者始甲乙之，终癸，为十卷。以其书校班史，殆全取刘书。所余二万言，乃抄撮之，析二篇，以裨汉书之阙，犹存甲乙哀次。江左人或以为吴均依托为之。"陈氏则谓："洪博闻深学，江左绝伦，著书几五百卷，本传俱载其目，不闻有此书，而向、歆父子，亦不闻尝作史传世，使班固有所因述，亦不应全没不著，殆有可疑，岂惟非向、歆所传，亦未必洪之作也。"其以为吴均作，盖本段成式云庾信作诗，用西京杂记事，且追改曰此吴均语，恐不足用。王伯厚因此并斥其书浅俗，出于里巷，多妄说，抑又过矣。此书要领，略具黄序，故不具论。予尤爱其中小品古文，若司马相如答盛览书、邹长倩遗公孙宏书、梁孝王宾客诸赋，及中山王文木赋，皆古雅绝伦，若尽弃而不采，尤可惜也。今故悉仍丛书原本卷目，略为校勘云。

汝上王谟识。

王民顺辑刻秦汉图记本清冯云唐跋

此书杂刻于汉魏丛书中，书序甚难。嘉庆元年偶于池阳街头用百文钱购得此本，并西京杂记、城南游记共三本，纸墨古质可爱，忽忆刘雨化先生有云，奇书观则忽得四壁之琴剑都生光彩。余得此本，真不□也。菊月中浣无能居士冯云唐记。

此记古雅绝伦，然须细读数十遍，参会以唐宋以来诸儒撰述，方知其味，非可漫为耳食者道也。

嘉庆甲戌菊月荆山无能居士冯云唐偶记于蜡庋山房之夜牎。

民国关中丛书本宋联奎等跋

右西京杂记二卷，依湖北正觉楼丛刻本付印。此编隋书经籍志、新旧唐书艺文志、北宋崇文总目均作二卷，马氏文献通考载是书于经籍杂史门中，亦曰二卷，目下附注云"一作六卷"。是分此编为六卷，当在南渡后。四库全书总目提要据直斋书录，谓六卷之数为宋人所分，殆未考北宋辑崇文总目时犹不尔也。正觉楼此本前有新雕西京杂记缘起，不言卷数，其目录则分卷上、卷下，并列甲卷至癸卷细目，一如葛洪序言，谅必有据。

缘起首述乾隆丙午之岁，为同年谢少宰东墅校梓荀子，即竣，计剞劂之资，尚赡给数金，思小书可易讫工者，有向来所校西京杂记，因以授之，费尚不足，钟山诸子从游者资助完工。诸子即缘起后所列胡本渊等三十六人，而主校者未著姓名。所谓谢少宰者，名墉，乾嘉中官至侍郎，尝授清仁宗读东华录，仁宗手谕阮文达称为东墅者，即此谢少宰。家富储藏，知其校本必精矣。四库提要于斯编撰者，兼举刘歆、葛洪姓名。此刻缘起则谓为汉人所记无疑，且曰洪以为本之刘歆，则吾亦从而刘歆之耳。顾沈钦韩氏谓杂记所称大驾卤簿杂入晋制,而是编中扬子云常怀铅握椠条,末有云辎轩所载,亦洪意也,明属葛洪之言,与洪序云刘歆所记,世人希有,纯以是编归诸歆撰者,显有不合。然则谓是书为洪撰者,固有可疑,即指为刘歆所著。而提要中举汉文帝广陵、淮南两王及杨王孙、吴章、匡衡诸事,胥与汉书抵牾,夫岂可信!若以沈氏杂入晋制说断之,或是魏晋间人所为,差为相近。至称吴均著者,四库提要早斥其别无他证,可勿论已。是编采摭繁富,取材不竭,词人沿用,久成故实,不可遽废。纪文达已有定论,他如刊刻此本者,孔天胤、黄省曾、王谟诸人,亦无不推其巨丽典奥。迩者陪都建设,考订旧闻,将如春秋外传,所谓问懿训、咨固实者,毋亦于兹编或有资取证也欤?

民国二十三年二月校,长安宋联奎、蒲城王健、江宁吴廷锡。

附录二　书目著录及提要

隋书经籍志

西京杂记二卷。史部旧事类

旧唐书经籍志

西京杂记一卷，葛洪撰。史部列代故事类、地理类。

新唐书艺文志

葛洪西京杂记二卷。史部故事类、地理类。

崇文总目

西京杂记二卷，葛洪撰。史部传记类。

（钱）绎按：玉海云：西京杂记二卷，崇文总目传记类。旧唐志一卷，书录解题、宋志并六卷。通考亦云一作六卷。读书志云：江左人皆以为吴均依托为之。陈诗庭云：今本六卷，或题刘歆撰，或题葛洪撰。

遂初堂书目 　　　　　　　　宋尤袤撰

西京杂记。史部杂传类。

郡斋读书志 　　　　　　　　宋晁公武撰

西京杂记二卷，晋葛洪撰。初序言洪家有刘子骏汉书百卷，乃当时欲撰史录事而未得缔思，无前后之次，杂记而已。后学者始甲乙之，终癸，为十卷。以其书校班史，殆全取刘书耳。所余二万许言，乃抄撮之，析二篇，以裨汉书之阙，犹存甲乙哀次。江左人或以吴均依托为之。

直斋书录解题 　　　　　　　　宋陈振孙撰

西京杂记六卷，晋句漏令丹阳葛洪稚川撰。其卷末言洪家有刘子骏书百卷，先父传之。歆欲撰汉书，杂录汉事，未及而亡。试以此记考校班固所作，殆是全取刘书，少有异同耳。固所不取，不过二万余言，今抄出为二卷，以裨汉书之阙。所谓先父者，歆之于向也，而馆阁书目以为洪父传之，非是。唐艺文志亦只二卷，今六卷者，后人分之也。按洪博闻深学，江左绝伦，所著书几五百卷，本传具载其目，不闻有此书，而向、歆父子亦不闻尝作史传于世，使班固有所因述，亦不应全没不著也。殆有可疑者，岂惟非向、歆所传，亦未必洪之作也。

宋史艺文志

葛洪西京杂记六卷。史部传记类

四库全书总目提要　　　　　　清纪昀总纂

西京杂记六卷，旧本题晋葛洪撰。洪有肘后备急方，已著录。黄伯思东观余论称"此书中事，皆刘歆所说，葛稚川采之。其称'余'者，皆歆本文"云云。今检书后有洪跋，称其家"有刘歆汉书一百卷。考校班固所作，殆是全取刘氏，有小异同，固所不取，不过二万许言。今抄出为二卷，名曰西京杂记，以补汉书之阙"云云。伯思所说，盖据其文。案隋书经籍志载此书为二卷，不著撰人名氏。汉书匡衡传颜师古注称"今有西京杂记者，出于里巷"，亦不言作者为何人。至段成式酉阳杂俎广动植篇，始载葛稚川就上林令鱼泉问草木名，今在此书第一卷中，张彦远历代名画记载毛延寿画王昭君事，亦引为葛洪西京杂记，则指为葛洪者，实起于唐。故旧唐书经籍志载此书，遂注曰："晋葛洪撰。"然西阳杂俎语资篇别载庾信作诗用西京杂记事，旋自追改曰："此吴均语，恐不足用。"晁公武读书志亦称江左人或以为吴均依托，盖即据成式所载庾信语也。今考晋书葛洪传，载洪所著有抱朴子、神仙、良吏、集异等传，金匮要方、肘后备急方并诸杂文，共五百余卷，并无西京杂记之名，则作洪撰者，自属舛误。特是向、歆父子作汉书，史无明文。而以此书所纪，与班书参校，又往往错互不合。如汉书载文帝以代王即位，而此书乃云文帝为太子。汉书载广陵王胥、淮南王安并谋逆自杀，而此书乃云胥格猛兽，陷脰死，安与方士俱去。汉书杨王孙传即以王孙为名，而此书乃云名贵。似是故谬其事，以就洪跋中小有异同之文。又歆始终臣莽，而此书载吴章被诛事，乃云章后为王莽所杀，尤不类歆语。又汉书匡衡传"匡鼎来"句，服虔训"鼎"为"当"，应劭训"鼎"为"方"。此书亦载是语，而以"鼎"为匡衡小名。使歆先有此说，服虔、应劭皆后汉人，不容不见，至葛洪乃传，是以陈振孙等皆深以为疑。然庾信指为吴均，别无他证。段成式所述信语，亦未见于他书。流传既久，未可遽更。今姑从原跋，兼题刘歆、葛洪姓名，以存其旧。其书诸志皆作二卷，今作六卷。据书录解题，盖宋人所分，今亦仍之。其中所述，虽多为小说家言，而搜采繁富，取材不竭。李善注文选，徐坚作初学记，已引其文，杜甫诗用事谨严，亦多采其语，词人沿用数百年，久成故实，固有不可遽废者焉。

绛云楼书目　　　　　　　　　清钱谦益撰

西京杂记一册,二卷。

爱日精庐藏书志　　　　　　　清张金吾撰

西京杂记二卷,_{明活字本。}晋丹阳葛洪字稚川集。

善本书室藏书志　　　　　　　清丁丙撰

西京杂记六卷,_{明万历陕西布政司刊本。}丹阳葛洪稚川集。前有万历乙亥莆柯茂竹尧叟序:"昔太史公约国语、战国策诸史籍作记,然诸籍不以故弗传。顾班史一成,而刘子骏汉书遂废,独葛稚川家有之,乃于班氏所不录者,掇为西京杂记。"并列嘉靖十三年黄省曾序云:"暇得葛洪氏西京杂记读之,云为刘子骏所撰,以甲乙第次百卷。又抄班固所不录者二万许言。"殆皆本于洪之后序尔。原本二卷,今作六卷,据书录解题,盖宋人所分。此万历壬寅陕西布政司重刊,后卢氏抱经堂校定本直题汉刘歆撰,引书中称"成帝好蹴踘,群臣以为非至尊所宜,家君作弹棋以献",以歆谓向为家君也为证,洵读书得间者矣。

抱经楼藏书志　　　　　　　　　清沈德寿撰

西京杂记二卷，抄本。晋丹阳葛洪稚川集。

皕宋楼藏书志　　　　　　　　　清陆心源撰

西京杂记二卷，旧抄本。晋丹阳葛洪稚川集。

孙氏祠堂书目　　　　　　　　　清孙星衍撰

西京杂记六卷，汉刘歆撰。一明程荣刊本，一明吴琯刊本，一抱经堂刊本。

藏园群书经眼录　　　　　　　　傅增湘撰

西京杂记六卷，题晋葛洪撰。明嘉靖沈与文野竹斋刊本，十一行二十字。第六卷尾有"吴郡沈与文野竹斋校勘翻雕"二行。（丁巳岁文德堂见）

西京杂记六卷，题晋葛洪撰。明嘉靖三十一年关中官署刊本，十一行二十字。前有嘉靖三十一年壬子孔天胤刊书序。据序，乃天胤以旧本付左使百川张公刻于关中官署者。此本为天一阁佚出之书，余甲寅秋获之南中。

西京杂记六卷，题晋葛洪撰。旧写本，十行二十字。失名

212

人以朱笔校过,谓据<u>汲古阁</u>抄本。<u>吴志忠</u>复以<u>稗海</u>校一遍。（涵芬楼藏书。己未。）

四库提要辨证　　　　　　余嘉锡撰

<u>隋志</u>不著撰人名氏者,盖以为此系<u>葛洪</u>所抄,非所自撰,故不题其名。<u>唐</u>人之指为<u>葛洪</u>者,即据书后<u>洪</u>自序,非臆说也。<u>颜师古</u>不信其书,故以为出于里巷耳。<u>宋晁伯宇</u>续谈助卷一<u>洞冥记</u>后引<u>张柬之</u>之言云:"昔<u>葛洪</u>造汉武内传、西京杂记,<u>虞义</u>造<u>王子年</u>拾遗录,<u>王俭</u>造汉武故事,并操觚凿空,恣情迂诞。而学者耽阅,以广闻见,亦各其志,庸何伤乎?"<u>柬之</u>此文,专为辨伪而作,而确信为<u>葛洪</u>所造。<u>史通</u>杂述篇曰:"国史之任,记事记言,视听不该,必有遗逸。于是好奇之士补其所亡,若<u>和峤</u>汲冢纪年、<u>葛洪</u>西京杂记,此之谓逸事者也。"是则指为<u>葛洪</u>者,并不只于<u>段成式</u>、<u>张彦远</u>。续谈助,修四库书时未见。书录解题卷七云:"案<u>洪</u>博闻深学,<u>江左</u>绝伦,所著书几五百卷,本传具载其目,不闻有此书,岂惟非<u>向</u>、<u>歆</u>所传,亦未必<u>洪</u>之作也。"提要谓作<u>洪</u>撰者为舛误,盖本于此。今考抱朴子外篇自叙云:"凡著内篇二十卷,外篇五十卷,碑、颂、诗、赋百卷,军书、檄、移、章表、笺记三十卷,又撰俗所不列者为<u>神仙传</u>十卷,又撰高尚不仕者为<u>隐逸传</u>十卷,又抄五经、七史、百家之言、兵事、方伎、短杂、奇要三百一十卷,别有目录。"晋书本传亦云:"又抄五经、史、汉、百家之言、方伎、杂事三百一十卷。"即

用自叙之语。洪即尝抄百家及短杂、奇要之书，则此书据洪自称，亦是从刘歆汉书中抄出，安见不在三百一十卷之中？特因别有目录，自叙不载其篇名，本传遂承之耳。且多至三百余卷，其书当有数十种，既非切要，而必胪列不遗，史家亦无此体，未可遽执本传所无，遂谓非洪所作也。册府元龟卷五百五十五曰："葛洪选为散骑常侍，领大著作，固辞不就。撰神仙传十卷、西京杂记一卷。"元龟之例，止采经史诸子及历代类书，不取异端小说。见玉海卷五十四。其言葛洪撰西京杂记，必别有本，可补本传之阙矣。黄伯思东观余论卷下云："此书中事，皆刘歆所记，葛稚川采之。其称'余'者，皆歆本语。中有歆所记草木名，而段柯古作酉阳书，乃云'稚川就上林令虞渊得朝臣所上草木名'，非也。盖段误以歆自称余为稚川耳。又案晋史，葛未尝至长安，而晋官但有华林令而无上林令，其非稚川，决也。柯古博洽，时罕俦，犹舛谬如此。"此所辨但谓书中称"余"是刘歆而非葛洪耳，未尝言其伪也。而姚际恒作古今伪书考引余论之说，去其葛稚川采之刘歆之言及驳成式数语，断章取义，以证非葛洪所作。见卷二。殆几于不通文义，其舛谬又去成式下远甚。今人顾实重考古今伪书考，于此条尚未能致辨。际恒伪书考负盛名，而其学实浅陋，大抵如此。程大昌演繁露卷十二云："西京杂记所记制度，多班固所无，又其文气妩媚，不能古劲，疑即葛洪为之。"黄伯思、程大昌二人，在南、北宋间考证颇为不苟，均信为葛洪所作，然则未可据晁、陈二家之语便断其伪也。

西京杂记校注

案书录解题云："向、歆父子，亦不闻其尝作史传于世。使班固有所因述，亦不应全没不著也。"提要本此而推衍之。余考文选潘安仁西征赋云："长卿、渊、云之文，子长、政、骏之史。"以政、骏与司马子长并言，谓之为史。似刘向父子曾续太史公书，然李善注只引汉书"向著疾谗、摘要、救危及世颂凡八篇，又著五行传、列女传、新序、说苑。歆著七略"，并不言别有史书。至史通正史篇云："史记所书年止汉武，太初已后，阙而不录。其后刘向之子歆及诸好事者，若冯商、卫衡、扬雄、史岑、梁审、肆仁、晋冯、段肃、金丹、冯衍、韦融、萧奋、刘恂等相次撰续，迄于哀、平间，犹名史记。"后汉书班彪传云："武帝时，司马迁著史记，自太初以后，阙而不录。后好事者颇或缀集时事，然多鄙俗，不足以踳继其书。"注云："好事者，谓扬雄、刘歆、阳城衡、褚少孙、史孝山之徒也。"刘知几与章怀所叙续史记之人，互有不同，而皆有刘歆。是唐人相传，有此一说，然不知其所本。窃意向、歆纵尝作史，亦不过如冯商之续太史公，成书数篇而已。_{商书见汉志，仅七篇。}使如洪序所言，歆所作汉书已有一百卷，则冯衍为后汉人，晋冯、殷萧_{注云：固集作段肃。}并与班固同时，_{固传载固奏记东平王苍，尝荐此二人。}何以尚须续作？洪序云："考校班固所作，殆是全取刘书。"此又必无之事。班固于太初以前，全取史记，又用其父班彪所作后传数十篇，已不免因人成事。若又采刘歆汉书一百卷，则固殆无一字，何须潜精积思至二十余年之久，永平中受诏至建初中乃成乎？若果如此，则当世何为甚重其书，学者莫不讽诵,见本传。至于专门受业,与五经相亚耶?见史通正史篇。史通采撰篇曰:"班固汉书,太初已后,又杂引刘氏新序、说苑、七略之辞,此并当代雅言,事无邪僻,故能取信一时,擅名千载。"然则汉书之采自刘氏父子者,仅新序、说苑、七略中记汉事者而已,与李善文选注正合,未尝有所谓刘歆汉书也。且诸家续太史公书,虽迄哀、平,然是前后相继,不出一人。至班彪所作后传,亦是起于太初以后,未有弥纶一代者。汉书叙传曰:"固以为唐、虞、三代,世有典籍。汉绍尧运以建帝业,至于六世,史臣乃追述功德,私作本纪,编于百王之末,厕于秦、汉之间。太初以后,阙而不录。故探纂前记,缀辑所闻,以述汉书。起元高祖,终于孝平王莽之诛。"是汉书者,固所自名。断代为书,亦固所自创。今洪序乃谓刘歆所作,已名汉书,是并叙传所言,亦出于刘歆之意,而固窃取之矣。此必无之事也。况文帝以代王即位,明见史记。此何等大事,岂有传讹之理?刘歆博极群书,以汉人叙汉事,何至误以文帝为太子?见卷三。故葛洪序中所言刘歆汉书之事,必不可信,盖依托古人以自取重耳。至其中间所叙之事,与汉书错互不合,有不仅如提要所云者。明焦竑笔乘续集卷三云:"西京杂记是后人假托为之。其言高帝为太上皇思乐故丰,放写丰之街巷屋舍,作之栎阳,冀太上皇见之如丰然,故曰新丰。然史记汉十年,太上皇崩,诸侯来送葬,命郦邑曰新丰。是改郦邑为新丰,在太上皇既葬之后,与杂记所言不同。"此事与史、汉显相刺谬,不仅小有异同矣。然其事亦非葛洪所杜撰。文选卷三十鲍明远数诗注引三辅旧事曰："太上皇思慕乡里,高祖徙丰、沛商人,立为新丰也。"隋志地理类有三辅故事二卷,注云晋世撰。两唐志故事类均有韦氏三辅旧事一卷。章宗源隋书经籍志考证卷六,据后汉书韦彪传,帝数召彪入,问以三辅旧事礼仪风俗之语,以为即彪所撰。虽不知然否,然自是东晋以前古书,故葛洪得抄入杂记也。其他亦往往采自古书,初非全无所本者。抱朴子自叙中记其求书写书之事甚悉。又云:"广览众书,自正经诸史百家之言,下至短杂文章近万卷。"晋书本传亦言其"博闻深洽,江左绝伦"。所见既博,取材自多。此书盖即抄自百家短书,洪又以己意附会增益之,托言家藏刘歆汉史,聊作狡狯,以矜奇炫博耳。沈钦韩汉书疏证卷三十二云:"西京杂记,葛洪所序,其大驾卤簿,杂入晋制,如枚、邹诸赋,非闾巷所能造也。"孙诒让札迻卷十一亦云:"西京杂记确为稚川所假托。"二人皆博学深思者,而其言如此,其必有所见矣。……

案陶宗仪说郛卷二十五,据涵芬楼排印明抄本。抄有梁殷芸小说二十四条,而其中引西京杂记者四条,与今本大体皆合,惟字句互有长短。考梁书芸传云:"大通三年卒,大通三年十月,改元中大通,芸盖卒于十月以前。时年五十九。"而文学吴均传云:"普通元年卒,时年五十二。"两者相较,均虽比芸早死九年,而其年齿实止长于芸者二岁。二人仕同朝,同以博学知名,应无不相识者。使此书果出于吴均依托,芸岂不知,何至遽信为古书,从而采入其著作中乎? 是则段成式所叙庾信之语，固已不攻自破。况杂俎广动植篇卷十六。采杂记中"余就上林令虞渊得朝臣所上草木名"一条，仍称为葛稚川，是庾信之说，成式已自不信，奈何后人遽执此单文孤证，信以为实哉。李慈铭孟学斋日记乙集上云："西京杂记，托名刘歆所撰，葛洪所录。论者谓实出梁吴均之手，其文字固不类西汉人。且序言班固汉书全出于此，洪采班书所未录者，得此六卷。案：原序实作二卷。然其中如赵飞燕女弟昭阳殿一段、傅介子一段，又皆班书所已录。稚川之言，固未可信。至谓出于吴均，则未必然。观所载汉事，如杀赵隐王者为东郭门外宫奴，惠帝后腰斩之，而吕后不知；元帝以王昭君故，杀画工毛延寿、陈敞、刘白、龚宽、阳望、樊育等；高贺诮公孙弘……高祖为太上皇作新丰，匠人吴宽所营；此事已为焦竑所驳，李氏失考。匡衡勤学，穿壁引光，又从邑人大姓文不识家佣作读之；成帝好蹴鞠，家君原注：歆称其父向。作弹棋以献；王凤以五月五日生；杨王孙名贵；平陵曹敞在吴章门下，好斥人过，后独收葬章尸；郭威、杨子云及向、歆父子论尔雅实出周公，所记张仲孝友之类，后人所足。霍将军妻一产二子，疑兄弟先后；广川王去疾好聚无赖少年，发掘冢墓诸条，皆必出于两汉故老所传，非六朝人所能凭空伪造。又如舆驾、饮酎、禳水、家臣诸制，尤足补汉仪之阙。其一二佚事，亦可考证汉书。如卫青生子命曰骔，后改为登，登即封发干侯者；公孙弘著公孙子，言刑名事，今汉志有公孙弘十篇，此类皆是。黄俞邰序，称其"乘舆大驾，仪在典章；鲍、董问对，言关理奥"者，

西京杂记校注

诚不诬也。惟所载靡丽神怪之事，乃由后人添入，或出吴均所为耳。其显然乖误者，如云霍光妻遗淳于衍蒲桃锦、散花绫、走珠等，为起第宅，奴婢不可胜数。案汉书言衍毒许后，步见过显相劳问，亦未敢重谢衍。且此时方有人上书告诸医侍疾无状，显恐急，语光署衍勿论，岂有为起第宅、厚相赂遗之理？又云广陵王胥为兽所伤，陷脑而死。案汉书武五子传，胥以祝诅事发觉，自绞死。又云太史公迁作景帝本纪，极言其短及武帝之过，后坐举李陵，下蚕室，有怨言，下狱死。案迁作史记，在遭李陵祸之后，史记、汉书俱有明文。汉书又言：迁被刑之后为中书令，尊宠任职，故有报故人任安一书，而云下狱死，纰缪尤甚。若果出叔庠，<u>吴均字。</u>则史言均好学，将著史以自名，欲撰齐书，从梁武帝借齐起居注及群臣行状，帝不许，使撰通史，起三皇，讫齐代，均草本纪、世家已毕，惟列传未就而卒。又注范晔后汉书九十卷，著齐春秋二十卷，庙记十卷，十二州记十六卷，钱唐先贤传五卷。是叔庠固深于史学者，岂于史记、汉书转未覆照，致斯舛误乎？盖由汉代裨官记载传讹致然，故历代引用皆不能废。其赵飞燕女弟居昭阳殿一条云：'砌皆铜沓黄金涂。'正可证今本汉书赵后传作'切皆铜沓冒黄金涂'，'冒'字为涉注文而衍者也。"案李氏论书中纰缪之处，较提要尤详。以其说考之，益可证所谓刘歆汉书之伪妄。其驳司马迁未尝下狱死，诚是。然非杂记之误，此乃卫宏汉书仪注之文，见太史公自序集解，<u>平津馆本汉旧仪无此条。</u>葛洪抄旧仪入杂记耳。其上文言武帝置太史公位在丞相上，杂记作"下"。亦旧仪之语。汉书司马迁传注及御览职官部引，见平津馆本补遗。可见杂记是杂采诸书，托之刘歆，又可见其记事多有所本，不皆杜撰也。至谓吴均深于史学，此书非其所作，亦为有识。然又谓所载靡丽神怪之事，或出吴均所为，则未免依违两可。余今证以殷芸所引，张柬之所考，知其书决非六朝人所能凭空伪造。葛洪去汉不远，又喜抄短杂、奇要之书，故能弄此狡狯。盖其书题为葛洪者本不伪，而洪之依托刘歆则伪耳。近人根据葛洪后序，证今之汉书出于刘歆，此则因欲攻击古文，不惜牵引伪书，其说盖不足辩。

又案梁玉绳瞥记卷五云："今所传西京杂记二卷，或以为葛洪撰，或以为吴均伪撰。据洪序以为本之刘歆，洪特抄而传之。案南史齐武诸子传，萧贲著西京杂记六十卷，岂别一书邪？王伯厚以为贲依托，见困学纪闻十二。"余考困学纪闻云："匡衡传注云：'今有西京杂记，其书浅俗，出于里巷，多妄说。'段成式云：'庾信作诗，用西京杂记事，自追改，曰：此吴均语，恐不足用。'今案南史，萧贲著西京杂记六十卷，然则依托为书，不止吴均也。"详王氏语意，盖谓吴均之外，又有萧贲亦为此书，故曰依托为书，不止吴均。未尝谓今本题葛洪撰者，为贲所依托。梁氏之言，非伯厚意。然古今书名相同者多矣，萧贲虽生葛洪之后，彼自著一书，亦名西京杂记，既未题古人之名，则不得谓之依托，伯厚之说亦非也。翁元圻注云："卷数多寡悬殊，当另是一书。"其说是矣。卢文弨新雕西京杂记缘起见抱经堂本卷首。

云:"隋书经籍志载此书于旧事篇,不著姓名。新、旧唐书始题葛洪,且入之地理类,似全未寓目也。夫冠以葛洪,以洪抄而传之,犹说苑、新序之称刘向,固亦无害,其文则非洪所自撰。凡虚文可以伪为,实事难以空造。如梁王之集游士为赋,广川王之发冢藏所得,岂皆虚耶?"此说亦善。卢氏又谓:"书中称成帝好蹴踘,群臣以为非至尊所宜,家君作弹棋以献。此歆称向家君也,洪奈何以一小书之故,至不惮父人之父?"余谓此必七略中兵书略蹴踘新书条下之文,洪抄入之耳。世说新语巧艺篇注引傅玄弹棋赋序曰:"汉成帝好蹴踘,刘向以谓劳人体,竭人力,非至尊所宜御,乃因其体作弹棋。"疑其亦本之于别录,否则葛洪剽窃傅玄耳。此书固非洪所自撰,然是杂抄诸书,左右采获,不专出于一家。如卷上云:"或问扬雄为赋,雄曰:'读千首赋,乃能为之。'"此乃抄桓谭新论之文。见北堂书钞卷一百二、艺文类聚卷五十六、意林卷三引。以新论著于后汉,既托名刘歆,不欲引之,故不言桓谭问,而改为或问。采掇之迹,显然可见。卢氏必欲以葛洪之言为据,信刘歆果有汉书一百卷,谓百卷特前史官之旧,歆欲编录而未成,是犹未免为洪所愚矣。

附录三 引用书目

宋李昉等太平御览,中华书局影宋本

近人余嘉锡余嘉锡论学杂著,中华书局排印本

汉司马迁史记,中华书局点校本

汉班固汉书,中华书局点校本

刘宋范晔后汉书,中华书局点校本

今人陈直三辅黄图校证,陕西人民出版社排印本

今人何清谷三辅黄图校注,三秦出版社排印本

北魏郦道元水经注,商务印书馆国学基本丛书本

梁萧统昭明文选,中华书局影胡克家本

晋司马彪续汉书志,中华书局点校本

汉蔡邕独断,古今逸史本

隋虞世南北堂书抄,孔广陶本

唐徐坚初学记,中华书局排印本

汉许慎说文解字,中华书局影印本

汉班固等东观汉记,四部备要本

周礼,中华书局十三经注疏本

唐欧阳询艺文类聚，上海古籍出版社排印本

唐释玄应一切经音义，上海古籍出版社影日本狮谷社翻高丽本

宋高承事物纪原，丛书集成本

晋陈寿三国志，中华书局点校本

诗经，中华书局十三经注疏本

汉应劭风俗通义，四部丛刊本

今人吴树平风俗通义校释，天津人民出版社出版

今人周天游汉官六种，中华书局排印本

春秋左氏传，中华书局十三经注疏本

今人杨伯峻春秋左传注，中华书局排印本

春秋公羊传，中华书局十三经注疏本

宋李昉等太平广记，中华书局排印本

论语，中华书局十三经注疏本

晋常璩华阳国志，四部丛刊本

尚书，中华书局十三经注疏本

尔雅，中华书局十三经注疏本

清永瑢等四库全书总目，中华书局排印本

宋王楙野客丛书，稗海本

清严可均全上古三代秦汉三国六朝文，中华书局影印本

宋王应麟玉海，杭州局本

宋王应麟困学纪闻，商务印书馆排印本

明李时珍本草纲目，雍正重刊本

唐张彦远历代名画记，人民美术出版社排印本

国语,上海古籍出版社排印本

唐房玄龄晋书,中华书局点校本

清王谟汉唐地理书钞,中华书局影印本

清王仁俊玉函山房辑佚书续编三种,上海古籍出版社影
印本

晋刘昫旧唐书,中华书局点校本

宋欧阳修新唐书,中华书局点校本

梁沈约宋书,中华书局点校本

近人余嘉锡四库提要辨证,中华书局排印本

周易,中华书局十三经注疏本

今人杨伯峻孟子译注,中华书局排印本

礼记,中华书局十三经注疏本

近人许维遹韩诗外传集释,中华书局排印本

晋崔豹古今注,四部丛刊本

仪礼,中华书局十三经注疏本

汉刘安淮南子,四部丛刊本

清沈钦韩后汉书疏证,浙江书局本

今人王仲殊汉代考古学概说,中华书局排印本

明王士性地理书三种,上海古籍出版社周振鹤编校本

宋宋敏求长安志,清王先谦刻本

清张澍二酉堂丛书,原刻本

汉董仲舒春秋繁露,四部丛刊本

今人陈直汉书新证,天津人民出版社排印本

今人林剑鸣等秦汉社会文明,西北大学出版社排印本

汉扬雄方言,古今逸史本

唐李延寿南史,中华书局点校本

明陶宗仪说郛三种,上海古籍出版社影印本

世本八种,商务印书馆排印本

汉刘向列女传,商务印书馆影明刊本

今人陈直两汉经济史料论丛,陕西人民出版社排印本

近人沈家本历代刑法考,中华书局排印本

汉刘熙释名,古今逸史本

汉刘向新序,四部丛刊本

宋赵德麟侯鲭录,知不足斋丛书本

汉史游急就篇,四部丛刊本

赵后外传,古今逸史本

宋郭茂倩乐府诗集,中华书局排印本

战国策,士礼居丛书本

汉桓宽盐铁论,中华书局王利器校注本

宋洪兴祖楚辞补注,汲古阁本

睡虎地秦墓竹简,文物出版社排印本

梁刘勰文心雕龙,人民文学出版社周振甫注释本

唐马总意林,四部丛刊本

唐韦述两京新记,正觉楼丛刻本

北魏贾思勰齐民要术,四部丛刊本

今人范宁博物志校证,中华书局排印本

全唐诗,上海古籍出版社影印本

宋邓名世古今姓氏书辨证,守山阁本

长沙马王堆一号汉墓,文物出版社排印本

今人张孟伦汉魏人名考,兰州大学出版社排印本

今人陈奇猷韩非子集释,上海人民出版社排印本

敕修陕西通志,清雍正十三年刊本

畿辅通志,清雍正乙卯刊本

拾遗记,古今逸史本

洞冥记,古今逸史本

汉武故事,古今逸史本

海内十洲记,古今逸史本

辞源,商务印书馆排印本

梁殷芸小说,说郛本

南朝宋沈怀远南越志,说郛本

裴子语林,说郛本

梁任昉述异记,说郛本

晋盛弘之荆州记,说郛本

今人戴念祖中国力学史,科学出版社排印本

今人韩养民秦汉文化史,陕西人民教育出版社排印本

今人张永禄汉代长安词典,陕西人民出版社排印本

宋徐天麟西汉会要,上海人民出版社排印本

今人傅举有中国历史暨文物考古研究,岳麓书社排印本

今人陈直文史考古论丛,天津古籍出版社排印本

今人陈直居延汉简研究,天津古籍出版社排印本

古文苑,四部丛刊本

古今图书集成,原刻本

汉王充论衡,中华书局排印北京大学注释本

今人陈奇猷吕氏春秋校释,学林出版社排印本

汉班固白虎通义,中华书局新编诸子集成本

汉刘向说苑,四部丛刊本

今人向宗鲁说苑校证,中华书局排印本

汉扬雄法言,汉魏丛书本

清邵懿辰四库简明目录标注,上海古籍出版社排印本

逸周书,清抱经堂校刊本

竹书纪年,古今逸史本

清孙诒让札迻,中华书局排印本

今人范祥雍洛阳伽蓝记校注,上海古籍出版社排印本

清孙星衍平津馆丛书,原刻本

清鲍廷爵后知不足斋丛书,原刻本

清龙凤镳知服斋丛书,原刻本

史记汉书诸表订补十种,中华书局二十四史研究资料丛刊本

宋王应麟汉艺文志考证,中华书局二十五史补编重印本

汉郑玄五经异义,艺海珠尘本

宋陆佃埤雅,格致丛书本

梁孙柔之瑞应图,说郛本

228 绀珠集,四库全书本

汉桓谭新论,四部备要本

西京杂记,中华书局古小说丛刊本

今人向新阳、刘克任西京杂记校注,上海古籍出版社排印本

今人成林、程章灿西京杂记全译,贵州人民出版社排印本